河出文庫

オイディプスの刃

赤江瀑

JN150616

河出書房新社

目次

第一章　赤きハンモックに死は棲みて　7
第二章　少年の鎧の響き　79
第三章　ラベンダーの刃　175
第四章　花鎧の緒は切れて　233
解説　千街晶之　321

目次・扉デザイン　柳川貴代（Fragment）
扉画　佳嶋

オイディプスの刃《やいば》

第一章

赤きハンモックに死は棲みて

1

彼は、少し苦しいと言い、苦しいことはおれは好きだ、と言った。

惨劇が起こった日の朝、駿介《しゅんすけ》が耳にしたそれが泰邦《やすくに》の最後の言葉となってしまった。

少し苦しい、と確かに彼は言った。そして、そのあとがやや聴きとりにくい言葉であった。苦しいことは好きだ、と言ったのか、苦しいが（何かが）好きだ、と言ったのか、その部分が駿介には正確ではない。正確に聴きとろうとして躍起になった記憶だけが、蒸し暑い夜明けの闇の感触と耳ざわりな屋根瓦のきしみ音《ね》とをともなって、いつまでも歳月を越え、なまなましく駿介の内にとどまっている。

確かめようとして確かめきれなかったこの泰邦の言葉は、いわば大迫《おおさこ》駿介にとっては、人間の背後に残る尾骶骨《びていこつ》のようなものだ。駿介自身がそう考えているかどうかは別にして、触《ふ》れればそこに獣めく時代が痕跡《こんせき》をとどめていた。とどめていると、知ることができた。あやしい獣尾の跡をつたえてよこすその奇怪な手ざわりは、泰邦の言葉を想い返すたびに駿介を、否応なく一つの夏へ、夏の日のある恐怖の一日へと、とつぜん誘《いざな》い寄せ、引き戻す。

彼は、少し苦しいと言い、苦しいことはおれは好きだ……と、言った。

そんな風に、大迫駿介には聴こえた。

屋根瓦が足もとで驚くほど甲高い音をあげるのと、泰邦の声がときどきとぎれて急に深間にくぐもったり、ふいに上気して、言葉のないあえぎや太い咽《のど》の唸《うな》りにとって代ったりするのとで、駿介はもうひとつはっきりその声の内容を聴きとることができなくて、もどかしい思いに舌打ちした。内庭《うちにわ》に面した裏二階のはずれにあるその窓は、もうのばせば手のとどく位置にあった。だが、最後の一歩がどうしても踏みだせなかった。

駿介の部屋からは、この窓まで十四、五メートル、母屋の裏屋根づたいをコの字型に迂回して、途中蔵屋根の庇《ひさし》へおりたりしながら、かなりな距離辛抱づよく渡ってこなければならぬ。窓の灯が消えていたことや、窓硝子《ガラス》が半ば開け放たれていたことも、駿介の最後の接近をはばむ原因にはなっていた。白いレースの花模様のカーテンが裾先《すそさき》を覗《のぞ》かせているその窓の内側は、いきなり幅広の派手なローズ・ピンクのベッドで占領されている筈《はず》だ。ベッドの上の人間が、それは雪代《ゆきよ》にしろ泰邦にしろ、ほんのわずか身を乗りだして窓から首を覗かせれば、駿介はもう完全にお手あげだった。身の隠し場所がなかった。夢中で渡ってきはしたものの、よく考えれば前後の見さかいのない行動だった。あたりはまだ夜闇につつまれているとはいえ、明け足の早い夏の朝がすでにどこかで動きはじめてさえいる気配もあった。ローズ・ピンクのベッドの横には、楕円形の銀の縁《ふち》飾《かざ》りのあるばかでかい大鏡がとりつけられ仰々しい化粧台もある筈だ。へたをするとその大鏡へ、いま駿介の全身はくまなく写しだされているかもしれない。このまま時を過ごす限り、その危険性は十分にあった。蒸し暑い暁の闇は、やがて少しずつ、屋根瓦にへばりついて息を殺しているパジャマ姿の駿介をあからさまにし、鏡のおもてに浮かびあがらせるにちがいない。そのときのぶざまな自分の姿態を絶えまなく駿介は想像して、火のような恥にまみれた。恥とふきだす汗にまみれて、パジャマの下の駿介はしとどに濡れた体をしていた。

けれども、その場を動くことはできなかった。

色事好きの覗き少年。情事見たさの高校生。誰もが思うにきまっていた。淫らな興味に矢も楯もない卑しい窃視《せつし》行為者だ、と。

(引き返すなら、いまのうちだ。いまをおいて、時はない)

駿介は、何度も思った。

だが、そう思うたびに駿介はまた、ふしぎな昂奮《こうふん》にさしつらぬかれ、不意にわれを失いそうになったのだ。

(進むべきだ)

と、いう衝動がめくら湧きに湧きたってきて、彼の自制心を根こそぎにした。進んで、はっきりと覗くべきだ、と。

泰邦がこの部屋にいるということ自体が、すでに間違っていた。この世にあり得べきことではなかった。あの誇りかな、曇りない若さと凜々《りり》しさにみなぎった肉体が、いまこんな部屋のベッドの上にあると信じねばならぬことが現実だというのなら、現実とは無意味なものだ。慮《おもんぱか》る価値のないものだ。そんな現実が、自分を窃視行為者とよぶのなら、よばれることなどいといはしない。一途《いちず》に、駿介はそうも思った。

雪代はおそらく、寝みだれ髪を逆だてて金切声《かなきりごえ》をふりしぼるだろう。罵《ののし》るにちがいない。

「この変態息子。恥知らず。わたしを何だと思ってるの。お前の叔母だよ。叔母なんだよ。おお、恐ろしい。身震いがする。子供だ子供だと思ってたら……まあ、何ていやらしいことを思いつく子なの。ああ、思っただけでも総毛だつわ。叔母の寝室を覗き見しにやってくるなんて……」

その声はたちまち、あたり四方に鳴り響き、やがて家中の者達の耳にも達するだろう。兄の明彦《あきひこ》にも。弟の剛生《ごうせい》にも。そして……母の香子《こうこ》の耳にも。

母の香子の耳にも……と、思った瞬間、駿介は小さな戦慄におそわれた。

もしかしたら、雪代はとっさに、或《あ》るいは、

「泥棒——」

と、叫ぶかもしれなかった。

金壺眼《かなつぼまなこ》に不敵な悪意をみなぎらせて駿介を睨《にら》みすえながら、無論、駿介と知った上で、そ知らぬ顔に、

「強盗っ。痴漢っ。誰かきてぇっ……」

と、ただ屋敷中を叩き起こすことだけが目的で、なりふりかまわずわめきちらすかもしれない。いや多分、彼女はきっとそうするにちがいない。

駿介の顔を見た途端、鬼の首でもとったみたいに彼女は思いつく筈だ。これは、願ってもない好機だと。

……駿介がまだ三歳くらいの頃だったが、はじめてこの女が大迫家にやってきた日のことはよくおぼえている。真赤なパラソルをくるくる廻しながらいきなり庭先から入ってきて、駿介とは一つちがいの兄を、「あらァ」と、嬌声《きょうせい》を発して抱きあげたものだ。

「まァ明彦ちゃん、大きくなったわねぇ」

雪代は、やたらけたたましく抱きあげた兄に頬ずりし、一緒に遊んでいた駿介には目もくれなかった。

「あのひと、誰さ」

と、幼い駿介は、あとでこっそり母にたずねた。

「お父様のね、妹。お前の叔母様よ」

「どうして、お兄ちゃんにばかり、ジャレつくのさ」

「駿介。おナマいうのは、おやめなさい」

その折にはわからなかったが、やがて弟の剛生が生まれて間もなく、駿介は納得させられることになったのだった。

雪代は、この弟の剛生を、また兄におとらず猫可愛がりに構いはじめた。

「いいかげんにせんか」

と、ある晩、父の部屋の前を通りかかって、駿介は父が唐突に呶鳴《どな》る声を聴いた。

「そんなふうじゃ、お前に、この家にいてもらうわけにはいかん。お手伝い代りに置いてくれっていうから、女中を雇うところをお前でがまんしてるんだ。給料もちゃんと払ってある」

「わかってるわよ。だから、香子さんには水仕事一つさせてやしないじゃない」

「当り前だ。こっちから頼んできてくれといったんじゃないんだからな。とにかく、内輪もめのもとをつくるようなまねをされたんじゃ、もうお前の面倒は見れん」

「だって」と、雪代は、急に鼻にかかったような涙声になって、言った。

「あの子の方で、わたしによりつかないんだもの。ほんとうよ。そりゃ、凄い目むいて睨みつけるのよ。可愛げがないったらありゃしない」

「ばかもんっ。相手は子供だぞ。そんな風にお前がしむけるから、そうなるんだ。子供は正直だ。ちゃんとひとを見抜くんだ」

「でも、仕方がないわよ。わたしだって、神様じゃないんだから。生身の人間なんだから。自分じゃそんなつもりはなくったって、やっぱり兄さんの子とそうじゃない子とじゃ、情の湧きかたも自然にちがってきちゃうわよ」

「何を言うかっ。駿介だって俺の子だっ」

父の耿平《こうへい》は、激しい剣幕で叱りとばした。

その夜、駿介は、自分が母の連れ子で大迫家の人間になったのだという事実を、はじめて知らされたのだった。

兄の明彦が二歳、駿介が一歳の折、母は大迫耿平の妻になった。明彦は亡くなった先妻の子。弟の剛生は父と母の間に生まれた子。自分だけが、大迫の父の血を受けていないのだということを、この夜、父と雪代のいさかいを聴きながら、駿介は子供心にも理解してとったのである。

一度嫁ぎはしたものの、男に騙されて実家に戻り、そこにも長く居づらくて、この嫂《あによめ》の家庭に転がりこみ、お手伝い代りに住みついてから、彼女はもう十二、三年になる。

三十半ばの、女盛りといえばいえたが、

「男はこりごり。金輪際《こんりんざい》、見るのも厭《いや》」

と、口癖のように言った。

駿介だけは、その嘘をよく知っていた。

男に縁のない肩身のせまさを男嫌いのふりでごまかし、神信心にうつつをぬかしたり、年がら年中金属製の細編み棒をきらきらさせて敵《かたき》のようにレースの薄布を編んでいたりする。カーテン、敷物、テーブル・クロス、ベッド・カバー……彼女の部屋は、一年中真新しい手編みのレースで氾濫《はんらん》していた。およそレース編みなどとは縁遠い、毛深い、風采《ふうさい》のあがらぬ女であっただけに、そんな彼女が憐れな気がしないでもなかったが、駿介は一度も気の毒だとは思わなかった。

雪代がときどき、あやしい振舞いを見せるようになったのは、駿介が小学校を卒業する頃からだった。体格のいい駿介は、声変りも早く、目に見えて大人びた体つきを備えはじめていた時期だった。

駿介が自分の部屋の戸を開けると、よく雪代がそこにいた。彼女は、机の抽出《ひきだ》しを覗き込んでいたり、屑籠《くずかご》のそばにしゃがみ込んで紙屑を丹念に調べていたりした。またあるときは、箪笥《たんす》の把《と》っ手を引っぱり開けたり、押入れに首を突っ込んで下着類やハンカチなどを点検していることもあった。

「駿さんはいつもキチンとしてなさること。これじゃ、お掃除のしようがないわね。でもほんとに助かるわ、手がかからなくて」

と、そんなときさまって彼女は、ばつの悪さをごまかしながら、そそくさと部屋を出ていく。

「そこへいくと、明彦さんや剛ちゃんのお部屋は、まあゴミの山。散らかり放題。少しは駿さんを見習うといいのにね」

雪代は、捨てぜりふのようにいつも言った。

ある日駿介は、学校から帰ると、やはり雪代が部屋に入り込んでいて、押入れを開け、駿介が自分で洗濯し忘れたパンツを鼻先で嗅いでいる現場にぶつかった。

「何をしてるんだっ」

駿介はおどりかかってパンツを奪い、雪代の体を突きとばした。

「出てけっ。二度とここへ入ったら承知しないぞっ」

雪代は一瞬、こめかみに青い静脈をうきあがらせ、だがすぐに口の辺りにうすい笑いをうかばせて、何事もなかったみたいに平然として出ていった。

二、三日後のことだった。何気ない、世間話でも思い出したような口調であった。家族が顔をそろえている夕餉《ゆうげ》の食卓で、味噌汁をよそいながら雪代は言った。

「ああ、そうだ。駿さんに言っとかなきゃ。パジャマやパンツ、自分で洗ってもらう分にゃちっとも構やしないけど、あんなに洗剤使われちゃ困るわ。ここんとこ、アッと言う間になくなっちゃうもの」

父も母も黙っていたが、兄の明彦はニヤッと笑った。

駿介は、火のように顔がほてった。

雪代がときどき、風呂場の窓をわざと閉め忘れたふりなどして、庭先を通りかかる駿介に平然と裸身をさらしてみせたり、駿介が一人だと知ると、縁先や食堂の長椅子などで裾をはだけてうたた寝をしていたりするようになったのは、この日を境にしてからである。

雪代にしてみれば、大迫家の内で『男』の対象になり得るのは、血のつながりのない駿介だけであったから、彼女がそのことを楽しみはじめたのは、駿介にもすぐわかった。わかっていて、いつの場合も駿介は必ず、自分のほうが悪心を起こし、覗き見をしているような気にさせられてしまうのだった。被害者は駿介のほうでありながら、駿介はいつも、加害者のやましさを持たされてしまうのだ。雪代の狡猾なところはそこだった。

決して、彼女は仕向けているという素振《そぶ》りを駿介には見せなかった。中学に入った頃には、もう駿介は、彼女が自らを慰めながら歓喜にひたっている現場を何度となく見せつけられていた。それは深夜の浴室のタイル場でだったり、庭の物置小屋だったり、蔵のなかの道具箱や長持《ながもち》の陰でだったりした。そんな折の雪代は、険のある老けた顔には似つかわしくないしなやかな肉づきとはりのある肌をもっていて、濃い茂みのあたりの脂っぽい熟《う》れた感じは、欲望をもてあました女をいやが上にもあからさまにしてみせた。

駿介が一人でいると、いつの間にか雪代は視野のどこかに姿を現わし、なんとなく蔵のなかへ入って行ったり、芝生の庭を横ぎって日頃使わない離れの厠《かわや》へわざわざでかけて行ったりする。駿介がしのびよって見ると、必ず厠の下窓は開かれていたし、蔵の明り窓からはきまって覗ける位置に雪代はいて、あらわな乳房を揉みしだいていたり、ひそかな嘆声を発しつづけていたりした。

広大な庭と立木と屋敷をもつ大迫家で、この種の秘密の保てる場所は、その気になればふんだんにあった。雪代は、そのありとあらゆる機会と場所を活用して、まだ少年だった頃の駿介を翻弄したと言っていい。

無論、駿介は、いつまでもそんな雪代の誘いにのっていたわけではない。彼はやがて、雪代を無視した。けれども無視すればするだけ、駿介への雪代の働きかけは露骨となった。駿介には、雪代の躍起となるさまが、逆に突き放した眼で冷やかに見すえられるようになり、いまでは心から、くだらない女だと軽蔑できた。

しかし、そんな雪代の行動がぴたっと消えてなくなる時期が、一年に一度だけあった。駿介以外の『男』が、この大迫家に姿を現わす時期であった。

秋浜《あきはま》泰邦は、いつも夏の暑い盛りにやってきた。たいてい二、三日、長いときには一週間ばかり逗留していくのが常だった。

毎年夏の短い期間、泰邦が大迫家の客になるのは、一振りの日本刀を手にとるためである。泰邦はそのために、最初は東京から、最後の年には京都から、わざわざ下関まで出向いてきた。

彼と大迫家の間柄は、この日本刀がとりもったと言うことができる。

父の耿平がその刀を手に入れたのは、駿介が十一歳のときだったから、泰邦は多分、二十二、三の頃だったにちがいない。

刀剣の世界では古刀《ことう》とよばれる時代物で、岡山のさる旧家が時価三千万円で手放した見事な大業物《おおわざもの》だった。

生中心《うぶなかご》に目釘《めくぎ》穴をはさんで、

『備中国住次吉作《びっちゅうのくにじゅうつぐよしさく》。貞治《じょうじ》元年十月×日』

と、銘《めい》、年号が切ってある。

いわゆる備中青江《あおえ》派の中古刀《ちゅうことう》物。『次吉《つぐよし》』と言えば、その名工として名の高い青江鍛《か》治《じ》の一人であった。

耿平はこの古刀を手に入れるとすぐ、東京の慶山《けいざん》という研師《とぎし》に研ぎ直させた。研ぎの分野では現在大物格と言われる辣腕《らつわん》の研師である。

泰邦は当時、この慶山門下の研磨工として内弟子に入っていて、若年ながら研磨界将来の俊材と、玄人筋《くろうとすじ》にはすでによび声のあがっていた若い力のある研師だった。耿平がもち込んだ『備中次吉』の研ぎにも、師匠の慶山を助けて加わったのである。

秋浜泰邦と青江『次吉』の出会いは、このときであったと言える。

研ぎ上がった刀を納めるとき、泰邦は耿平に言ったそうである。

「この『次吉』、手入れは私にさせて下さい。一年に一度、お宅に上がります。いえ、そのとき、私に手入れをさせていただければ結構なのです。お約束いただけませんでしょうか」

耿平は驚いて泰邦を見た。

「どういうことなのかね、いったい」

「理由はありません。ただ、手入れがしたいのです。研がせてもらっていて、急にそう思ったのです」

「そりゃ、君のような本職の人に手入れをしてもらえるなら、わたしも大安心だがね……しかし、下関にいるんだよ、わたしは」

「構いません。きっと伺います。いえ、私の勝手で伺わせていただくのですから、大迫さんにご迷惑はおかけいたしません」

泰邦はそう言ってから、さらに言葉をつづけたと言う。

「大迫さんのような愛刀家にむかって、生意気を申し上げるようですが……打粉《うちこ》は、できるだけ使わないで済むようにしていただけたらと思います。この『次吉』、打粉でつぶしたりしちゃ、刀が泣きます」

大迫耿平が、若い研師秋浜泰邦にふと興味をもったのは、このときだった。

泰邦は、当り前のことを言っただけだった。

普通、刀の手入れと言えば、刀身に打粉を打ってこれを拭《ぬぐ》い紙でふきとり、保存のために丁子油《ちょうじ》をまんべんなく薄く塗っておく。愛刀家なら誰でもが心得ている作業だった。刀を鑑賞する折には、再びこれに打粉をして刀身の油を拭い去る。愛刀家は、この繰り返しを絶えず行なっているわけである。だが、この打粉というのが実はくせもので、粉はきめの細かい砥石《といし》の粉末なのだから、愛刀家は手入れをするたびに、砥石の粉に油を混ぜて刀身を研ぎまわしていることになる。つまり、研師が最高の状態に研ぎ上げた地肌と刃文《はもん》を、打粉を打つたびにつぶしていることになるのである。ただ、打粉に代る油取りの方途が見つからないために、いまもってこの手入れ法が行なわれているにすぎない。本来ならば、刀身を損《そこな》いこそすれ、決してよくはしない逆法なのだった。

無論、耿平もそのことはよく知ってはいたが、手持ちの所蔵刀には、やはり最低年に二、三度は打粉をしていた。

研ぎ上がった『次吉』をまのあたりにしたとき、耿平がいちばん最初に考えたことは、この刀、自分に打粉ができるだろうか……という、強いとつぜんの不安だった。愛刀家としてはかなりの年季と場数も踏んでいる筈の耿平が、はじめて経験するたじろぎだった。

入手した折、古研ぎの見事な味わい、保存状態も申し分なく、改めて研ぎ直しの必要もなかったのだが、どこかひとはけ、睡《ねむ》ったようなぼんやりとした薄膜がもやのごとくその総身に搦《から》みつき、言うに言われぬかすみの彼方《かなた》に、刀身の全貌を微妙に遠ざけている気がしてならなかったのだ。

慶山は、暫《しばら》く刀を見ていたが、一言、

「研がせていただきましょう」

と、言った。

研ぎあがった『次吉』に、耿平は息を呑んだ。

青みをおびた地鉄《じがね》の肌に異様なうるおいが立ち戻り、忽然《こつぜん》と霞をはらった白刃が闇の地《じ》にのた打ちはじめ、逆さ乱れの刃文のなかに華麗な匂い足をさしのばした逆丁子乱《さかちょうじみだ》れ刃の『次吉』は、睡れる獣が眼を醒ましひと揺すり全身を揺さぶって身を起こした、という感じがした。

青江独特の芯鉄《しんがね》を露出した澄み肌は、漆黒のしずまりかえった湖の底を想わせ、青闇に白雨の乱れ立つかのごとき地刃の凄みは、この刀が大業物とよばれるにふさわしい切れ味をほうふつとさせ、あますところなく伝えていた。

備中青江一派の古刀が、青江の妖異、怪異の青江、と、昔から祟《たた》りの名刀村正《むらまさ》とならんでとかくのおどろな伝説を生み、稀代《きたい》の妖刀あつかいを受けるのも、この凄惨な刃味の底のなさではあるまいかと、大迫耿平は短い間、何物かにとつぜんおびえ、柄《がら》にもないとそのおびえを打消しながら、しかしやはり胴震いした。

若い研師秋浜泰邦の風変りな申し出が、このとき妙にずしりと胸の底におちてきた。

理由こそなかったが、この刀が、自分の手に負える代物ではないという気がふとやみくもにしたのである。

またその折の泰邦の、平静ではあったが、何か一途な気迫を秘めた物腰が、妙に気にかかったことも確かである。気にかかったと言うよりも、好ましかったと言いかえたほうがよい。

耿平は、不意にその気になった。

「じゃ、こうしよう」と、大迫耿平は、言った。「旅費滞在費、すべてわたしがもつ。君は、体だけ貸してくれたまえ」

「いえ、それじゃ申しわけがありません。勝手なお願いをするのは、私の方なんですから」

「いいんだよ。君のようなひとに管理してもらえるなんて、願ったりかなったりだよ。ひとつ、ぜひ頼みますよ」

「ありがとうございます。では、お願いいたします」

泰邦はきちんと両手をついて、頭をさげたと言う。

「一芸一道に打込む者は、どこかちがう。われわれにはわからん境地がある」

耿平はそのときのことを、帰ってからも、よく口にした。

それからの四年、泰邦は約束どおり、東京からやってきた。そして最後となった五年目の年、泰邦は慶山門下から独立し、生まれ故郷の京都に仕事場を開いた。だが、やはり夏、大迫家の門をくぐることだけは忘れなかった。

秋浜泰邦の滞在中、叔母の雪代の物狂いがなりをひそめるのは、叔母の関心が泰邦に集中したということの証拠ではあるのだが、それは実に無意味な事柄でもまたあった。

大迫雪代は、泰邦にとって、庭木の一本、庭石の一個ほどにも意味をおびぬ実に無縁な存在だったからである。駿介は、いまでもこのことを信じている。かりに泰邦に、

「雪代の髪の色は？」

と、たずねたら、彼は返事に窮するだろう。

首を横に振る筈だ。

「眼鏡をかけてた？」

「さあ……」

「口の大きな女だった？」

「どうだったかな……」

「丸顔だった？　長顔だった？」

「よくわからんな」

「化粧してた？」

「おぼえてない」

泰邦はそんな男だった。まっすぐに、自分の見るべきものだけを見る。雪代など、泰邦の眼中に塵影《じんえい》さえおとすことのできぬ、いわば路傍の木端《こっぱ》も同然だった筈なのだ。

年に一度、泰邦がこの大迫家を訪れるのは、無論、父の耿平が愛蔵の刀の手入れに招《よ》ぶのではあったけれど、駿介は、見落してはいなかった。

それは最初の年に、すでに感じとれたことであった。母の香子を見る泰邦の視線にふとさわやかな勁《つよ》い輝きが揺曳《ようえい》するのを、駿介は知っていた。しかし、泰邦になら、ふしぎにそれが赦《ゆる》せるのだった。母がもし恋をするようなことがあれば……と言うより、母を恋していい人物は……と言いかえたほうがよかったが、それは、まさに泰邦のような男だとさえ駿介は思っていた。母と泰邦の間には、なぜかそんなひそかな空想をはぐくませる、危うい、だがひどく心たのしい想いをそそる世界があった。すがすがしい含羞と、研ぎ澄ませた刀剣の地肌の上をまっすぐに走る光の矢のように青々としたたじろぎのなさを母へ向けて放つ泰邦の視線を見ることは、むしろ駿介にはひどく心たのしい事柄でさえあった。泰邦の視線を浴びるとき、母は母にいちばんふさわしい落ち着いた華やぎをとり戻すようにさえ見えた。泰邦の視線で、母も青々と染まり、洗いあげられる感じがした。そんなとき、駿介は、奇妙に父の存在を忘れきっていた。母が、まるで泰邦のためだけにある女のような気にさえさせられてしまうのだった。

その泰邦が、雪代のベッドのなかにいる……。

なにかのまちがいにはちがいなかったが、どう考えてよいことなのか、駿介にはわからなかった。

泰邦はひたすら、この五年間、ただ一振りの古刀、備中国青江『次吉』だけを見、ただ一人の女、大迫香子だけをその心のまんなかで一途に追って、みずみずしくもえて生きてきた男だった筈なのに……。

わかることは、雪代がいま、飢えきった猛獣さながらに、泰邦の肉体をむさぼり食っているということだけであった。

理不尽、悪夢、奇蹟……そんな言葉が、駿介の脳底をかけめぐった。

実際、雪代にしてみれば、それはまさしく奇蹟的な事柄であったと言わねばなるまい。彼女が恍惚のきわみにさしかかっているさまは、あられもないベッドのきしり音《ね》からだけでも、容易に想像がついた。

それだけに、もし彼女がいま、この裏屋根に駿介がしのびよっていることを知ったなら、思いつかない筈はないのであった。この機会をあますところなく利用し尽くすということを。

泰邦が彼女のベッドにいる。誰もがありえないと打消すにちがいない。打消す者たちの鼻をあかすには、ただ見せてしまえばいいのであった。さらけだしてしまえばいいのだ。さらけださせたのは、雪代ではなく、駿介だということになる。雪代は、やむを得ず密事《みそかごと》をあばかれる羽目に至った被害者というわけだ。

「泥棒っ。強盗っ。痴漢っ……」

と、叫びながら、そのことで駿介を辱《はずか》しめ、同時にそれが母の香子への腹癒《はらい》せともなることを、彼女なら考えるだろう。泰邦との仲を公《おおやけ》にして、のっぴきならない結びつきにする絶好の機会だと、彼女が思いつかない筈はなかった。そしてなによりも、雪代を満足させるであろうことは、これが男に縁のない女の自尊心を完璧に回復させる、まさに願ってもない好機となりうるその点だろう。

しかもすべてが、彼女自らの意志ではなく、覗き少年駿介のせいにしてしまえるのだ。

と、物々しい叫び声をあげながら、喜悦の表情をうかべてほくそ笑む雪代の顔が、駿介には眼に見えるようだった。

「誰かきてぇ……」

雪代が金切声を発して叫びたてるだろうと考えたとき、闇のなかで、駿介は危うく屋根瓦を踏みすべらせて、息を呑んだ。

なぜ泰邦がこんな女の部屋にいるのか……そのことがいまは問題ではなかった。泰邦がいることは、疑いようのない現実なのだから。問題はもっとほかにあった。

雪代が「強盗っ」と叫ぶとき、その瞬間の泰邦のことを、駿介は忘れていた。

家中の者が、いや、母の香子が、この部屋に駈けつけるとき……その瞬間の泰邦のことを、駿介は咄嗟《とっさ》に思った。

そのときの、泰邦の身の置き場を、そして駈けつけた母の身の置き場を、駿介は考えた。

考えると、全身が硬直した。一歩も動けなくなった。

（もしかしたら……）

と、いう思いが、一瞬、頭の隅を走り抜けたのであった。

その前日の昼間のことだった。

母が趣味にいじっている香水の調香室が、母屋のはずれの地下にある。庭樹の木影でみどり色に染まるその地下室への赤い煉瓦の階段は、夏場ひえびえとして、地苔《じごけ》の匂いがたちのぼり、大迫家の内で駿介のいちばん気に入っている場所であった。その煉瓦の階段の下の踊場で、泰邦が母の唇に触れているのを駿介は見た。

母は、硬く、まっすぐに両腕をさげて身をのばし、泰邦はそんな母を、やわらかくつつみこむようにして、しずかに抱いていた。泰邦のランニングシャツに木洩《こも》れ陽《び》が当っていた。そのはげしい白さと太い褐色の腕のなかで、すっぽり抱きとられた母の体は繊《ほそ》くたよりなげにうち震えて見え、やがて泰邦のがっしりとした盛んな若木を思わす肉体へ、跡形もなく呑み込まれ、消え入ってしまいそうな気さえした。

母のそんな消滅感が、駿介をにわかに安らかにさせた。木蔭に身を隠してからも、ひどく美しい風景画でも見た後のような、やさしい夢見心地の気分が、しばらく駿介のなかをたゆたった。

「五年間でした。五年……待ちました」

力強い泰邦の声だった。だが、いたわるような声でもあった。駿介には、見なくてもわかっていた。泰邦の若い眸《め》に、真赤なけしのように咲きたっているものが。

そんな泰邦の声を後にして、駿介はその場を離れたのであった。

(雪代も……あの二人を見てしまったのではあるまいか)

そう思うと、駿介は急に、何か見えない闇の手が、あのしずかな美しい出来事をじっと育んでいた真昼間の木蔭の一瞬時から、確実にひとつの策謀の歯車を押し出し、廻しはじめたのではあるまいかという気がしてくるのだった。

少なくとも、雪代なら、やりかねないことであった。

目の前の窓は、半ば開いている。

(覗けるようになっているのだ!)

雪代がどんな手段を弄《ろう》し、どんな奸計《かんけい》の手に泰邦をつきおとして、この部屋のベッドに沈め、横たわらせることに成功したのか、その仔細はわからないにしても、泰邦がいまこのベッドにいることだけは動かしがたい現実だった。

ほんのわずか十数時間前、

「五年間でした。五年……待ちました」

力強い声で、母にそう言った泰邦だった。

(――――)

駿介は、心のなかで泰邦を呼んだ。

何が起こったのか、問い糺《ただ》したかった。それを知りたい一心で、この屋根瓦の上に這《は》いつくばっているのだった。

駿介は、もう一度、目の前の窓を見た。

半ば開かれて可憐な透かし模様の揺れるレースのカーテンを覗かせているその窓が、一瞬、途方もなく不吉な策謀の窓に思えた。

雪代のほんとうの恐ろしさが、そしてとつぜん、理解できたような気がした。

(引き返さねば!)

と、やにわに駿介はそう思った。

とにかく、何がこの窓のなかで企《たくら》まれ、この窓のなかで待っていようと、自分がいまそれに手を貸すようなことだけは、避けねばならない。そんなことは決してできない。

いや、させてはならない。

駿介は、あわただしく頭《こうべ》をめぐらした。闇の宙に、すると昼間見た泰邦と母の姿が蘇《よみがえ》った。夜のなかで、奸策の手におちた泰邦と母は、なぜか、もぎたての禁断の実を悲嘆のてのひらにのせ、苦痛の天をさしあおぐ若いアダムとイブの姿と化し、しばし駿介の眼先に変幻し、出没した。

(逃げ出さなければ、一刻も早く)

駿介は心持ち体を起こし、あえぎながら、反転をはかった。

途端であった。

瓦が鳴った。

二、三枚を一時に連ねてもちあげる容赦のない音だった。その内の一枚が、べりっと爪先《つまさき》でさらに甲高く割れて崩れた。

駿介は、眼をつぶった。

「……待って」

と、確かに雪代の押し殺した声がした。

「誰かいるわ」

と、その声は言った。

にわかに衣《きぬ》ずれの音が起こった。起こると、ベッドが大きくきしんだ。きしみながら、乱暴に揺れるのが駿介にも聴こえた。

「待ってったら……」

と、窓のなかの雪代の声が、身を起こしながら何かを制するようにひびいた。争ってでもいるような小刻みな衣ずれと咽のあえぎが、それにつづいた。「ねえ待って……ちょっと待ってったら……」雪代の声はしかし急に意味のとらえがたい音声となり、ひときわはげしい衣ずれをともなって、やがてベッドのきしみ音のなかに引き戻された。

窓は、荒れた高い音を放って、再び呼吸を乱しはじめた。

駿介は、いまでも考えてみることがある。このとき、泰邦はまちがいなく駿介の姿を見たのだと。おそらく、化粧台の大鏡のなかでだったにちがいない。そして雪代からそれをさえぎり、彼女を強引にベッドの上に釘づけにしてくれたのだと。

あらあらしくあの醜悪な女の体を組み敷いてもみしだく泰邦の鋼のような肉体を、駿介は、べりべりと小刻みに鳴りつづける夜明けの屋根瓦の上を渡りながら、何度も思い描いた。

泰邦がそのとき考えたことは何だったろうか。駿介の急場を救ってくれた泰邦が、何を考え、どんな思いで、あの女を体の下に組み敷いていたか。それが知りたい、と駿介ははげしく何度も思いつづけたのだ。

母をあんなに力強く、あんなにひっそりと、美しく抱いた泰邦が、一日とたたぬその日の夜に、なぜ雪代のような女と汚辱の汗にまみれることができるのか。

駿介は、部屋に帰りついてからも、そのことを考えつづけた。そしてその間中、たえずはげしく、自らを呪った。

駿介がその夜、厠にたちさえしなければ何事も見ずに済んだのだ。いまいくら後悔してもどうしようもないことではあったが、厠の窓から、ふと離れの戸口を出るひとつの人影が見えたのだ。離れは、広い芝生の庭の彼方にある。泰邦は滞在中、いつもそこで寝起きしていた。星明かりのヒメコウライ芝を踏んで庭をよぎってくる人影は、やはり泰邦なのだった。駿介はなぜか一瞬、そのとき体の内が熱くもえた。出張中の父は、明日でなければ帰ってこない。急にそんなことを思いつく自分に、いきなり強く胸が躍った。

「五年間でした。五年……待ちました」

その刻《とき》が、とうとう今夜きたのだと、目がしらが痺《しび》れたみたいにじんとした。いま、その刻がはじまるのだ、と。

……しかし泰邦は、母屋へは近づかず、裏二階のある棟《むね》の方へ、風呂場の脇口《わきぐち》をくぐり抜けて消えたのだった。

こんもりと盛りあがったヒメコウライ芝のふくらみを、ゆっくりと踏んで通りすぎたあの跫音《あしおと》の無惨さが忘れられない。

駿介は、ベッドの上で反転した。

（穢《きた》ない）

と、心のなかで、泰邦を詰《なじ》った。

（穢ない。穢ない……！）

堰をきったように、口に出して毒づいた。

……だが、何度「穢ない」と罵倒しても、また、どんなに醜悪な雪代の姿態を思い描き、どんなにはげしくその想像で泰邦を汚そうと努めても、駿介のなかの泰邦は汚れなかった。

雪代を組み敷いている泰邦の肉体は、強健なかがやきに充ちていて褐色の憂いをおび、少しもつややかなみずみずしさを失わず、無垢であった。

自分のなかで、何度試みても崩れない泰邦の穢《けが》れのなさが、駿介には奇怪であった。

この日、少し苦しい、と言い、苦しいことはおれは好きだ、と言った泰邦の言葉のわからなさとともに、それは結局、大迫駿介にとって、いつまでもわからない謎となった……。


駿介が十六歳の夏の七月二十三日、暦の上では大暑、土用の丑《うし》の日の朝は、こうして明けた。

灼爛《しゃくらん》の太陽が中天にかかり、芝生と立木の森の庭をくまなく焙《あぶ》りたてはじめた陽ざかりどきがくるまでは、大迫家は表向きふだんと変るところはどこにもなかった。

むしろしずかで、穏やかでさえあった。

2

U造船会社の重役業務で一週間ばかり海外を廻っていた父の耿平は、その日、朝の内に帰ってきた。入れ替りに正午前、信仰団体の集会とかで、雪代が出掛けた。出掛けるとき彼女は、白い日傘を、真赤な花地模様のプリント物にわざわざとりかえ、

「ちょっと派手かしらねえ」

と、母の香子に上機嫌で声をかけ、いそいそと出ていった。

変ったことと言えば、それくらいのものだった。

耿平は、昼近くまで泰邦とビールを飲んだりして座敷で刀剣の話に興じていたし、兄の明彦は、二階の自分の部屋にこもったきり昼食どきまで降りてこなかった。弟の剛生は明彦とは逆に、オレンジ色のビキニパンツ一枚になり、モーターをまわして池の水替えを一人でやったり、芝生の上を縦横無尽に動きまわり竹刀稽古《しないげいこ》の気合をあげつづけていたりした。剣道の腕前は、三人兄弟のなかでこの中学二年の剛生が一番抜きんでていて、もともと気性の荒い子だったが、中学に入った頃からめきめき体力をつけ、体軀《たいく》もいまでは大柄な駿介とほとんど優劣はつけがたかった。

母の香子は、朝の内は旅装をといた耿平の身のまわりにつききりだった。そのあと、ビールのつまみの揚げ物をつくったり、耿平の好物の素麵《そうめん》を茹《う》でて冷やしたり、昼食の支度にとりかかったりで、雪代のいない炊事場で食べ事に追われていた。

駿介は、それらの人間たちの間を、なんとなくうろうろ往来する格好で、とりとめもなくアッという間に午前どきをすごしてしまった。自分ではうろうろしたつもりはないのだったが、

「駿介」

と、耿平には見咎《みとが》められた。

「お前、なにを出たり入ったりしとるんだ。少しは腰を落ち着けろ。ここへきて、泰邦さんの話でも聴いたらどうだ」

青藍《せいらん》色のポロシャツを着た泰邦は、そのとき、明るい座敷のまんなかにきちんと正座したまま、まっすぐに駿介を見た。端正な、たじろぎのない眼であった。

駿介はあわてて視線をそらし、うろたえている自分を、泰邦にではなく父に見抜かれはしないかと、ひやりとした。

「あとにするよ。母さんに頼まれてるからね。これ。調香室に置いてこなきゃ」

と、言って、五センチばかりの細い硝子の小壜《こびん》を、目の高さにかかげて見せた。

耿平が母に持って帰った外国土産の品であった。

壜の底には二センチ嵩《かさ》ほど、濃褐色のどろりとした液体が入っていた。

「いや、あいつがまた、刀に劣らず高いんですな」

と、耿平は駿介の手の中の小壜をちょっと顎でしゃくるようにして見、その血色のいい顔を泰邦の方へ戻した。

「あれ、一キログラムで何百万とするやつがあるんですよ。もっともまあ、素人さんが持ってたって猫に小判。また、素人さんの手になんか入らない品物ですがね。そういう点じゃ、あれも刀によく似てますな」

父がこの微量の液体を母に手渡したとき、母が父に見せたやさしいうるおいのある表情は、母が父の妻以外の何者でもない女だということを、ごく自然に物語っていた。駿介をまっすぐに見たたじろぎのない泰邦の眼と、それはある意味で同質のものだった。

母にも、泰邦にも、昨日という一日が存在したことが嘘のような静謐《せいひつ》さがあった。

「よく手に入りましたのね」

と、母は、小手《こて》にかざすようにしてその壜をつまみあげ、嬉しそうに透《す》かし見た。母の細い指先が、そのとき庭からの光でいきなり褐色に染まる眺めは、ひどく清冽《せいれつ》で美しかった。

「お前には、それが一番だろうと思ってな。原地の蒸留工場でちょっと闇取引したってわけさ」

「いらしたの？　グラースに」

母は眼をかがやかせて、耿平を見た。

「ああ。ちょうどマルセイユまで行ったんでね。足をのばして、カンヌから登った。何しろ、お前のメッカだからな。ここまできて、見とかないてはないと思ってさ」

「そうでしたの」

母は、少しはにかんだように父を見た。

繁多な仕事のスケジュールの合間をぬって、耿平にはおそらく何の興趣も湧かなかったであろう一つの土地を、南仏の山岳地帯にある古い小さな田舎町を、彼が訪ね、望みもしなかった高価な香料の原液を土産に忘れなかったということへの、しみじみとした満足感が、母の眼のなかには溢《あふ》れていた。

「いいのかい、嗅いでみなくって」

「わかってるわ。きっと、わたしがいま一番欲しいと思っているもの。あなたはいつも、なんにも知らない振りをして、何もかもちゃんとお見通しなんだから」

「わからないぞ。案外見当はずれの花だったかもしれないぞ」

「いいえ。これは、ラベンダー。わたしの調香室から姿を消して……もう、何年にもなる花だもの。ほんとに、これが欲しかったの」

母はもう一度、小壜の底の液体を透かし見るようにして、眺めた。

母の調香室とみんながよんでいる地下の部屋には、いまでも香料の原液壜が、百種類近くは並んでいる。昔はもっとあったという。

「だって、この壜たちが、母さんのお嫁入り道具だったんだもの」

と、母は、駿介たちにもよく話した。

母の祖父に当る人物が香料会社を創立し、小さい時分から香料に馴《な》じんで育った母は、やがて調香師としてその会社で働くようになり、間もなく結婚して駿介を生んだのだ。

「お前がまだ母さんのお腹《なか》にいる時分に、お父さんは亡くなったの。ただ風邪を引いただけだったのにね……ほんとに、アッという間だったの。途方にくれたのよ、母さん。お前を生んで、それからまたお祖父《じい》様の会社で調香師をはじめたの。何がなんでも、調香の腕一本で、母さん生きてみせるって思ったわ。だって、ちょっと調香をかじっただけですぐ結婚して、やめてしまう。そんないい加減なものじゃないぞって、匂いの神様がお怒りになったんだって、母さん、思ったの」

「匂いの神様って？」

まだ小さかった頃の駿介は、じっと耳をすまして母の言葉に聴き入った記憶がある。

「母さんにね、匂いの世界を下さった神様。だって、そうでしょ。母さんがいくら調香師になりたいと思っても、母さんにたくさんの匂いをかぎわけられるお鼻がなかったら、なれないわ。母さん、その才能があるって思ったのね。神様が下さったんだって。でもね、お祖父様がね、こうおっしゃったの。男の子には父親が必要だぞって。男親をもつなら、赤ン坊のときからもたせてやれって。お祖父様もね、片親で育ちなさったの。そのお祖父様がそうおっしゃるの。……母さん、そのとき目がさめたの。母さんの一番大切なものは、お前だってね」

「じゃ、僕のために父さんと結婚したの？」

「そうじゃないわ。お前にはお父さん。明彦さんには母さん。それから、お父さんには母さん。母さんにはお父さん。みんなが必要だったからよ。母さん、そうしてほんとによかったと思ってるのよ。あのとき、お祖父様がお父さんを見つけてきて下さらなきゃ、母さん、いま頃どうしてたか……」

「調香師してりゃよかったじゃないか」

「駿介」と、母は少しかなしそうな眼をして言った。「お前、お父さんが嫌いなの？」

「そうじゃないよ」

「そうでしょ。あんないいお父さん、世界中どこを探したって、いて下さりゃしないわよ」

「わかってるよ」

「いいわね、駿介。大迫のお父さんが、お前のほんとうのお父さんなのよ」

と、母は言った。

大迫家の調香室は、母の祖父からの贈り物だった。調香台一式と、調香に必要なすべての原料、道具類を揃えて、母の結婚祝いにしたのだった。高価な花精油の原液、調和剤、変調剤、保留剤などのさまざまな香料も、祖父が生存中は、なくなれば補給してくれていた。つまり、近代設備の整った香料会社の調香室には比ぶべくもなかったが、母は結婚してからも一通りの調香仕事にはこと欠かなかったのである。

香水は、一キログラム何十万、なかには数百万円もする花精油の原液に、貴重な麝香《ムスク》、霊猫香《シベット》、海狸香《カストリウム》、竜涎香《アンバーグリース》などという動物性の天然香料、加うるに化学製の合成香料を百種類以上もまぜあわせてつくられる。花精油の原液も、動物性の天然香料も、すべてが国外品である。日本では手に入らない。

調香の仕事には、無論、それらのごく微量が使用されるのだが、まず二、三百種類は手持ちの原液が揃ってなければ満足な調香はできまい。匂いを探し、匂いを調合して、まったく新しい一つの匂いを創造する仕事なのだから。

母の祖父が、母に贈ったこの調香室は、だからたいへんな贅沢な贈り物だったのである。

「いい処方ができたら、持ってこい。買ってやる」

と、祖父は、言ったそうである。

祖父だからできた贅沢なのであった。

代がかわり、母の父や、その兄弟縁類たちが経営するようになって、E香料は企業としては日本の大手筋を争う香料会社にのしあがった。

だが同時に、母の調香室は、まったくかえりみられなくなった。当然のことであったろう。

やがて、母の調香室から一本ずつ原液が姿を消しはじめた。いや、壜はそのまま残っていた。なかみの花精油だけが、少しずつ嵩を低め、遂には消えてなくなった。名札のはられた細長い透明な小壜だけが、あとに残った。母はその花精油の一滴に息の根をとめ、一滴をなめるようにして扱った。だが、空壜は容赦なくふえていった。母は何も言わなかったが、そのたびに駿介は思った。母の世界から、花が姿を消すのだと。空白の壜の名札を読むことが、なぜかひどく駿介には息苦しかった。今日は、ジャスミン。今日はキズイセン。今日はミモザ……明日は多分、リラだろう。いや、チュベローズかもしれない。バラかもしれない……。

そんなことを毎日想ってすごした一時期が、駿介にはあった。

その母の調香室から、一番最初に姿を消した花の名が、ラベンダーなのだった。

エステル性の強い、独特の芳香を放つラベンダーは、どちらかと言えば、女性向きの匂いではない。男の香りだ。昔から、男性化粧品の王座を守ってきた香りである。

なぜか母は、この匂いをよく使った。と言うより、母が爪に灯《ひ》をともすようにして調香しつづけた香水は、この匂いが基調になっていた、と言ったほうがよいかもしれない。「そう……」と、その日の朝、耿平がもち帰ったラベンダーの花精油の小壜を、母がひどく懐かしそうな、生き返ったような眼でみつめながら言ったのも、駿介にはわからないことではなかった。

それはそれでよくわかったのだが、やはりこの日、母の上に微塵《みじん》も影をおとしていない泰邦との抱擁の名残りが、駿介にはふしぎでならなかった。

「グラースはいま、ラベンダーが咲きはじめた頃なのね……」

世界の香料植物のメッカ。香水の聖地。一年中花群《む》れの咲きさかる花精の地グラースに、一瞬思いを馳《は》せたかに見えた母の眼に、なぜか駿介は胸をつかれた。

しずかにかがやいた母の眼が、父とも、泰邦とも関わりのない世界を束《つか》の間《ま》映した、という気がしたからである。

（なぜなのか！）

母が、泰邦が、この日ほど駿介の手のとどかない場所にいて、とらえがたく、不可解だったことはない。

二人ともまるで申しあわせでもしたごとく、うろたえのない静謐のなかに身をおいていた。

その静謐さが、一人駿介だけを、いたずらに物狂おしくさせるのだった。

暑い夏の一日であった。

庭で、弟の剛生があげる鋭い気合と竹刀の刃唸りが、聴こえていた。

「ヤオゥッ――」

と、それは獰猛《どうもう》な、言葉にはならない雄叫びであった。大迫家を打ち揺さぶる、奇怪な獣めく暴れ声だった。駿介には、そんなふうに聴こえてならなかった。

その獣めく声を聴きながら、駿介は強い陽ざしのなかに出て、母屋のはずれの赤い煉瓦だたみの階段を、地下室へ向かって降りていた。

手に、濃褐色の重ったるい液体の揺れる小壜をかかえて。

大迫駿介がこのとき考えていたことは、なぜかふしぎに、一つの花の花言葉であった。

ラベンダー。

南フランスの夏。澄んだ空と明るい太陽に灼《や》かれる山岳地帯をいちめん紫色に染める花。

ラベンダーは、疑いの花である。

花言葉は、『疑惑』であった。

3

秋浜泰邦の死を駿介が見たのは、それから二時間ばかり後のことである。

昼食には、外出していた雪代を除く全員が顔を揃えた。陽気な酒のはいった耿平が旅行話をたやさないので、座は興じ、かなり賑《にぎ》やかな食事だった筈なのだが、駿介には奇妙に、泰邦の喋《しゃべ》った声を聴いた記憶がない。

食堂は、庭と小さな内庭に面した二方の硝子戸をとりはらい吹き抜けにして、風をとおしていたせいか、やけに明るく涼しかったような気もし、「風がない」と、何度も誰かが言っていたような気もする。

「閉めて、クーラー入れましょうよ」

と、母が言った記憶があるから、やはりじっとしていられない暑さはあったのかもしれない。

一家離散の日の最後の午餐《ごさん》となった会食である。克明に想い出して、頭のなかに叩きこんでおきたかった。何かがあった筈である。いや、何もなくても、二時間後には大迫家を壊滅にみちびいたあの恐ろしい事件が起きたのだ。わずか二時間前の食事である。事件が……事件の予兆のようなものが、なにかの影を投げかけていない筈はないのである。

だが、駿介がいくら想い出そうと努めても、それはつまびらかではない、ふしぎに記憶の散漫な、端々《はしばし》に闇の多い食事であった。

闇はしかし、洗いさらしたような隈《くま》ない真昼の明るさのなかにあった。

実際、それは素敵に明るい、夏の光にみちあふれた食卓だった。きらりと目を射たカットグラスの眩《まぶ》しいかがやき。氷片の沈む音。スプーンの背に映っていた庭木立。刺繍入りのナプキンの縁のしわ……笑顔の途中でむせて、精悍に上下した父の喉頸《のどくび》。あめ色の明彦の眼鏡の柄《え》。つとおよいで、泰邦の青藍色のポロシャツの前をよぎり、サラダ菜を小皿にとった母の白い手。砕氷鉢《さいひょうばち》で冷やした銀器のなかのゼリー状の褐色のスープのゆらぎ。素麵をすすり込むたびに、剛生の腕のつけ根であらわになった若い腋《わき》の盛んな叢《くさむら》。そして、信じがたいほど平安な、たえず凜々しさを失わなかった泰邦の澄みかえった眸《ひとみ》……。

それらのきれぎれの小景は、鮮やかに想い出され、駿介の記憶のなかの午餐の食卓の周辺で、明るい光のはざまに点在していた。隈のない明るさが、その他の光景を灼きとばし、洗いさらしてしまったのか……。

どう努力してみても、駿介の記憶のなかのこの日の午餐は奇妙にどこか断片的で、とりとめがないのであった。

考えれば、あの食堂にみちあふれていた夏の光の素敵に明るいかがやきが、事件の予兆だったのかもしれぬ。大迫家の最後を彩ってくれた、きらびやかな光輝の花飾りだったのかも。

食事の後、耿平は一睡りすると言って座敷へ引き揚げた。泰邦も、その潮《しお》に離れに帰った。明彦は確か、葡萄酒の酔いで目の縁を桃色に染め、シャワーを浴びに風呂場へ入っていった筈だ。

「おれもちょっと、ネムネムするか」

剛生も立ち上がり、一番しまいまで食卓にいたのが駿介だった。

だった、と、駿介は思う。母が食卓の後片づけをはじめるのを見て、二階へ上がった。

ベッドに寝転ぶと、すぐに睡りがきた。

（疲れた）

と、睡りおちながら、自分が思ったことをおぼえている。

明彦の部屋は、駿介の東隣り。剛生の部屋は、廊下を曲ってすぐの南隣りに並んでいた。

駿介が目を醒ましたのは、太陽のせいだった。西向きの窓から、陽がベッドいちめんに射し込んでいた。何か夢を見ていたんだと、駿介はそのとき思った。けだるい醒めぎわの不快な感じが、体の節ぶしに鉛をおとすようにぶらさがっていた。夢は浅く、何か恐ろしいものでもあったのか、咽もと近くまで名残りがまだ尾を曳《ひ》いていて、想い出せそうで出てこない。夢のなかで駿介は走っていたような気がし、走りたくても足が運ばず、必死に歩いていたような気もする。歩いて、この部屋のベッドへたどりついた途端に夢の醒めぎわがやってきた……そんな感じの、目醒めであった。

時計を見た。まだ陽ざかりどきの終っていない三時少し前だった。二時間寝たのか、と駿介は思った。夢の中で、一度水を飲みに降りたような気がしたが、やはり睡っていたのだった。睡った気が少しもしなかった。駿介はカーテンをしめに立った。睡りなおすつもりだった。

その窓から、下の庭は、大半が見渡せた。

ヒメコウライ芝の広い芝生は、陽ざかりのさなかにあった。

芝生の奥の切れ目から木立にかかる林の樹間に、赤いハンモックが一つ《つ》吊られていた。網のなかには人が寝ていた。ランニングシャツにデニムのパンツの、泰邦だった。

その赤いハンモックは、木洩れ陽のなかでかすかに揺れていた。

傍《そば》に、もう一人、人がいた。剛生だった。ビキニパンツに半裸の剛生は、陽ざらしの芝生のなかに立っていて、ハンモックを見おろしていた。

庭は動かず、静寂で、ただひたすら直射光に焙《あぶ》りたてられていた。

大迫駿介は窓ぎわに立ったとき、反射的に顔をそむけた。眼の奥を殴打する閃光に、思わず瞼《まぶた》を閉じたのだった。

うっすらと眼を見開きながら、駿介は見た。

剛生が手にぶらさげているものを。

閃光は、その庭の剛生が手にぶらさげているもののなかからほとばしっていた。

(『次吉《つぐよし》』!)

駿介は、とっさに思った。

なぜそう思ったのか、わからなかった。大迫家には、刀は幾振りかある。剛生が握って突っ立っていたものは、日本刀にはちがいなかったが、『次吉』かどうかはわからなかった。

だが駿介は、そう思った。いや、思ったのではなく、見た、という気がした。刃長二尺七寸、反《そ》り一寸。小杢目肌《こもくめはだ》の青みをふくむ黒い地鉄《じがね》に、逆丁子乱れの白刃の刃文がはっきり見えた。見えた、と、このときの駿介は、衝撃的にそう思った。見える筈のない距離であった。

剛生も、泰邦も、庭も、まるで動かなかった。

赤いハンモックも、もうほとんど静止していた。

動くのは、剛生がぶらさげている日本刀の刃《やいば》が放つきれぎれの閃光だけだった。

長い時間、そうであった。

何かが、いま起ころうとしているのか。起こってしまった後なのか。それとも、何か刀の話でも、二人は交しているのであろうか。いや、交すべく、剛生が泰邦のそばへ歩みよったところなのかもしれなかった。

駿介はそんなことを思いめぐらし、むしろぼんやりと庭の二人を眺めていた。

惨劇は、この直後に、しかもじつに奇怪な形で、たてつづけに展開された。

それはちょうど、なりをひそめてとびかかるのを待っていた死が、一気に後脚《あとあし》を蹴り、大迫家の上におそいかかって跳梁《ちょうりょう》した、とでもしか言いようのないす速さといわれのなさを持っていた。

剛生が、とつぜん腰を揺すった。と見るや、手の刀は大上段に振りかぶられていた。

(剛生っ!)

駿介は動転した。叫んだつもりだったが、声はでなかった。そのときにはもう、日本刀は振りおろされていた。白刃は、泰邦の二の胴から三の胴あたりの腹筋へ、すうっと吸い込まれるように消えていた。同時に、ハンモックの吊り綱も切れ、泰邦の体はごろんと地面の上に転がった。

夢のつづきを見ているような、一瞬間の出来事だった。

剛生は、放心の態《てい》で二、三歩後ずさった。刀が手のなかをすべりおち、芝生に沈み、そこでまた光った。剛生は、いつの間にか歩きだしていた。ふらふらとした足どりで芝生を横切り、やがて母屋の庇のかげへ入って行って、見えなくなった。

間もなくして……、母が、入れちがいに、その庇のかげから走り出てきた。琥珀色の長いワンピースの裾が陽ざしに透けて、芝生の上をもつれながら不吉なほのおの翅《はね》のように舞っていた。母は一度、芝生の中央で立ちどまり、それからまた走りはじめた。何かを叫んででもいたのであろうか。口を開き、手も前方に大きくのばして開いていた。走っても走ってもたどりつけない夢のなかの時間と距離を、駿介はそのときの母と泰邦の間に感じた。

母は最初、ぼう然と泰邦の死体を眺めおろしているふうに見えた。急に庭がまた、静謐の時間をとり戻したかに思われた。母は、いつまでも立っていたような気がする。母は永久に動かない人になったのではないかと、駿介は思った。だから母の体が動いたのが、駿介には信じられなかった。鋭い、ためらいのない動きであった。また、誘いよせられ、操られているふうにも見える身ごなしでもあった。

白柄《しらつか》の日本刀が、母の手に拾いあげられていた。琥珀色のワンピースの裾が、くるくると刀身にまきついた。母は、その上から刃をにぎっていた。切先《きっさき》は、やはりすうっとわけもなく母の左乳房の下へ吸い込まれた。吸い込まれることを待ってでもいたように、物打《ものうち》のあたりまで深々と刃先を沈めた。

ゆっくりと母があおむけに倒れる姿は、美しかった。

醒めない夢の感覚が、それを美しいと自分に思わせたのだ、と駿介は思った。

その後のことは、夢の、また夢であった。

……実際、大迫駿介には、この日起こったことのすべてを正確に想い出すことはできない。

いつ窓ぎわを離れたのか。どんな風にして階下へ降りたのか。どこで最初の剛生の叫び声を聴いたのか……、駿介は、おぼえていない。

剛生は、風呂場の流し場にうずくまって、水びたしのタイルの床を打ちすえつづけていたような気もする。体を洗っていたのでもあろうか。いや、父が、荒れ狂う剛生をおさえつけ、風呂場の水を浴びせかけていたのだったか。

（そうではなく、父ではなく、あれは兄の明彦だったか……）

いや、最初に剛生を見たのは、廊下の柱にへばりついて哭《な》き叫んでいる彼ではなかったか。父が、引き放そうとして、その剛生にしがみついていた。

『おれじゃないっ』と、剛生は叫んでいた。『おれが殺したんじゃないっ……殺しゃしないっ……斬れって……泰邦さんが斬れって言ったんだっ……嘘じゃないっ……死ぬ前にそう言ったんだっ……自分で言ったんだっ……おれが殺したんじゃないよっ……おれが行ったとき、もうあの人は死にかけてたよ……虫の息だったよっ……ほんとだよっ……下腹が切り裂けてたよっ……切り裂けたままでハンモックに寝てたんだよっ……』

剛生はしゃくりあげるかと思えば、獣のように吠《ほ》えた。

『あの人が言ったんだっ……その刀で斬れって……斬って……刀の切れ味を見ろってっ……試せってっ……そう言ったんだっ……早くしろってそう言ったんだっ……言いながらあの人は死んだんだっ……ほんとだよっ……おれの見てる前で死んだんだっ……斬るつもりなんかなかったよっ……そんなことできやしないようっ……』

『できやしないようっ』と、言った剛生の声が、高く笛のように屋敷の宙を駈けめぐった。

『刀が手から離れなかったんだようっ……』と、剛生は言った。『わからないんだようっ……おれにも……何もわからないんだようっ……なぜ斬ったのか……わからないんだようっ……』

剛生は、狂乱状態であった。

暴れまわる剛生が、明彦の胸ぐらを鷲掴《わしづか》んだのは、どこでだったか……。廊下でだったか。茶の間の床飾りを蹴倒したときだったか。座敷の襖《ふすま》を踏みしだいたときだったか。

剛生は、いきなり猛然と兄の明彦にとびかかっていた。

『そうだろっ、お兄ちゃんっ……お兄ちゃんが知ってるだろっ……言えよっ……言ってくれよっ……おれが殺したんじゃないってのはお兄ちゃんが知ってるんだっ……お兄ちゃんも見てる筈だよっ……泰邦さんが死にかけてたのを知ってる筈だよっ……だってお兄ちゃん、泰邦さんの傍に立ってたじゃないかっ……泰邦さんの顔を覗き込んでたじゃないかっ……おれがいく前にお兄ちゃん……あの人の傍にいたじゃないかっ……刀をもって立ってたじゃないかっ……』

『刀を持って立ってたじゃないかっ』と、言った剛生の声が、陽ざらしの庭へ突きぬけて暴《あら》い咆哮《ほうこう》のように走り去った瞬間が、駿介には忘れられない。

明彦は首を振り、はげしく振り、剛生の腕をもぎ放そうとした。あめ色の眼鏡がとび、砕け散りながら明彦のまなじりを鋭く切った。

『言ってくれよっ……』と、剛生は、必死にとりすがった。『あの人は何て言ったんだっ……あの人と何を話したんだっ……話したんだろっ……聞いたんだろっ……おれが殺したんじゃないと言ってくれっ……』

『知らない……』と、明彦は、首を振った。

父の方へ顔を向けて、やみくもに振った。

『でたらめを言うな……僕は知らん……そんなところへ行きやしない……あの人の傍へなんか寄りゃあしない……庭へなんか出なかった……血迷うなよ剛生……しっかりしろ、剛生っ……』

『畜生っ……』と、剛生は、怒号した。

怒号の前だったか、後だったか、明彦をみつめながら一瞬、信じられないといった表情をみなぎらせた、はり裂けんばかりの剛生の瞳が、駿介の記憶には残っている。

剛生はそのときから、狂暴な光を眼にためた。

言葉つきもガラリと変った。

兄と弟が逆であった。

『お前がやったんだなっ……』と、明彦の首に手をかけた。『そうだろっ……お前が泰邦さんを殺《や》ったんだっ』

『何を言うか……』

明彦はもがきながら、逃れようとした。二人は組打ちとなった。

『黙れっ……』と、剛生は、さらに明彦の喉頸に力を入れた。『おれはちゃんと見たんだぞ……さあ、言えっ……お前が殺したとはっきり言えよっ……お前があたりを見まわして、それから刀を投げ捨てて、勝手口の方へ駈け込んでくのを見てるんだぞっ……様子が変だと思ったから、おれは庭へ出て見たんだ……刀を拾って、泰邦さんの傍まで近寄って行ってみたんだ……下腹から血を噴いてたよ……』

『ちがうっ……』

　と、明彦が、悲鳴のような声をあげた。

『僕が行ったときはもう下腹を突いてたんだっ……』

『それ見ろっ……お前は行ったんじゃないかっ……』

『そうさ、行ったさっ……』と、明彦は、馬乗りになられながら、下からわめいた。

『行ったけど……殺しゃしないっ……』

『このやろうっ……まだ言い逃れようってのかっ……』

『嘘じゃないっ……刀がキラキラ光ってたんだっ……ハンモックの上で光ってたんだっ……それで僕は行ってみたんだっ……まさか刀だなんて思やしないっ……何が光ってるのかと思って行ってみたんだっ……』

　明彦は、午後、外出して、帰ってきたところだったと言った。玄関脇から庭の方へまわって、縁側の沓脱《くつぬ》ぎに腰をおろした途端、ぎらっと横あいから反射光に見舞われた。目をこらすと、光は林のなかで発光していた。ハンモックに誰かが寝ている。何気なく近寄ってみたのだと言う。

「あの人の下腹へ……刀が突き刺さってたよ。あの人は両手で、その刀の刃をじかに握ってた……握って、まるで睡ってるみたいだった。腹は、半分くらい切れてたよ……僕はもう泡くって……とにかく、誰かにしらせなきゃ。そう思ったんだ。そのときだったよ。あの人、目をうっすらと開いたんだ。開いて……何かを言おうとしたよ。刀を動かそうとしてるんだ……苦しそうだったよ……刀を抜いてくれって言ってるんだと思ったよ……僕は……僕はっ……そう思ったんだよっ」

明彦は、急に昂《たか》ぶって、土気色《つちけ》の顔をわななかせた。

父と駿介が二人がかりで、剛生を明彦から引き離した後のことだった。

明彦は父に、訴えるようなまなざしを投げかけた。

「ほんとうだよっ、父さん……僕は、刀を抜いてやろうとしたんだ……でもあの人、手を離さないんだ……しっかりと握ってるんだ……そりゃ、もの凄い力だったよ……僕は離させようとしたんだ……離させようとして、刀の柄を握ったんだ。あんなふうに……あんなふうに刀が動くなんて思わなかったよっ……ずるずるっと……ほんとに、ずるずるっと動いたんだ……動いて……残りの腹を切っちまったんだよっ……」

明彦は、泣き伏した。

「嘘をつけっ」と、叫んだのは剛生だった。

「泰邦さんが言ったんだろっ……切ってくれって頼んだんだろっ……おれには、はっきりそう言ったんだっ……お前に言わない筈がないよっ」

「言ったようっ……」

と明彦は、しぼりだすような声で両肩を震わせた。

「でもそれは刀を抜いた後なんだ……嘘じゃないよ……あの人の手から急に力が抜けた

んで、刀は僕についてきたんだ……そしたら、あの人はそう言ったよ……『斬れ』って……でも、まともな声じゃなかったよ……うわごとみたいな声だったよ……夢うつつに言ったんだよ……あれは僕に言ったんじゃない……独り言だ……あの人の独り言だよ……確かに、『斬れ』って二、三度言ったよ……でも……」

と、明彦は、言って、不意に言葉をきった。何かに思い当りでもしたように、昂然《こうぜん》と顔をあげ、剛生を見た。

「そうだ。『斬れ』とは言ったけど、『試せ』とは言わなかったぞ。『刀の切れ味を見ろ』とは言わなかったぞ」

「何《な》にいっ」

と、剛生は血走った眼をたけり立たせて、明彦を見返した。

「それじゃおれがっ……おれがっ……作り話をしてるってのかっ……勝手に斬ったってのかっ……斬りたくて斬ったってのかっ……そうなのかっ……このおれがっ……あの人を試し斬りの裾物台《すえものだい》にしたってのかっ」

剛生は再び、おどりかからんとして、父の両腕のなかで身もがいた。

「放せっ……放してくれっ……あいつに白状させてやるっ……あいつがやったんだっ……あいつが人殺しなんだっ……そうなんだようっ……」

駿介の記憶のなかにある父は、なぜか声をもっていなかった。

父がこの間、ほんとうに何も喋らなかったのか、そうではなかったのか。父の声だけが脱落しているのである。かわりに、父の幾百とない表情は、頭のしんにこびりついている。どの表情も、苦悩にみち、苦痛にたえて、かなしげだった。この日、事件のさなかにあって、沈着だったのは、父、ただ一人だけであったから。

この騒ぎの間中、父は一人で何かに耐えていたのだと思うと、駿介はいまでも、母の死を思うときよりも涙が湧いた。

「お前たちは……それでも兄弟か！」

と、大喝した父の声だけが、一声、耳の底に鳴り響いて残っているのである。

「いいか、二度とは言わん」

と、父の耿平は、三人の誰にというわけではなく、三人兄弟に対《むか》って言った。

「母さんが……なぜいのちを絶ったのかを考えろ。説明はせん。お前たち一人一人が考えろ。そして、行動しろ。その上での行動だったら、わしは何も言わん。母さんの死を、無駄にしようとしまいと、それはお前たちの勝手だ。ただ、このことだけは忘れるな。母さんは、ああすることが、母さんのやらなきゃならないことだと信じてやったんだ」

剛生が、まっ先に、凄まじい声をあげて哭き崩れた。

父はやがて、三人に、

「警察がくるまで、部屋に引っこもってろ」

と、だけ言った。

そして、座敷へ入って行った。

「おれだよ……」

と、剛生は、彼の部屋のマットの上にうつぶせてからも泣きやまなかった。

「母さん……おれのために死んだんだ……泰邦さんを斬ったっておれが言ったから……泰邦さんをおれが斬ったから……」

駿介も、多分そうだ、と思った。

少なくとも、母がとっさにその刀で死を考えたのは、剛生をかばう一心からであったろう。母が死ぬことが、剛生をかばうことになるかどうかは別にして、そうだろうと、駿介は思った。

剛生が刀を捨ててふらふらと母屋へ入ってきたとき、母は食堂の奥の茶の間で、父の旅支度のかたづけをしていたと言う。

ビキニパンツ一枚の格好で、剛生はぺたりとその母の傍へすわった。返り血はほとんど浴びてはいなかったが、太股《ふともも》のあたりに二、三滴、血痕はついていた。

「どうしたのよ。何よ、その顔」

母は気にもかけずに、かたづけものの手はとめなかった。剛生の体が生傷を絶やさないのは、いまにはじまることではなかった。

「洗ってらっしゃい。よく消毒しとくのよ。お昼寝してたんじゃなかったの？」

剛生は、昼寝はしたのだが、寝つかれずにプラモデルの組立てを一時間ばかりして、水浴びにおりてきたのだと言う。そのとき、母屋の廊下から簾《すだれ》越しに、泰邦の傍に立っている明彦を見たのだった。

「変なひと。何をポカンとしてるのよ」

母もやっと剛生の異常な様子に気がついて、彼を見た。

「斬ったんだよ、おれ……泰邦さんを……斬った……死んでるよ……庭のハンモックで……」

母は、けげんな表情をし、

「え?」

と、一度、尋ね返した。それから急に立ち上がって、食堂へおり、硝子戸を引き開けて庭を見た。そのまま母は、陽ざしのなかへとびだしていったのである。

そして、死んだ。

多分、と駿介は思う。母は、剛生が泰邦を殺害したのだと思ったであろう。一つの死体が、目の前にある。剛生は、それを斬ったと言う。無論、理由はあるであろう。だが、その死体を前にして、いまさら理由などきいて何になろう。死体がそこにあるということだけは現実だ。母はおそらく、そう思ったにちがいない。いや、そう思った母の動転が、少なくとも、母の死のとっさの導火線になった筈だ。

泰邦を殺害した同じ刀で自分が死ぬ。傍目《はため》には映るとでも考えたのだろうか。泰邦を殺して、自分が死んだ、と、自分が死ねば、汚名は立つだろう。痴情沙汰《ちじょうざた》。心中行。もっと他にも、せんさくの汚名はつくかもしれない。だが、剛生を殺人者にするよりはましだ、と、母は考えたのだろうか。

それとも、やはり……と、駿介は思う。

泰邦と一緒に、母はいのちを絶ちたかったのではあるまいか。

それらのすべてが、母の死の間ぎわに、母が考えた事柄であるような気がする。

母は、あの場合、やはり死ぬより他《ほか》はなかったのだ、と駿介には思われた。

（母さんは、ああすることが、母さんのやらなきゃならないことだと信じてやったんだ）

父の言葉が、肺腑《はいふ》をえぐった。

あおのけざまにゆっくりと傾《かし》ぎながら、芝生の緑に身を沈めた母の姿は、美しかった。

あの美しさは、何だったのだろうか。

母の苦悶のせいだったのか。母の犠牲のせいだったのか。それとも、母の歓《よろこ》びのせいだったのだろうか。

いまとなっては、父の耿平が、あの母の死の瞬間を見なかったということが、せめてもの慰めであった。駿介には、そう思われた。

父は、明彦に起こされるまで、座敷の寝間で午睡のなかにあったのだから。

「じゃ」と、駿介は、剛生に確認するように訊《き》いた。「兄さんは、見たんだな。母さんの死ぬところを」

「うん」と、剛生は、うなずいた。「あいつが、勝手口からいきなり泡食ってとびだしてきたんだよ。母さんが、母さんがって、わめきちらしながら。あいつは見てたんだ。一度引っ込んで、勝手口で何もかも見てたんだよ」

しかし、見ていても、母の死をとめることはできなかっただろう、と駿介は思った。

死は、束の間にやってきた。

真夏の、午睡どきの陽ざらしの庭で、まず秋浜泰邦へ。

それがどんな死で、またなぜやってきた死だったのか……つまびらかではないにしても、泰邦は死んだのである。誰にも、何も知らさずに。しかも、ほんの束の間に。一つの赤いハンモックに揺られながら。

もう一つの死が、誰にもとめることができなかったように、泰邦の死も、おそらく誰にも妨げることはできなかったにちがいない。

駿介には、そんな気がするのだった。

死は、駿介が、ふと睡りに気をゆるした束の間を正しく狙って、やってきたのだと。

だがやはり、泰邦が死ぬ間ぎわまで口にしたと言う、

『斬れ』

と、いう言葉が、謎のように駿介の心を騒がせた。

そして、その言葉どおりに、泰邦の死体を斬った剛生の言動も。

「刀は……『次吉』だったんだな?」

「うん」

と、剛生は、うなずいた。

『備中国住次吉作。貞治元年十月×日』

中心《なかご》に肉太の切銘《きりめい》を刻んだ一振りの青江の古刀が、そのとき目に見えない闇のゆくてに、華やかな逆乱刃《みだれば》の長身をじっとひそめているのが見えた。瞼の裏に斬りつけてくる刀身だった。

（あの刀だけが知っている……）

と、駿介は、ゆるがない確信のように思ったのをおぼえている。

（死の全貌を知っているのは、あの刀だけだ）

大迫駿介は、弟の剛生がまだ昂ぶり立ってはいるものの、ひとまず小康を得て落ち着いたのを見とどけて、剛生の部屋を出た。

夏の陽は、廊下を湯のようにやわらかく、熱していた。

一度は自分の部屋の前をとおりすぎ、隣の明彦の部屋のドアに立った。耳をすましてみたが、なかはしずかなようだった。

しずかと言えば、それはしんから家中が物音を絶った時刻であった。

大迫家は再び、さかんな夏の太陽の手に、睡りの身をあずけているかのようであった。

自分の部屋へ引き返し、ドアを後ろ手に閉めたとき、駿介は、とつぜんの涙におそわれた。せきをきってあふれたつ涙であった。

窓があった。近寄って覗きさえすれば、まだ母も、泰邦の死体も、その窓のなかの、眼下の芝生の庭の上に横たわっている筈であった。

「近寄るな。そのままにしておくんだ」

と、父は言った。

走り寄ることも、手を触れることもできぬ死体であった。

束の間の睡りのさなかに、遠ざかり、見失って、もう二度とめぐり会えなくなってしまった者たちの屍《しかばね》だった。

駿介は、その窓を睨みつけていた。

涙で、見えない窓であった。

暁闇《ぎょうあん》の裏屋根で見たもう一つの窓が、その上に重なった。

どちらの窓も、不可解な、奇怪な謎をひめた窓だった。

その窓のなかに、いま一つ、このとき大迫駿介が目の前の窓に走り寄ってさえいたら見たにちがいない奇妙な光景が、実はその折加えられつつあったのである。

だが駿介は、走り寄らなかった。暑熱の庭にただ転がされて手もつけられない母と泰邦の亡骸《なきがら》を、目におさめて耐えるだけの自信がなかった。

駿介は、狂暴なしぐさで、ベッドに身を投げつけた。枕の底からも、血の匂いがたちのぼってくる気がした。はらっても消えぬ匂いであった。

その駿介のすぐ横にある窓のなかでは、見おろせば、大迫耿平の姿が見えた筈である。洗いざらしの白いゆかた地に着衣を改めた耿平は、手に日本刀を把《つか》んでいた。把んで、泰邦の死体の傍をまさに離れるところだった。耿平はそれから、ゆっくり香子のもとへ近づいて、そこでしばらくしゃがみこんだ。駿介の部屋の窓からは、肩幅の広い耿平の後ろ姿を見る形となり、もし駿介が眼にしたとしたら、それは香子に別れを告げているふうにも思えなくはなかったであろう。

だがやはり、奇妙な光景ではあった。

「死体には手を触れるな」と、言った耿平が、事件の現場を歩きまわっていた。しかも、日本刀を手にとって。

それればかりではなかった。

耿平は間もなくして立ち上がり、懐からとりだした奉書紙でおもむろに刀身を拭い、その日本刀をぶらさげたまま母屋の方へ入っていった。

庭は、音もなくもえていた。

大迫香子はあおのけに、秋浜泰邦はハンモックから投げだされた姿勢のままで、そのもえるひかりのなかにいた。

香子が動かなくなって、そんなに間もない庭であった。

死神はどこかに、まだ立去らずに、なりをひそめていそうであった。

4

大迫耿平の死を三人の兄弟が知ったのは、それから一時間ばかり後のことである。

叔母の雪代のけたたましい声で、三人はほとんど同時に、二階の部屋をとびだした。

耿平は、座敷のまんなかに前のめりの格好で割腹し、すでにことされていた。香子と泰邦の血を吸った日本刀は、耿平の頑丈な体軀の下に身を隠し、あたかも彼にその全身を抱きとられるかのごとく血のりの海に没していた。

耿平の背は息を呑むほどあらあらしく、さながらなにかの巨《おお》きな獣の猛りをみなぎらせているようでもあり、またぴんとはった白地のゆかたの襟首《えりくび》に、石鹼《せっけん》の匂いのただようような稚《おさな》い雅趣も残していた。その稚さが、血染めのゆかたを端正に洗いあげ、ゆかしい死装束にさえ見せた。

遺書はなかった。

とり乱しているのは、叔母の雪代一人であった。

駿介も、明彦も、剛生も、一言も口をきかなかった。

三人は並んで、廊下の敷居ぎわに立っていた。なぜか一歩も座敷の内には踏み込めなかった。

座敷は、整然と片づけられていた。剛生と明彦が踏み破った襖はとり払われ、後でわかったのだが蔵の奥深くにしまい込まれ、かわりに竹簾《たけすだれ》が掛けられてあった。つい一時間前、親子兄弟がもつれあった痕跡は、その座敷のどこからもきれいに拭い去られてあった。

風鈴が鳴っていた。

父の好んだ松虫の音であった。ずっと昔から毎年夏、いつもこの部屋で鳴っている風鈴だった。

三人の少年たちは耳の奥で、それぞれに聴いていた。

父の残した遺言を。

母さんがなぜいのちを絶ったのかを考えろ。説明はせん。お前たち一人一人が考えろ。そして、行動しろ。その上での行動だったら、わしは何も言わん。母さんの死を、無駄にしようとしまいと、それはお前たちの勝手だ。ただ、このことだけは忘れるな。母さんは、ああすることが、母さんのやらなきゃならないことだと信じてやったんだ。

やはり、剛生が、一番先に哭声《なきごえ》を発した。廊下に頭を打ちつけながら、彼は哭いた。

明彦はしっかりと、障子戸の枠木を把《つか》んでいた。その拳《こぶし》は障子紙を突き破り、青い血すじをうき立たせていた。

駿介だけが、最後まで泣かなかった。

（こうすることが、父のやらなければならないことだと、父も信じてやったのだ。うろたえた涙など、欲しがりはすまい）

必死で、駿介はそう自分に言いきかせた。

「いいね、兄さん」

と、駿介は、低い声で、ゆっくりと言った。

眼は、耿平ののりのきいたゆかたの襟から離れなかった。その襟の白さが、父にはとても似つかわしかった。やさしい、あたたかな白さであった。そこにこそ、父がいる気がした。母が縫い、母が洗い、母がのりづけしたゆかたであった。

「いいな、剛生」

と、駿介はまた、弟の方へも言った。

「もうすぐ警察がくる。きっと父さん、電話をかけただろうからね。泰邦さんを斬ったのは、父さんだ。父さんが死んだことを……無駄にしたら、僕が承知しないからな」

風鈴が鳴っていた。

風など、灼《や》けきれ果てて、あろうなどとは思えぬ日であった筈なのに。

5

昭和三十×年七月二十三日。午後。大迫家を見舞った惨劇の結着は、世間には痴情沙汰として出た。

その限りでは、父が、母と自らの名を踏みつぶして、息子たちを禍《わざわ》いの外に立たせようとした企ては成功した、と言えるだろう。

事件の端々には、瞳をこらせば、不自然な状況がままたたずまってはいたけれど、父が末期の巨軀にみなぎらせた凄絶なものの気が、それらをせんさくの目から遠ざけた。父のゆかた姿の上で死はあらくれ、痛憤し、いさぎよく悲嘆していた。そして、すべての執着を思いきっていた。死は、静かであったが、轟然としていた。厳しかった。その厳しさが、せんさく者たちの目を欺《あざむ》いた。

いや、駿介たちの目をも、欺いた。

駿介は何度も、父がほんとうに泰邦を斬ったのではあるまいかとさえ、信じかけた。

世間では、この日の大迫家の事件は次のように理解されている。

某・新聞記事（原文のまま）

――〔下関〕二十三日午後三時過ぎ、山口県下関市×町×丁目、会社重役、大迫耿平（五〇）は、自宅で、妻の香子さん（三七）と心中死をはかった、京都市右京区大原野、刀剣研ぎ職、秋浜泰邦さん（二七）を殺害したと、下関署に届け出た。届け出は本人からの電話によるものであり、署員が急行したところ、香子さんと秋浜さん両人は死亡。耿平も割腹死を遂げていた。（略）

同署の調べによると、秋浜さんは庭のハンモックに寝たまま日本刀で腹を切り、香子さんも同じ刀で心臓部を突いて死んでいた。

（略）耿平の電話での話によると、「昼寝のあと庭に出て、二人の心中を知った。かけつけたとき秋浜さんは虫の息だった。思わずカッとして、妻のそばに落ちていた日本刀で切りつけた」といっており、現場の状況と一致するので、（略）耿平は心中の意趣ばらしに一太刀切りつけ、割腹自殺したものと同署ではみている。（略）

事件当時、同宅には三人の息子たちがいたが、屋敷が広くてだれも事件には気づかなかった。

（略）耿平の妹、雪代さん──同居人──は、「秋浜さんとは兄が刀の研ぎを頼んだのがきっかけで、気ごころがあい、もう五年越しの家族同様のつきあいです。京都から出てくるといつも二、三日滞在します。秋浜さんが義姉に好意をもっているのは知っていましたが、こんなことになるなんて」と、とつぜんの白昼の修羅劇に目を泣きはらしていた。

（略）


耿平が刀剣愛好家で刀の鑑識眼にかけては玄人級、無論刀剣所持登録者であることなどがつけ加えられ、県の刀剣保存会理事の談話も載せられていて、日頃の耿平の人柄からして信じられない出来事だが、刀剣愛好の同胞として残念至極の所業、というようなことが書かれてあった。

記事のあつかいとしては、酷暑下の突発的な錯乱劇という意味合いの方がつよく、いたずらに猟奇的な色彩が煽《あお》りたてられてなかったことが、せめてもの救いであった。

押収された凶器、備中青江『次吉』についても、一言も触れられてはいなかった。この刀が、妖異の青江と称される青江鍛冶の手になる一振りであったことなど、知ってか知らずか、ただ『日本刀』と、あるだけだった。

駿介たちも一通り事情聴取されたが、三人とも新聞記事になっている程度のことしか喋らなかった。

駿介が一番心配したのは、十四歳の剛生の精神状態だったが、剛生がぼろぼろ涙をこぼしてほとんど満足に口をきける状態ではなかったことがかえって幸いし、それに剛生の部屋だけが庭に面していなかったため、聴取時間はもっとも短くて済んだ。剛生には、事件の前後だけを伏せて、あとはその日あったことを正直に喋れと言っておいた。彼はその通りにした。事件当時は、二階の部屋でプラモデルを組み立てていたと言ったという。そして事実、事件直前までは、彼はその作業に没頭していたのである。

兄の明彦の部屋は半ば庭には面しているが、槙《まき》の大木が窓の前に梢《こずえ》を繁らせていて、現場がよく見とおせない。彼は、午後外出し、本屋をまわって帰ってきてからは、ずっと部屋でイヤホーンをつけて英語のレッスンをしていた、と言った。イヤホーンという小道具が、明彦らしく技巧的で、駿介はひやりとしたのだが、明彦は明彦なりに一生懸命だったのだろう。高校二年、進学組に入っている彼は、実際たえまなくこのイヤホーンをかけていた。明彦への質問も短かった。

一番長くいろいろと聴かれたのは、駿介だった。駿介の部屋だけが、三人の内で庭をまともに眺めおろせる部屋だったからだ。

だが駿介は、かえって安堵したのである。剛生と明彦が短い時間で解放されたことに感謝した。父が、守ってくれたのだと、駿介は思った。

駿介はただ、睡っていた、と答えるしかなかった。

またこの日、叔母の雪代が外出していることも、なぜか幸運だったという気がするのだった。叔母がいれば、事件はこんな形では起こらなかったかもしれないが、逆に、もっと救いようのない、最悪の事態が展開したかもしれないとも思われるのだった。

秋浜泰邦が、この日、自決を考えてもふしぎだとは思われない原因をつくったのは、雪代であった。駿介は、そう信じている。泰邦の死が自決であるならば、それは雪代のせいなのだ、と。

元凶は、雪代だ。

この考えは、駿介のなかに底深く根を張っていた。

そして、そう考えれば、泰邦の死は、意外に明白に納得できるのであった。いや、彼の死ばかりではない。彼がこの日の朝見せたふしぎな静謐さや、たじろぎのなさや、澄んだ眸《め》が……ひとつひとつうなずける気がするのだった。

七月二十三日。この日こそ、秋浜泰邦がいのちを絶つのに、もっともふさわしい日ではなかったか。彼が自決してよい、ただ一つの日。この日をおいて、泰邦の死ぬべき日はほかになかった。

泰邦が泰邦であるためには、彼はこの日、死ななければならなかったのだ。

（母のために！）

そして、そうすることが、泰邦が泰邦として存在できるただ一つの道だったのだ。

あの端然とした静謐さや、あのまっすぐなたじろぎのなさや、あの澄んだ凜々しい眸はすべて、死を決した男のものだったのだ。

たった一夜。

その夜が、泰邦を泰邦でなくさせた。泰邦が泰邦であろうとすれば、もうその後につづく日を生きてはならないのだ。彼なら、そうするにちがいない。

「斬れ」

と、息絶える寸前まで彼が口にしたといううわごとも、ただひたすら死の成就を願う泰邦の言葉だったとしたら、理解できるではないか。

（たった一夜。その一夜を、雪代がつくったのだ）

（しかしそれにしてもなぜ！）と、駿介はまたしても繰り返し思うのだった（泰邦は、その夜を、受け入れたりなどしたのだろうか！）。

大迫駿介は、それからの十日余を、ただこのことだけを思って暮らした。

奇怪な夜だった。

そして、その奇怪な夜が、確実に、惨劇の起こった日のはじまりにあった。

その夜のつづきに、この日があったということが、大迫駿介を狂暴にした。

狂暴になってはならない毎日だった。この上、何事も起こってはならない毎日だった。

だが、葬儀と家財整理に明け暮れたその十日余、雪代を追う駿介の眼は、日増しに暴《あら》びた光をためつづけた。

葬儀に集まった親族たちの話合いで、明彦と剛生は山口市にある父の実家へ、駿介は宇治の母の親もとへ、それぞれ引き取られることにきまった。

「厭だ」

と、即座に言ったのは、剛生だった。

「僕は、宇治にいく。母さんの方へいく」

「だって、あちらはお祖母《ばあ》様しかいらっしゃらないのよ」

雪代がたしなめるように言った。

母の家もとは、香子の母親、つまり駿介の祖母がいるだけだった。いまは隠居の身であった。

「厭だ」

と、剛生はかたくなに首を振った。

駿介には、剛生の気持がよくわかった。

子供の時分から、明彦と剛生は、始終、母の奪い合いでいさかった。それは、駿介にも原因があった。母は、血のつながりのない明彦に特に気を配った。駿介を一度よぶ間に、明彦の名を五、六度はよんだ。しかし駿介は、母と自分の立場を知ってからは、このことに一度も不服そうな顔をみせたことはなかった。剛生は、そうはいかなかった。彼はあからさまに、兄に敵意をみせた。駿介は、いつも一人離れて、そんな二人を眺めながら大きくなった。そうすることが、母への思いやりであり、また父への礼儀なのだと納得していた。二人は、いつも母から一歩身をひいている駿介には気をゆるした。だから駿介はいつも、いわば兄と弟の中継者のようなものであった。だが、そんな駿介の態度が、逆に二人の仲をつくりあげてしまったのではあるまいかと、とき折思わぬこともなかった。最初から三つ巴《どもえ》の兄弟になれなかった悔いが、駿介にはあるのであった。

さすがに大人びてきてからは、二人ともそんな素振りはみせなくなっていたのだが、惨劇の日を境にして、再び二人の兄弟は口を利《き》かなくなってしまった。

「僕は宇治にいくからね」

と、剛生はもう一度、宣言するように言った。

「わがままはゆるさないわよ」

雪代は急に威丈高に言い返した。

「いいじゃないですか」

と、仲裁役を買って出たのは、母の兄、駿介たちには伯父に当る人物だった。

母が昔調香師をしていた曾祖父の興した会社E香料の経営者であった。東京にいるのと、母とは日頃つき合いがなかったのとで、駿介たちには馴じみのうすい人物だった。

母は大迫の人間になりきろうとしていたのか、この人たちの話をほとんどしたことがない。駿介たちには初対面の伯父だった。

「宇治の家も、まあ、お祖母ちゃんがどうしてもあっちで暮らすって言うんで気ままにさせてるんですが、いずれは東京に出てきてもらおうと思ってるんですから、この際、僕が引き受けてもいいんです。思いきってそうしたらどうですか。駿介君と剛生君は僕の家にきてもらうってことにしたら」

「いいえ」

と、雪代はにべもなくその申し出をはねつけた。

葬儀の間中、雪代が母の親族たちに示したこのにべのなさは徹底していた。心中事件をひき起こした女の縁者、不祥事のもとをつくった女の縁者たち。そんな態度が露骨に雪代のしぐさにはあらわれていた。母の親族たちも、肩身をせまくして、息をひそめている感じであった。宇治の祖母などは、一言も口さえきけないありさまだった。

「いいえ、そういうわけにはまいりません。剛生は、この大迫の人間ですから大迫の家で引き取ります。それが筋道です」

「駿兄ちゃんだって、大迫の人間じゃないかっ」

剛生は呶鳴《どな》るように言った。

「駿介さんは別です」

と、雪代は言下に突っぱねた。

「駿介さんは、そちらにおあずけいたします。ですが、剛生は兄の子供です。どうぞ、剛生のことにはお口をお出しにならないように」

「駿兄ちゃんだって、父さんの子だよっ」

剛生は不意に座を蹴って、仁王立ちになった。

駿介はいまでも、このときの剛生を思いうかべるたびに、この弟を手放すのではなかったと、深い悔いにおそわれるのである。この弟と、一緒に暮らすべきだったと、ほとんど、そうしなかったことへの恐怖のような感情にさえさいなまれて、思うのである。このときに、弟は自分に、自分は弟に、一番近く歩み寄ったのだ、と。弟がさしのべた手を、なぜ握ってやれなかったのか。握ってさえいたら、その後の恐ろしい日々は、自分たち兄弟の上に訪れはしなかっただろうに、と、駿介は思うのであった。

剛生は、唇をわななかせていた。

「あんたたちは……」と、彼は言った。「母さんを何だと思ってるんだ。母さんの子供が、どうして大迫の人間じゃないんだっ」

「あんたたちも……」と、剛生は、母の親族たちを振り返って言った。

「どうして、そんなにビクビクしてるのっ。母さんが……いったい、何をしたっていうのっ」

「剛ちゃん」と、雪代が、遮《さえぎ》った。もっともらしい、冷えた口調の声だった。

「そんなお話はおやめなさい。あのひとのことは、もうたくさん」

「あのひと?」

剛生は、ぎらっとした眼で雪代を振りむいた。

駿介が行動を起こしたのは、「危い」と、思ったからだ。剛生の眼に、血走った光が走っていた。何を喋りはじめるか、わからなかった。とめる手だては、とっさには思いつかなかった。しかし、とめなければ、と駿介は思った。

「もう一度言ってみろ」

と、剛生は、低くあえぐように言って、雪代を見すえた。

駿介は立ち上がった。立ち上がらなければならない、と駿介は思った。立ち上がりながら、そして自然に体の底から湧きあがってくる、駿介自身を狂暴に揺さぶりたてるものに身をまかせた。するとそれは、そのとき自分がしなければならない、ほとんど当然の役目のようにさえ彼には思われた。

駿介は、ゆっくりと、だが力のたけをつくして、雪代の頬を平手打ちにした。

この女との、それが袂別《べいべつ》の儀式ででもあるかのような気が、ふと駿介にはしたのであった。

三日後、大迫一家は、完全に離散した。

駿介は宇治へ、明彦と剛生は山口へ、旅立った。

旅立つという語感が、いかにもふさわしい別れであった。その日から、三人兄弟のほんとうの旅ははじまったのだから。

先へは進まない、なぜか過去へ過去へと逆戻りする旅ではあったけれど……。

下関の家の長い石段を降りきると、大迫家は、道よりずいぶん高いところにあったのだな、と気づく。

格子《こうし》門の脇の塀から、夾竹桃《きょうちくとう》の赤い花が咲きこぼれていた。父が一代で築きあげた家であった。

「元気でな」

と、駿介は、石段の下で言った。

明彦も、剛生も、黙ってただうなずいた。そのほかには、何も言葉は交さなかったような気がする。

この石段を自分がはじめてのぼった日は、どんな日だったのだろうか。その日も晴れていただろうか。暑かったか。夾竹桃は咲いていたか……母に抱かれてのぼったのだろうか。それとも、背負われていたのだろうか。

(聞いておくんだった、母に……)

と、ふとそんなことを、駿介は思った。

眼のなかで夾竹桃の花枝が、しきりに赤く光に灼かれてもえたっていた。

日ざらしの庭で揺れていた一つの真赤なハンモックの音が、幻のように耳に湧いた。

彼は、少し苦しいと言い、苦しいことはおれは好きだ、と確かに言った。

あの言葉は、もう永久に確かめることができなくなったのか……。

確かめようとすれば、忘れなければならない七月二十三日の、あの蒸し暑い夜明けの屋根瓦の上の闇に、再び立ち戻らなければならなかった。

あの日に還《かえ》ってはいけないのだ。

何がわからなくとも、何が不明のまま事件の陰に残されていようとも、あの日のことは忘れなければならないのだ。母が、父が、命を捨てて息子たちをかばおうとした遺志を踏みにじることはできないのだ。一生、もうあの夏の一日からは、遠去《とおざ》かっていなければならない。

そのために今日、自分たちはこうして旅立つのだから……。

駿介は首《こうべ》を返して、大迫家に背を向けた。

見おさめた屋敷のたたずまいをもう一度頭のなかでたどり返してでもいるような短い間《ま》、虚空にしばし瞳をとめ、それからボストン・バッグを握りなおした。

もう彼は、後を振り向きはしなかった。

第二章

——少年の鎧の響き

1

南フランスはいま夏である……と、いう書き出しではじまる航空便の入った封筒は、カウンターの上で、なかば水びたしになっていた。傍《そば》にコップが一つ転がっている。いま一つのコップには、まだ飲み残しのウイスキーが底にあった。その横に、栓をとばしたジャック・ダニエルの黒い角壜《かくびん》が立っていた。

「あァあァ、マスター……」

と、木扉を押して入ってきた若いバーテンダーは、なさけなさそうな声をあげた。

「こんなことや思うたわ。昼間酒飲んで……あァあァ、シャツまでびしょびしょや。さあ、マスター、起きて下さい。しょむないな…… いまから酔うてたら、商売ならせんやありませんか……」

バーテンダーは、ひとまず正体のない駿介《しゅんすけ》をかかえ起こし、二つしかないボックスの一方のシートへ運んで寝かせた。

「うわァ、まるで蒸し風呂や」と、それからカウンターのなかへとび込んだ。

「なんや、クーラーもつけてはらへんのかいな」

バーテンダーは冷房のスイッチを入れ、やれやれといった顔で、酔いつぶれた駿介の方をもう一度振り返った。

駿介は睡《ねむ》り惚《ほう》けていた。

大迫《おおさこ》駿介が、その日、その航空便の封を切ったのは、京都市紫野《むらさきの》にある高桐院《こうとういん》の庭でだった。

駿介はよく、この大徳寺のなかの塔頭《たっちゅう》に立ち寄った。楓の木だけが十数本、ただの平《ひら》庭《にわ》に植わっている。石灯籠《いしどうろう》が一基あるほかは何もないこの庭が、彼は好きだった。街のなかを歩いていても、ふと急に思い出し、立ち寄ってぼんやりしてみたくなる庭であった。

夏の楓の高桐院は、青水《あおみず》の底にいるようで、その青々とした水底に身をひそめてしずめる感じが心地よかった。たいていやってきて思うのだが、やってきたときは、いつもひどく疲れていた。疲れの底で、ぼんやりしている庭であった。

マッチの軸でぶ厚い封の糊紙《のりがみ》をそいで開いたとき、大迫駿介は、不意に軽いめまいをおぼえた。

かすかに、エステル性の芳香を嗅いだと、一瞬思ったからである。鼻先に近づけると、その航空便はやはり、うっすらと香りを放った。

ラベンダーの匂いであった。

南フランスはいま夏である……当り前だ。日本だっていま夏だ、と、駿介は不快げに独りごちて、音たてて便箋紙を開いた。

『南フランスは、いま夏である。僕がどこにいると思う？（バカな奴だ、と駿介は思った。消印がちゃんとあるじゃないか！）グラースにいるんだ。一昨日、やってきた。紺碧海岸《コートダジュール》を、サンレモ……モナコ……ニース……カンヌ、と、マルセイユから東にのぼった父さんとは逆に、西から東へ僕はくだってカンヌへ入った。カンヌからは二十キロたらず。）グラースの丘の町は、素晴らしい。斜面の畑地は、純白の気の遠くなるようなジャスミンの花の真っ盛りだ。昨日、オーザルプ、バースアルプ、アルプマリチームの山岳部をまわってきた。千メートル近い高地なんだ。なんとその山々が、いちめん紫色のなんだよ。ほんとに見渡すかぎりなんだ。ラベンダーはいま、紫色のふかふかの絨毯《じゅうたん》を南フランスの赤いがれきの山々に敷きつめて、咲き誇っている。

君に見せたら、この壮観な光景を、どんな言葉で表現するか……それがいま、とてもききたいほどだ。こんなとき、言葉はもどかしい。詩人の君に、言葉をけなしたりしちゃ申し訳ないが、ほんとに言葉は無力だね。とにかく、素敵な花なんだ。

（何て下手くそな文章なんだ、と駿介は少し吐き気がした。それにこの字の拙さ。これが、もう三十にも近い男の書く手紙か）

母さんが見たい見たいと言っていたラ、ベ、ン、ダ、ーのじゅうたんを、いま僕は目の前に見てるんだ。真夏の太陽をあびて、そのラベンダーの花野のまんなかに腰をおろし、君へのこの便りを書いている。むせるような花香につつまれて、書いている。

ラベンダーが、君を想い出させてくれた。そして君に、まだしらせてなかったことを想い出した。

実は僕はいま、一人でラベンダーの山々を眺めているわけじゃないんだ。そばに妻がいる。

（妻？　と、駿介は、もう一度素通りした字に立ち戻って、目を当てた。やはり妻と書いてあった）

結婚したんだ。

新婚旅行もかねてきている。高子《たかこ》と言うんだ。君にも、いつか会わせたい。いま彼女が尋ねている。

「誰に手紙を書いてるの？」って。

教えないことにする。

君を女性だと思い込んでいるようだから、思わせておくことにする。

これから、香料会社の工場を三つばかりまわらなきゃならない。それがすんだら、パリに帰る。そこでも仕事が待っている。

ラベンダーの花を見て、君を想い出した。もう何年も会っていない。一度会いたい。そのときは、僕のつくった香水をぶらさげていく。君に、嗅いでもらいたいんだ。その日を楽しみに待っていてくれ。

南フランスの太陽は苛烈《かれつ》だ。

明彦《あきひこ》』

駿介殿

大迫駿介は、そこまで読み終えて、眉根《まゆね》に深いしわを寄せた。風邪ぎみのせいもあったが、頭痛がした。厭《いや》なものを見たか嗅いだかした後の人間のように、つと顔をそむけた。そむけたというよりも、庭へむかって目をあげた、と言った方がよい。この庭縁《えん》で読むべき手紙ではなかった。ここへ、その航空便を持ち込んだ自分が、不快であった。

明彦が大学を出て、東京の香料会社に就職したと聞いたのは、いつだったか……。伯父のE香料とはライバル会社の大手だった。耳を疑った。確か伯父が、手紙に書いて寄《よ》越《こ》したのだった。すぐに電話にとびついた。

「兄さんが？」

と、何度も繰り返したずね返した。

「そうだ。明彦君だ。業者の寄り合いがあってねえ……むこうから挨拶したんだから、まちがいない。S香料だ。研究室に入って二年になるって言ったかな」

「研究室って言うと……？」

「調香師をやるらしいよ」

「調香師？」

駿介は唐突に、なぜだか不愉快な、強い衝撃に見舞われた。

(あの明彦が調香師とは！)

最初は笑いがこみあげてきた。たまらなく可笑《おか》しかった。だが途中で、奇妙に顔がこわばった。体の自由がとつぜんきかなくなったみたいに、麻痺する部分がどこかに生まれた。ある猛烈な肌寒さが、その部分から体のしんに抜けとおってくるようだった。

理由のわからないうろたえだった。

山口の大迫家とは、財産分けが済んだ後、まったくの没交渉だったから、明彦の動静はときどき気にはかかりながら、ほとんど知らずじまいだった。大学に入ったという知らせは、本人から受け取った。だが、どこの大学とも、何を専攻したとも書かれてはいなかった。この兄とは、結局こういうつきあいしかできないのかと、駿介の方でも諦めていた。その矢先の話であった。

いずれにしろ、もう五年ばかり前のことだ。その日から、しかし駿介のなかの不快さは消し去りがたいものとなった。

明彦が母と同じ調香師になったからと言って、自分が不快がることはない。と、駿介は、いつもそう考えてきたように、この日もまた考えた。

（結婚した。いいだろう。もう二十九にもなったのだから、結婚ぐらいはするだろう）

駿介は、なにかふてくされた感じで身構えている自分に、むしろ腹を立てていた。

明彦がグラースの地を踏んだからといって、ラベンダーの花野のなかから手紙を寄越したからといって、自分が不機嫌になることはない。

しかし、駿介は、この上もなく不機嫌だった。

不機嫌だったが、読むしかなかった。

まだ、手紙は終ってはいなかった。

第二信が、入っていた。

駿介……と、いう冒頭の文字が、紙面の上でひどく乱暴に字画を崩していた。

『駿介。昨日書いた手紙と共にこの第二信を同封する。こんなことが起こるなんて……昨日の僕に、どうして想像できただろう。

驚かないできいてくれ。

剛生《ごうせい》に会った。剛生を見た。剛生にまちがいない』

駿介は瞬間、紙面を遠ざけた。そしておそるおそる、また視線をその上へ戻した。長い間、その文字を直視していた。息をつくことができなかった。『剛生に会った。剛生を見た。剛生にまちがいない』確かに、そう書いてあった。「剛生！」と駿介は、叫び出しそうになる衝動をおさえていた。

剛生が山口の大迫家から姿を消したのは、下関の家の前で別れてわずか二日後のことであった。

宇治の枝村（母の旧姓である）の家に落ち着いたばかりのところへ、電報が舞い込んだ。

――ゴウセイ　ソチラニイツテハイナイカ　スガタミセシダイ　レンラクタノム　オオサコ

そんな、電文だった。

駿介は、電話に走った。

叔母の雪代《ゆきよ》が出て、その電話はすぐに切れた。

追っかけて、またかけた。今度は、明彦の声が出た。

「どうしたの……何があったの！」

「いなくなっちまったんだ……」と、明彦は言った。「昨夜一晩寝て、もうとび出しやがった……」

「とび出したって……いったい、どういうことなの！」

「そうがなりたてるなよ……ちゃんと話せば聞こえるよ……金もそう持ってる筈《はず》はないし……ふだん着のまんまだから、僕は心配しちゃいないがね……なに、どっかぶらぶらしてるだけさ……」

「だってもう夜中だぜ……まだ帰ってこないんじゃ……」

「だから電報打ったんだ……もしそっちへ行ったら、しらせてくれよ……」

「持ち物なんかは？　何かなくなってる物はないの？」

「ないんだ……何にも持ち出しちゃいない」

「じゃ、着のみ着のままなの？」

「そういうことだ……」

「そういうことって……兄さん。あんた心配じゃないの！」

「だからさ……君のところへ行くかもしれんて、言ってるのさ……」

明彦の声は、むしろつっけんどんだった。

「わかったよ。きたらしらせるよ」

駿介が切る前に、その電話は切られていた。

（しらせるけど、もうそっちへ帰したりはしない）

駿介は、やみくもにそう思った。

そして、待ったのだ。いつまで待っても、剛生はやってこなかった。捜索願も出した。探索は手をつくした。だが、大迫にも、枝村にも、遂《つい》に剛生は現われなかった。

なりこそ大人並みだったが、まだ中学二年の夏なのであった。

「元気でな」

と、別れぎわに声をかけたとき、黙ってうなずいた剛生の顔が、眼の先から離れなかった。離れないままに、歳月だけが、いたずらに過ぎた。歳月が過ぎれば過ぎるほど、剛生が大迫を見限った想いの深さが身に迫り、一緒にいてやれなかった無念さが胸を焼いた。

（おれがここにいるじゃないか！）

駿介は、情なさに打ちのめされながら、しかし心で、そう言い暮らしてきたのだった。

……あれから十二年。

剛生が無事でいれば、もう二十六歳になる筈だった。

『昨日の夕暮、ちょっとした変事があったんだ……』と、明彦の手紙は記していた。

『A社のラベンダー栽培場で、急に高子の姿が見えなくなった。

すぐに見つかったんだが、そのとき高子は栽培場の下の道端で、見知らぬ男と立ち話をしてたんだ。フランス語が高子にわかる筈もないし、ちょっと妙な気がして近づいて行くと、男は高子に「じゃあ」と軽く手をあげて、すたすたその道を降りて行った。

「誰だい？」

と、きくと、

「知らないわ」

と、高子は、言うんだ。

「でも、何か喋《しゃべ》ってたじゃないか」って重ねてきくと、

「あの人の方から声をかけてきたのよ」って、言うんだ。

背の高い、がっしりした体格の、陽《ひ》に灼《や》けた男のようだったから、僕は、土地のラベンダーの花刈り労働者かなにかだろうと、そのときは思った。

ちょうどこっちはいま、ラベンダーの花の収穫期でね、たくさんの労働者が入ってるんだ。

ところが、

「あら、日本人よ、あの人」

と、高子が言うじゃないか。それも、「あなたのことをしきりにきいてたわよ」って。

僕の名前だとか。職業だとか。それから、東京からやってきたのかだとか……高子にも、「奥さんか?」ってきいたそうだ。僕もまあ、日本人の旅行者か、在住者が、同胞懐かしさで、声をかけたんだろうと、別にそのときは気にもしなかった。

だが、駿介。

今日、蒸留工場でな、またその男に会ったんだ。

彼は、加熱蒸気の冷却槽のそばで、フランス人の老紳士と話をしていた。

高子が、

「あの人よ。ほら、昨日の人」

と袖《そで》をひっぱるんで、僕ははじめてその男の顔をまともに見たんだがね、そのとき、なにか変にドキッとしたんだよ。うまく言えないけど、どこかで見た、何かで知っている人間の顔だって、気がしたんだ。でも、よく見たんだけど、想い出せない。どこで会ったのか、誰だったのか……。

男は、薄い色の褐色のサングラスをかけていた。精悍《せいかん》な……そう、ちょっと泰邦《やすくに》さんをもっと野性児にしたような、そんな感じの体つきをした男だった。むこうも僕に気がついたのか、一度だけちょっと顔をあげて、僕の方を見た。目が合ったんだ。

でも、まったく知らない人間を見るような無頓着な目だったよ。

僕は、改めて注意して見直した。やっぱり知らない男。そう思った。けど、なんだか気になってね。後で、工場長にたずねてみたんだ。先刻、あそこにいた人は誰なんですかってね。

「デュロンだ」と、言うんだ。

工場長は勘ちがいしてね、フランス人の老紳士の名前を言ったんだ。

「デュロン？」

僕があんまり大声をあげたんで、工場長がびっくりしたくらいだった。君は知らないかもしれないけどね、デュロンと言えば、現在、世界でも一、二を争う有名な調香師なんだよ。

フランス最大の香料会社といわれるルール・デュポン社やウビガン社などと肩を並べるロゼェ社の専属調香師だったんだけど、最近はフリーになって、いわば或《あ》る意味では世界の香水界に君臨しているとでも言っていい大物なんだ。

「あのピエール・デュロンですか！」

って、僕はもう、大げさに言えば足ががくがく震えちゃってさ、泡食《あわく》ってたずね返したよ。

「そうだ。あのデュロンだよ」

って、工場長はこともなげにうなずくんだ。

感動した。やっぱり、ここはフランスだ。世界の香水の本場なんだ。香料の王城地だって気が、このときほどしたことはないよ。工場の花積み場のさ、だだっぴろい倉庫を抜けて蒸留場に入った途端、この光景にぶつかるんだからな。ほんとに何気なく、デュロンがそこに立ってるんだから。冷却槽の受器のそばでさ、まるでさりげなく立話してたりなんかするんだから。

とにかく、僕はもう昂奮《こうふん》しちゃってさ。でも、あの上品な老紳士がデュロンだとわかったら、急に相手の日本人のことが気になり出してな。だって、天下のデュロンと、まったく日常茶飯って顔で、平然と話してたんだからな。興味が湧くのは当然だろ。しかもその青年が、高子に僕のことをきいたって言うんだから。

もちろん僕は、工場長にたずねたさ。

「そばにいた若い人は誰ですか」ってね。

「ああ」

と、工場長はまた、ごく無造作にうなずいて言ったよ。

「オオサカのことか」ってね。

「オオサカ?」

僕には、大阪、ときこえたんだ。

確かめたけど、工場長は、「オオサカ」ってはっきり繰り返した。

だから僕はきいてみたんだ。

「あの人は日本人ですか?」ってね。

「そうだ。日本人だ」って言うんだ。

「デュロンさんと親しい人なんですか?」

って、僕はきいた。

「そうだ。デュロンの秘蔵っ子だ」

って、工場長は答えた。

「秘蔵っ子って言いますと？」

って、僕は、ちょっとしつこいような気がしたけど、たずね返した。

「ああ」と、まったくこともなげに彼は言ったんだ。

「デュロンの子飼いの調香師だ」ってね。

「なかなか腕のいい坊やだよ」って。

「調香師？」

僕は、ほんとにポカンとして、バカみたいに二、三べん、その言葉を口のなかで繰り返してたよ。

駿介。君だったらどう思う？

やっぱり、このとき、君だってポカンとすると思うんだ。ポカンとして、胸のなかが引っかきまわされるみたいに熱くなってくると思うんだ。心臓が破裂するみたいでさ。

「オオサカ」と「調香師」。

そして、僕が書いてきたこの手紙をよく読みなおしてくれたまえ。君に判断してもらうために、僕はできるだけそのときの様子をくわしく想い出しながら、再現してみようとつとめたんだ。

僕は、君のように文章の素養がないから、うまくは表現できないのがもどかしいけど、この手紙を読んで、感じとってくれたまえ。

「オオサカ」と「調香師」。

「調香師」ときいた途端、僕は、なぜか、「オオサコ」なんだと、そう思ったんだ。

君は、そうは思わないかい？

顔は、剛生じゃないような気がするんだ。あれから、十二、三年はたってるにしたって。

剛生だったら、サングラスをかけていたって、僕にはわかったんじゃないだろうか。薄いサングラスだったから、顔はよく見えたよ。見て、僕は、自分の知らない男だと思ったんだ。相手も、まったく無感動な顔で僕を見たんだから、これはまちがいない。

「オオサカ」は、僕の知らない男なんだ。

でも、もう一度読み返してくれ。

僕は最初、なぜだか、ドキッと自分がしたんだ。どこかで見た。どこかで知っている男だ、とそう思ったんだ。

なぜだろうか。この感じはどう解釈すればよいのだろうか。

……………。

もちろん、僕は、すっとんで表に走り出たよ。工場の横の車寄せから、ちょうど車が出ようとしているところだった。

デュロンが後ろの席に乗って、その男が運転席にいた。

いま考えると冷や汗がでるけどさ、僕は夢中でその車に走り寄ったんだ。男の方から、ウインド・グラスを巻きおろしてくれたよ。僕は、走り寄ったものの、なにしろ夢中だったから、何と言ったらいいのか、言葉につまった。そうだろ？

こんなとき、君だったら、何と言う？

「剛生」って、よびかけてみるかい？

「お前は、剛生じゃないのか」って、問いかけてみることができるだろうか。

若い男は、窓ガラスを開けたまま、僕が何で車をとめたのか、どんな用件が自分にあるのか、それを僕が喋りはじめるのを辛抱づよく待ってるみたいに、僕の方に顔をむけてさ、ただ黙ってじっと待ってるんだ。まったく赤の他人に道でよびとめられたときみたいにさ、けげんなキョトンとした顔つきでさ。ほんとに、けげんな顔つきなんだ。

僕は、何も喋れなくてさ。よっぽど、人ちがいでしたって、そのまま引きさがろうかと思った。

でも、僕は言ったよ。

「オオサコさんですか……？」ってね。

大迫、と、はっきり僕は言ったんだ。

「そうですが？」

と、相手は答えたよ。よどみなくな。ごく当り前みたいにさ。でも、ひどくいぶかしそうな顔をしてな。

僕の方が面喰《めんくら》っちゃって、二の句がつげないみたいな感じになっちまって……でも、言ったんだ。

「僕のことを……あの……妻におききになったとかで……」

もう、しどろもどろでさ。

「ああ、あのときの」って、彼は言った。別に気にもとめてない風でさ。

「いや、日本の方《かた》を見かけたんで。それに、とてもきれいな女性だったんでね」

それから、急に想い出したみたいに、ふしぎそうな顔をして、

「ああ、そうだ」

と、彼は言った。

「あなたも大迫さんでしたっけね。いや偶然だったんでね。びっくりして。それで、ついいろいろきいてみたんですよ。失礼しました。奥さんに謝っといて下さい。僕も、昔東京にいたもんだから」

「そうですか……」

僕は、もっと話すつもりだったんだけど、そのとき、後ろの席のデュロンが何か言った。

男は、「ウイ」とうなずいて、「じゃ」と、僕の方をちらっと見た。道端の草でも見るような眼だった。

そして、行っちまったんだ。
駿介。僕は、車の窓越しに、近々と顔を見ながら彼と話したんだ。
そして、彼が剛生じゃないってことを、はっきり確認したんだ。
彼は、大迫剛生じゃない。
でも駿介。僕は、やっぱり、そう書くよりほかはないんだ。
剛生に会った。剛生を見た。剛生にまちがいない、と。
なぜだろうか……。
なぜなんだろうか……。
七月三十日。グラースにて。

明彦』

駿介殿

……大迫駿介は、咽《のど》の渇きで、何度も目醒《めざ》めた。目醒めては水をむさぼり飲むのだが、水はたちまち熱湯と化した。ああ、まだ夢のなかにいるのだな、と、彼はそのたびに次の目醒めを渇望し、そしてやがてその目醒めはやってきて、彼は水ぎわに走り寄る。青々とした水の底に頭をひたし、この青さは高桐院の庭の楓だと自分でははっきりわかり、わかることがまだ夢のなかなのだと、しきりに頭を振りまわした。熱い水が顔をつつんで逃げ場もなかった。つめたい水の青みの底にしずんでいながら、手に触れ肌にまつわりつく水の気配は、火であった。

「マスター……」

と、誰かがよんでいた。

「マスター……ちょっと起きとくれやす……」

マスター。それが自分をよぶ言葉だとわかることが、夢のなかでかなしかった。そのかなしさは夢だ、と駿介は知っていた。

マスター。自分が選んだ職名だ。かなしいよび名などである筈がない。

この夢から醒めなければと、駿介は身もがいた。

そして不意に、夢は消えた。

「ああ……ツトムちゃんか」

と、大迫駿介は、ぼんやりと目を開いて、バーテンダーを見あげていた。見馴れたバーの内だった。アラン・ドロンの半裸体のパネル写真がそばの壁にかかっている。

「どないしはったんですか……きつう飲みはって」

そのパネル写真の横に、ツトムの顔が駿介を見おろすように並んでいた。

「何時や、いま」

「四時ちょっと過ぎてまっしゃろ」

「そうか。寝てたんやな」

駿介は首の根をけだるげにまわして、身を起こした。

ソファが深く沈みおちた。

「このシート、替えなあかんな」

「そうですね。バネがもうガタきてますわ」

「お水、一杯くんでんか」

「そこにありますがな。レモンしぼって入ってます」

「ああそうか。おおきに」

駿介は、目の前のテーブルの上に手をのばし、長いコップの冷えた水を一息に飲みほした。

高桐院をいつ出たのか。どんな風にして出てきたのか。どこをどう歩き、この店まで帰りついたのか。何もおぼえてはいなかった。帰りついて飲んだ酒が、とり乱した自分をすべて消してくれた……駿介は、そう思った。

「煙草と……それから、サラミがきれてます。タヌキ、少しとっときますか。大文字《だいもんじ》ですさかい、遅うなって混みまっしゃろ」

「そやったな……今夜、大文字やったいな」

この商売をはじめて、大文字の日を忘れたことはなかったな、と、駿介は頭のしんに残る酒の重さに眉をしかめて、立ち上がった。

「マスター」と、バーテンダーのツトムは、仕込みの金を受けとりながら、キイ・リングをカウンターの上に置いた。

「表のドアに、鍵ぶらさがったままでしたよ」

そう言うと、ツトムは勢いよく木扉を押して出ていった。

この若者も、家なしの少年だった……と、駿介は、なぜかそのとき不意に思った。

古いビルの二階にあるスナック・バーは、ツトムが扉を押し開けたときだけ一瞬、蒸れた外の熱気や光や物音をあわただしく吸いこんだ。木屋町《きやまち》筋へ駈けおりていくツトムの軽やかなゴム草履の音が、ぼんやりとした駿介の耳にしばらく聴こえた。

やがて店には、クーラーの音だけが残っていた。

2

「苦しいだけよ、あんたが」

と、枝村の祖母は、言った。

祖母は、手摘みの走り茶の芽を揉んでいた。切炉《きりろ》の上で茶汁に染まった皺っぽいてのひらがきしきし鳴った。五月がくると、それが祖母の日課であった。蒸した新茶のみどり芽を、手で揉みながら、炉の火で丹念に乾燥させていく。自分の飲みしろをつくるだけの作業であった。枝村の祖母の、それは歳月を消す楽しみみたいなものだった。粥を炊き、草もちを捏《こ》ね、乾瓢《かんぴょう》を干し、氷豆腐をつくる……。祖母は歳月を、季節季節に身をまかせて、ひっそりと楽しんでいた。

五月になると、宇治の枝村の家の炉部屋は芳《こう》ばしい匂いに染まった。梁《はり》も柱もひそかに香った。

「おばあちゃんは、もう古びた人間やさかい……これからの世の中のことは、ようわからへん。あんたがな、どないしても大学へ行けへんいうのやったら……ああせえ、こうせえて、よういえへん。けどな……大学はでとかなあかんのとちがうか……。先で、あんた、苦しいこと、苦しいめ見るのとちがうか……」

「苦しいこと、あらへん」

祖母のてのひらで、きりきりと揉みしだかれるみどり色の芽を、駿介はじっと見ていた。

高校を卒業する年であった。

「おばあちゃんはな……あんたの心がようわかるさかい……反対でけへん。本心明かしたら、おばあちゃん……あんたのような生き方が、好きやねん。お金がないのやない。頭がないのやない。お金はちゃんと、お父さんが残してくれてはる。東京の伯父さんかて、なんぼでも助けてくれはる。成績かて、あんたは一番や。学校のせんせが頭ひねらはるのは当り前や。東京の伯父さんが反対しはるのは当り前や。あんたは、大学いかなあかん人なのや。いくのが当り前の人なのや」

祖母のひたいに、うっすらと汗がにじみ出ていた。手の甲で、その汗を祖母は拭《ぬぐ》った。拭った手が、おりるときまなじりをふとおさえ、またしずかに茶を揉みはじめた。

「……剛生ちゃん……中学も、やめてるやろしな……高校も、行ってへんやろしな……」

祖母は、ほろりと涙をおとした。

ほんとにそれは、ほろり、という感じで祖母の頬をはなれておちた涙だった。

「……あんたが、大学によう行かへん気持……おばあちゃん、好きやねん……けどな、駿ちゃん。行きたいのやったら、お行き。行きたいの、がまんしてるのやったら、行かなあかん。そんなこと……剛生ちゃんがきいたかて……ちょっとも喜ばせえへんで。剛生のために、行けなんだ……剛生のために、棒に振った……先々、そない思わなならんようやったら……いま、おやめ。あんたが、苦しいめを見るだけや。剛生ちゃんかて……苦しめることになるかもしれへん……」

「苦しいこと、あらへんて」

駿介は、怒ったように言って黙った。

あのときの気持は、嘘ではなかった。剛生のせいで、大学に行かなかったのではない。大学など無縁な世界で生きているであろう剛生のことを想うと、どうしても進学する気になれなかったのだ。これは、剛生のせいではない。自分の勝手だ。自分のために、そうしたのだ。そうすることが、自分のとるべき道であった。

「厭だ。宇治へ行く」と、言った剛生を、連れてこれなかった自分の、これは、歩かなければならない道なのだ。

先々、もし自分が苦しまなければならないとするならば、それは、この道を歩かなかったときにだけだ。

この道は、剛生のために歩くのではない。自分のために、選ぶのだ。この道を歩かなかったら、そのときこそ、自分は生涯後悔しつづけ、苦しみにまみれて過ごさなければならないだろう。むしろこれは、苦しみの一番すくない道なのだ。

新茶の香りのたつ炉端《ろばた》で、あの年、自分が考えたことに誤りはなかった筈だ、と、駿介は言いきかせて、心の平安を保とうとした。

最初に、この平安をみだしたのは明彦だった。明彦が調香師になったと聞いたときであった。なぜだか、駿介は奇妙にうろたえた。だがそれも、思い出すまいと努めれば、出さずに済ませることだった。忘れておられた。

駿介は、宇治の高校を出ると、ためらわずに京都の巷《ちまた》に身を没した。『巷に身を没する』という言葉を、くまなく実践でき得るような生活がしたかったのだ。若かったのだ、といまでは思う。だが当時は、熱にうかされたようにそれを思った。

――おばあちゃん。一月《ひとつき》に一度は、必ず顔を見に帰ってきます。だから、赦《ゆる》して下さい。僕に、僕の人生を選ばせて下さい。また一人にさせて、ごめんなさい。でも、約束します。おばあちゃんに会いに、きっと顔を出します。

駿介

駿介が置き手紙をして、枝村の家を出たのは、彼が高校を卒業した年の春だった。宇治にきて、一年と半年目のことである。

約束どおり、彼はときどき顔を出した。祖母はそのたびに、深いかなしみとしみじみとしたよろこびを同時に湛《たた》えたやさしい目をして、駿介を見まもった。

「東京の伯父さん、カンカンなのよ。進学はせん。就職試験はパスしといて、放《ほ》っぽり出す。……いったいあの子、何考えてるのやって……」

「すんません……」

「あやまることなんかあらへん。あんたが、ええと思うてやることや……おばあちゃん、あんたを信じてるさかい」

「……おおきに」

祖母は首をしずかに振って、

「駿ちゃん」

と、言った。

「あんた、もうすっかり京言葉、身についたな」

「あかへん。カタコトや」

「おばあちゃんな……いまやからいうけど……もっと駿ちゃんに……下関の言葉きかせてもらいたい思うてたのや……」

駿介は、祖母を見た。

あのとき祖母は、何をしていたときだったかと、駿介はふと想い出してみることがある。

茶だんごを蒸してくれていたときだったか。宇治大橋の『橋姫《はしひめ》さん』の前に立って、二人で川を眺めていたときだったか……。

祖母はやっぱり、やさしい目をして、だが、駿介ではない何かほかのものを見ている ような目であった。

「下関の言葉……いやか？」

ぽつんと、そう言った。

駿介はとつぜん、はっと胸先を衝《つ》かれるものにたじろいだ。

「……そんなもん、あらへん。僕、いつも標準語つこうてたさかい……」

「そうか」

と、祖母は、すなおにうなずいた。

「おばあちゃんな……あんたが、こっちへきて……すぐ宇治の言葉に馴れてやったやろ……しゃにむに、宇治の言葉つこうてやったやろ……あれ、見てて、かなしかったわ……」

「……おばあちゃん」

駿介はこのとき、思ったのだ。もしかしてこの祖母を、自分は無情に、残酷に、傷つけていたのではないだろうかと。

宇治言葉でも京言葉でもない、下関の言葉を話す孫の上に、祖母はひそかに母をしのびたかったのではあるまいか、と。それを、しゃにむに捨てた孫に……祖母は何を想ったただろうか。

若い男と心中した娘。夫や、息子たちや、大迫の家を壊滅に導いたその心中行——祖母は、そう理解している筈である。すべての源が、母の不倫な心中行にあるのだと。駿介が京言葉に馴じもうとしたのは、確かに下関を忘れ去ってしまいたかったからではある。だが、祖母にはそのことがどう映っただろうか……。母が教えた、母と育った土地の言葉を話そうとしない孫……。もしかして自分は、知らずにこの老いたひとを、一番はげしく笞打《むちう》っていたのではないだろうか……。いや、いまも、笞打ちつづけているのではないだろうか……。

「何してるのえ?」

と、そのとき、祖母は言った。

「ん?」

「仕事や。……きついことあらへんの?」

「大丈夫や。何でもしてるわ。できることは何でもしてる。せな、食べていけへんもん」

「駿ちゃんっ……」

と、祖母は、いきなり顔をおおって、身もだえるように泣いた。ヒイーっという年老いた女のひよわな声が、駿介の胸を刺した。

自分は、この祖母を、さんざんに切りきざんでいるのだ。何の罪ももたぬ人を、自分は地獄におとしているのだ。

(母さんはね、心中なんかしたんじゃないんだ。いけないことをしたんじゃないんだよ)

何度、この祖母にだけは、しらせてやりたいと思ったか。何度、そうしなければならないと、衝動的に思ったか。

(母さんのせいじゃないんだ。母さんの罪じゃないんだよ)

駿介は、会うたびごとに、祖母にそう言うべきだと、必死に思いつめたのだった。

そんな生活が、四年ばかり続いた。

祖母は、駿介が欠かさず顔を見せることを、伯父にはしらせていなかった。しらせれば、伯父は黙っている筈はなかったから。祖母は、駿介の仕事の内容もきかなかった。住所もきかなかった。京都にいることだけを知っていた。遠くへは行かないで、とも言わなかった。行く筈もないことを、祖母は一番よく知っていたから。

皿洗い、ビルの窓ふき、工事人夫、ペンキ塗り、ガソリンスタンド……何十種類の仕事を移り歩いたか知れない四年間だった。

結局、祖母は、この四年間、駿介のしたいように黙ってさせてくれたのである。

駿介が東京の伯父に見つけられたのは、彼が北野のバーから新京極へ移った直後のことだった。

伯父は伯父で、駿介を探していたのである。駿介は何度も、伯父が、京都新聞や京都版の主要紙に、駿介へよびかける尋ね人の広告を出しているのを知っていた。

その日は、雨だった。

新京極のバーが十二時半にひけた後、河原町蛸薬師《たこやくし》のスナックで朝五時までというボーイの掛けもち稼業をやっていた時期だった。バーを終って次の勤めへ移るべく、裏寺町通りから河原町へとびだして、駿介は小走りに道路を横断していた。

雨のなかで、キィーッと車が廻転《かいてん》し、一度通りすぎながら、その駿介の目の前へ戻ってきていきなり横づけした。乱暴なタクシーだな、と駿介は思いながら、東側の歩道のアーケードへ駈け込んだ。

「駿介っ」

と、よぶ声が背後でした。タクシーからおりたのは東京の伯父だった。

伯父はむしゃぶりつくようにして、駿介を両腕のなかに抱き込んだ。まるで、必死に逃げられまいとでもするかのように。まだ、人通りの絶えない夜の往来の上でだった。

このときの、なり振りかまわない伯父のはげしい腕の力に、駿介は、この伯父にも、自分はつぐなえない罪を犯しているのだと、はっきりとさとった。

「お前は……ほんとにこれでいいのか。お前は……一生こんなことをつづけていくつもりなのか」

これでいいのか。大丈夫なのか。と、伯父は言った。

これでいいんだ、と、駿介は言えなかった。大丈夫なんだ、と、答え返すことができなかった。伯父の両眼にみなぎった、雨しずくではない水玉が、駿介にそれを言わせなかった。

この人たちを、これ以上苦しめてはいけないのだ。

自分が、身一つで放浪の道を歩く。それはそれでいい。だが、そのことで、この人達を苦しめることはできない。

駿介は、そう思った。とつぜんの、強い、決断だった。

駿介が、父の遺産の分け前に手をつける気になったのは、このときである。決してすまいと考えていたことであった。剛生も身一つで巷へ出た。自分も、してはならないことであった。けれども、せめてそうすることが、伯父や祖母の何かの気安らぎになるのなら……。駿介は、そう思ったのだ。伯父は、使えと言って別に援助金も出してくれたが、辞退した。

それから二年後、大迫駿介は、木屋町筋にスナック・バーの出物があったのを潮《しお》に、これを借り取り、夜の世界に腰を据《す》えることにしたのである。

巷に身を沈めるという感じが、この夜の世界にはあった。その感じに、彼は身をまかすことにした。放浪の、仮り寝の宿のひとしのぎだと、心では思っていたこの稼業に、どっぷりと身をひたす決心をしたのである。

思いがけない、決心だった。

枝村の祖母が死んだのは、この年の暮れであった。三日わずらい、あっけなく死んだ。急性肺炎であった。

「あんたが落ち着いてくれたんで、おばあちゃん、嬉しのえ……お商売、しっかりやってな……」

息を引きとる前、祖母はしんから嬉しそうな顔を見せた。それがせめてものわずかな慰めではあったけれど、こんなことでしかこの祖母にむくいきらなかった自分に、やはり駿介は、つぐないきれない罪を感じた。

(かんにんな……かんにんやで……)

そう繰り返すしか駿介には言葉がなかった。


……しかし、経営は、すぐに行きづまった。

当然のことであった。職は数えきれなく渡り、世間の垢《あか》もそれなりにつき、なかでも水商売が一番長かったとは言え、高校を出てまだ六年目のことだった。

京都の夜を代表する木屋町筋で、小さな店ではあったけれど、あげたネオンを張りとおすことは並みではない。父の遺してくれたものを食いつぶしてからでは、この道に入った甲斐もない。

巷に身を沈めるということは、敗残の身になり果てるということでは決してなかった。放浪はしていても、宿は仮り寝の泊りであっても、敗残だけはしたくない。と駿介は思って生きてきた。

店を、つぶすことはできなかった。だがこのままで日を消せば、早晩、そのときがやってくるのは目に見えた。

彼が、現在とっている特殊な店の形に、経営をきりかえたのは、いわば苦肉の策であった。踏みきるまでに時間がかかった。が、踏みきってしまえば、腹はすわった。店は、ひとりでに動きはじめた。ふしぎな曙光《しょこう》が、闇夜に射しこむ思いがした。明けることのない朝の、永遠に夜をかかえた曙光ではあったけれど。

駿介が二十五歳の、正月だった。

その日、ツトムが、この店にはじめて入ってきたのである。

一つの荷物が、店のなかへ運び込まれた。包装紙にくるまれて、荷紐《にひも》が縦横にかけてある。一間半四方の大型パネルであった。その巨大な荷が、店の木扉を押し開けていきなり天井近くまで一気に侵入してきたとき、駿介は一瞬、店全体が逆に傾斜して、斜面の宙に立たされてでもいるかのような奇妙な錯覚をもった。昂然《こうぜん》と押し入ってきた傍若無人な荷であった。この荷に、店を明け渡すのだと、なぜだか駿介は否《いな》も応《おう》もなく納得させられさえしたのである。

荷は薄い雪をかぶっていた。

「どこへ掛けます？」

と、その荷の陰から首をだして言ったのが、ツトムだった。

荷の巨大さのせいであったか、ツトムはひどく少年じみて、可憐にさえ見えた。

「雪……また降ってるの？」

「はあ。降ってますよ」

ツトムは、荷をおろすなり、バリバリと包装紙を引き裂きながら、手早くあたりを見廻して、

「ああ。あの壁でっしゃろな」

と、ひとりでうなずき、手はもう腰の道具袋にかかっていた。

「君、あのパネル屋さんの人？」

「いや。臨時に運搬手《て》っ伝《と》うてるだけですねん。もっとも、今日でお払い箱やけど」

「お払い箱？」

「よろしな？　あの壁で」

と、ツトムは駿介の問いには答えずに、ボックスの奥の壁を目で示し、

「かめしまへんか？　この上乗って」

と、テーブルとソファの背を、手で二、三度確かめるようにおさえた。

ズックを脱いで、その上に踏んばった両足の踵《かかと》の靴下が、ぼろぼろに破れていた。夏

物の靴下だった。赤いひび割れた裸の皮膚が、むきだしになり、土踏まずのあたりまであらわだった。

駿介は唐突に、剛生を、そこに見る気がした。

ツトムはのびあがるようにして、てきぱきと天井下へねじ釘を打ち込んでいた。

「このてのパネル、最近ようでますねん」

「そうか……」

「京都もぎょうさん増えたさかい」

「増えたって？」

「ちがいますか？　ここ、男の店でっしゃろ？」

ツトムは振りむきもせず、両肩を動かしていた。あどけない首につづいた肩であった。

「そうや。今日がその初店《はつみせ》や」

「そうですか」

関心のない声だった。

「お払い箱って……何でやねん？」

駿介は、そのことをきかずにはおられなかった。

「何か、わるさでもしたんか？」

「わるさでけるようやったら、こんなことしてませんわ。臨時は臨時ですさかい、仕方おへん」

さばさばとした口調であった。

「……で、いくとこ、あるのんか？」

「ま、これから考えまっさ」

無造作にツトムは言った。

「家は、京都か？」

「そんなもん、おへん」

「おへん？」

作業の手をとめないツトムを、駿介は、瞬間見あげた。

（そんなもん、おへん）

駿介も、昔よく口にした言葉であった。口にして、不意にいつも、剛生を想い出した言葉であった。

「すんません」と、ツトムは、パネルの方を振り返った。「ちょっとそれ、とっとくれやす」

恬淡《てんたん》とした顔であった。

「君、ウチにくる気ないか？」

駿介は、思わず声に出していた。

ツトムは、このときにだけ、ちょっと駿介のほうを見た。それから、柔らかい微笑をうかべた。

「僕、男は苦手ですねん」

「僕かて、男はだめやで」

駿介も笑った。

「へえ……」

と、ツトムは、はじめてまじまじと駿介の顔を見直した。

「そうや」と、駿介はうなずいた。「男は、僕かて苦手やで。この世界はド素人や。一か八か、賭け、はじめるねや。ド素人が僕の武器や。とことん、ド素人で通すつもりや。客にやれやれすすめられて、その気になったんやけどな……」

駿介は、自分の矛盾に気づいていた。ツトムを、こんな世界に引きずり込んではならないと、一方では思いながら、このまま彼を雪の戸外へ放《ほう》り出す気にもなれなかった。

「ま、気がむいたら、いつでも来いよ。寝るとこくらいは、あるさかいな」

ツトムは急に押し黙った。仕事を済ませると、受納伝票に印をとり、

「おおきに、毎度」

と、こくっと頭をさげて、出て行った。

彼に、「男の店でっしゃろ?」と言わせたパネル、フランスの映画俳優アラン・ドロンの巨大な半裸の立ち姿が、壁をおおってそびえたち、後に残った。

フランスの映画俳優は、陽を浴びて、薄く眼をとじ加減に前方へ投げかけていた。店のなかのどの場所へ位置をかえても、眩《まぶ》しさを追うようなそのドロンの眼は、駿介の上

へついてきた。

　駿介にはわかっていた。なぜこのフランスの俳優の写真をここへかかげたのか。「男の店」のアクセサリーにするためだからではなかった。この俳優に特別な関心があるからでもなかった。この俳優である必要はなかった。この眼を……この辛酸な、陽《ひ》ざしの奥を透かし見るような、追うような、眩しげな……そして、苦しげな眼をもっている男なら、誰でもよかった。言葉をかえて言うならば、この眼を写し撮っているこの写真でなければならなかったのだ。

　この眼が、大迫駿介に、一人の男を想い出させるのであった。赤いハンモックに揺られて、陽ざらしの庭に横たわっていた一人の男を。

　パネル屋でこの写真を見つけたとき、駿介は呪縛を感じた。二年ばかり前から使っているヒロシというボーイと一緒にでかけたのだった。ヒロシは駿介と同じ齢《とし》で、いくら教えても酒の調合をおぼえきらないボーイだった。ちょうど女の子がやめた後だったので、急場のつなぎに雇ったのだが、その不器用なところが妙に手放せなくて、置いてやっているうちに居つき、新しい子にとりかえようかとも思ったのだが、結局、このヒロシと二人で「男の店」に模様がえすることになったのだ。

　パネル屋で最初に写真を見つけたのは、ヒロシのほうだった。

「マスター。あれにしましょう。あれ、引き伸ばしたらええんとちゃいますか」

そのヒロシの声が、駿介には天啓のように聴こえた。

泰邦が、そこにいた。

生きざまの変り目に、再び泰邦が登場し、そこにいたということに、駿介は逃れられないものを感じた。

泰邦の死が変えた人生。それを生きている自分には、この写真こそ、もっともかかげるにふさわしい生きざまの旗なのだ、と。逃れられないものならば、日毎《ひごと》かかげて歩けばよい。選びたくて選んだ人生ではない。選ばなければならなくて身をまかす暮らしだった。選ばせたのは、泰邦だった。そう言ってもいいだろう。いつもまず、はじまりに泰邦がいた。泰邦さえいなければ、いまの駿介もいなかった。泰邦は、いわば人生の旗なのだと、大迫駿介は思ったのである。

そのフランス俳優の半裸体を壁に残したまま、ツトムは店を出て行った。

ツトムが出て行ったのではなかった。出て行ったのは、剛生だった。

雪の木屋町筋を走り去る一台の運搬車が、その日いつまでも駿介を物狂おしくさせ、落ち着かせなかった。

……ツトムはその夜、たてこんだ客の陰に隠れるようにしていつの間にか入ってきて、おずおずと店の隅に立っていた。

ボタンのとれたジャンパー。Gパンにズック……だが、ニコッと彼は笑って、駿介にペコリと頭をさげた。

剛生も、いつか、こうして現われる筈だった。

少なくとも、一通の外国便に乗って……ラベンダーの匂い水で封印された気障《きざ》な航空便に乗って、駿介の前に姿を現わそうなどとは、思いだにしないことであった。

世界的な調香師ピエール・デュロン……。昔、母が、幻を語るごとく、夢見るごとく、口にした名前であった。母の憧れは、駿介のなかでも燦然《さんぜん》とした夢想と化し、華やかな芳香にむせかえるきらびやかな幻像をその名前にあたえていた。ピエール・デュロン。それは、駿介の少年期の空にかかる虹だった。幾筋もの虹色の、遠い絢爛《けんらん》たるかがやきだった。母がそれを、遠くに、はるかな遠くに追ったように、駿介も、少年期の夢想の彼方《かなた》に花々しく仰いだものだった。

その幻のかがやきを身にまとって、剛生がいま、自分の前に姿を現わしたと言うのだろうか……。

(そんなことはない!)

(断じてない!)

駿介はほとんど獰猛《どうもう》に、そう思った。

体が不意におびている逆上の気配は、ふと鋼《はがね》でも鎧《よろ》った気がした。鋼が無数に逆立《さかだ》って、たけだけしく身辺で触れあう音が、聴こえたようでならなかった。

3

日本橋にあるS香料には何度も電話を入れたのだが、研究所に出ているのはわかっても、明彦はいつも席をはずしていて、つかまえることができなかった。

大迫駿介が上京したのは、もうその夏も終りに近い頃のある日だった。

国電の神田駅で降り、広い中央通りを南へむかって歩いている間中、駿介はある威圧感と闘っていた。東京に出るのははじめてだった。だが、そんなことのせいではなかった。

高層ビルが建ち並んでいる。それはそれだけのことではないか。見知らぬ人間たちの往来がおびただしい。それもただそれだけのことだ。熱光線に灼きさらされた中央通りを歩きながら、駿介は、自らを幼児のようだと毒づいた。けれども、威圧感はおさまらなかった。威容を誇っているものは、何か目に見えないものであった。目に見えないそのものは、活発で、そ知らぬげで、絶えずいきいきと動きつづけていて、あわただしかった。駿介は汗にまみれていた。なぜだか、自分が蛆虫《うじむし》のように思えてならなかった。太陽の照りつける大通りを歩きながら、一人駿介だけが取り残されて、無人の闇の氷原を歩きつづけている気がするのだった。よたよたとうごめいて。うごめくのは勝手だ、と自分を罵倒した。誰も駿介をかえり見ない。見られなくていいではないか。しかし駿介は、たまらなく自分がみすぼらしかった。みすぼらしいと自分で思うそのことが、なさけなかった。その自分が、赦《ゆる》せなかった。歯をくいしばっても、涙がわいた。何でわく涙かわからなかった。明るい白昼の東京の大通りが、肌寒かった。汗にまみれて、冷えきって、駿介はその大通りを歩いた。

S香料ビルは、日本橋寄りの東側の通りに面して建っていた。地上十一階の銀灰色をしたビルだった。

明彦は、研究室にいた。

内線の電話がよびだした明彦の声は、さすがに驚いている風だった。

「待ってくれ。いま、ガス・クロのグラフがでるところなんだ。手が離せない。そのあと、研究室会議がある。四時ごろには空くよ。それまで時間、つぶしててくれるかい?」

明彦は、それだけ言って電話を切った。

いままでにも、声の交流は何度かあった。手紙のやりとりもたまにはあった。だが、会うのは十二年振りだった。受付におりてくるくらいのことはできないのか。

駿介はそう思って、思った自分に刺《とげ》だちを見た。刺だつ自分が、卑《いや》しかった。

(明彦に会いにきたのではない)

駿介は、妙に昂《たか》ぶりたつ気をしずめながら、しばらく受付前のソファでぼんやりしていたが、やがてそのビルをでた。

明彦が指定したコーヒー・ショップに現われたのは、四時半をすぎてからだった。

彼は少し日灼けして活動的な感じがしなくもなかったが、下関の家の前で別れたときとそう変っているとも思われなかった。やはりあめ色縁の眼鏡をかけて、どこか神経質そうな身ごなしも、そのままそっくり残っていた。

「やあ」

と、明彦はちょっと眩しそうに駿介を見て、席についた。

つきながら、ちらっとすれちがいに出ていった女性客の方をあごでしゃくった。

「彼女、一応おしゃれは満点だよな。でも、落第だ。あんなにファムをふりかけてちゃ、ワキガ持ちの女でございって宣伝して歩いてるようなもんだ。ファムってての、知ってる？　マルセル・ロシァの目玉品でね、あちらじゃ人気香水さ。これがワキガを殺すんだな。あの女、きっと猛烈なワキガだぜ」

明彦の白いスーツの袖から、あるかなきかのラベンダーの匂いがたった。

「で、どこへ行ってた？」と、彼は言った。

「どこにも」

「え？　じゃ、ずっとここにいたのかい？」

「そうだよ」

「驚いたな。四時間も、この店でか？　ここは東京だぜ。ヒマつぶしにゃ、いくらも場所はあるだろうにさ」

「ヒマじゃないんだ。東京見物にきたわけでもないんだ」

駿介はふと、自分が京都言葉を捨てていることに気づいた。

「剛生の話をきかせてくれよ。きいたら、すぐに帰る。邪魔はしないつもりだよ。調べてみてくれたんだろうね？　剛生だったの？　そうじゃないの？」

明彦は、心持ち頰をこわばらせた。

気色ばんでさえ見えた。

「そんな言い方ってないだろ。久し振りじゃないか。よかったら、泊まっていけよ。練馬だけどさ」

「泊まらないよ」

「なぜ」

「僕にも仕事があるよ。これから帰って、働くんだ」

明彦は、ちょっとひるんだような眼をみせた。

そのひるみのなかに、駿介は、少年のころの明彦を見た。変ってなかった。ひるみはすぐに、居直りの色となった。

「そうか」と、明彦は、冷淡に言った。

「じゃ、話すとするか。しかしな、話すことは何もないんだ」

「何もない？」

「そうだ。結局は、そういうことになるだろうな」

「どういうことなの！」

「そう気負いたつなよ」

「気負いたつなだって？　よくそんな言葉が口からでるね。剛生に会った。剛生を見た。剛生にまちがいないって書いて寄越したのは、兄さんだよ。あんな手紙を放り込んどいて、いつ帰ったからともしらせてこない。電話をかけても、いつも留守だ。ことづてはきいてくれただろ。どんなに忙しい身か知らないけれど、電話の一本くらい、入れてくれたっていいじゃないか。葉書きの一枚くらい、書いてくれるヒマはなかったのかい」

明彦は、黙って煙草に火をつけた。

「だから」と、彼は、そして言った。「そんなに大騒ぎするほどのことじゃなかったっていうことなのさ」

「じゃ……剛生じゃなかったのかい」

「そうさ」

と、明彦は簡単に言った。むしろ、うそぶくような口調だった。

「そうさって……それを、どうして一言教えてくれないの！」

「だから……いまから教えてやるよ」

「当り前だよ。それをききにきたんだからね」

明彦は、冷静でいようと努める顔つきになった。だが、駿介の強い視線を、このときあわててはずしたふうに駿介には見えた。

「調べてみたさ……」と、明彦は言った。

心なしか、うろたえのまじった声だった。

「僕にできることはした。あの後……人を介して、あの男の身元を調べてもらった。もっとも、会社関係の人間に頼んだんだから、根掘り葉掘りってわけにゃいかない……けど、それで十分だったよ。あの男は、僕をからかっただけなんだよ。いや、フランス人ってのは、妙なしゃれっ気があるからな……」

「からかったって？　どういうことなの」

「あの男は、大迫って人間じゃないってことさ」

「ない……？」

「そうさ。僕の取引会社の人間が調べてくれたんだ。まちがいない。あの男は、安村憲男《やすむらのりお》っていうのさ。それが本名だ。フランスの永住権もとっている。ピエール・デュロンの家に住みついて、二十歳《はたち》のころから調香の手ほどきを受けたらしいんだ。その前は……多分、お定まりの旅行者くずれかなんかってところだろ……途中で旅費をつかい果たしたとかさ、無銭旅行ってのもあるからな……近ごろの若いのは、平気であっちに居ついちゃうんだから……いや実際、パリに行ってみろ。夏場歩いてるのは日本人ばかりだぜ……それにさ……」

「そんなことはどうでもいいよ。その安村憲男って名にまちがいはないんだろうね？」

「まちがう筈がないじゃないか。登録簿を調べてくれたんだから。デュロンが街で拾ってきて、永住権もとらせてるんだ。さすがに、調香の腕は一流らしいがな。……とにかく、いまじゃ、デュロンの名で調香する作品の半分くらいは、あいつのものだって、もっぱらの評判だよ。パリの一流のオート・クチュールも、名指しであいつに作品を依頼するそうだからな。大手の香料会社も、うの目たかの目で狙ってるらしいんだが、デュロンが手放さないんだとさ。相当のきれ者にはちがいないんだよな……」

「だって、おかしいじゃないか。兄さんがたずねた香料会社の工場長は、オオサカって言ったんだろ」

「そうさ。言ったさ。あの男の通り名だからな、それが」

「通り名？」

「ニック・ネイムさ。関係者は、みんなそうよんでるそうだよ。安村って名を知ってる者の方が少ないくらいだ。つまり、あの男は、フランスの香水界じゃ、オオサカで通ってるんだ」

　明彦はグラスの水を一口飲んで、落ち着きはらった顔を向けた。

「というのはつまりだな、あの男がしょっちゅう大阪弁を使うんだそうだ。使っては、これオオサカ、オオサカって、剽軽《ひょうげ》て見せるんだとさ。そいつが、ニック・ネイムに変ったってわけだ」

「だって……兄さんに、はっきり言ったんだろ？　本人が。大迫って。同じ名前だって。東京に昔いたって」

「だからさ……僕をかついだのさ。すっとぼけた顔をして、冗談を言ったのさ。大迫って名は、妻の高子にきいて知ってるからな。つまり……そうなんだよ。奴等《やつら》にはさ、われわれには通じないしゃれっ気みたいなものがあるからさ……あいつも、粋《いき》がって、ちょっとジョークでもとばした気になったんだろ……まったく、人騒がせな奴だよな……」

「じゃ、兄さんにだけ、大迫って名乗ったってことになるんだね？」

「そうさ」

明彦は、また、正視している駿介の眼をふとはずした。

「兄さんは、それで、納得したと言うんだね？」

「そ、そうさ。だって……納得するもしないもないじゃないか。あの男は、安村憲男なんだから」

「僕は、ここに、兄さんがくれた手紙を持ってきてる。読んであげてもいいんだよ」

駿介は、明彦の眼を見つめながら、航空便をとり出した。

「兄さんは彼と話した。車の窓越しに顔を寄せて彼と話した。声も顔も、じかに見たんだ。見て、剛生じゃないと確認した。でも、剛生に会った。剛生を見た。剛生にまちがいない……そう思ったんだったよね？　なぜだろうかって、僕にきいてきたんだよね？なぜなんだい。なぜ、剛生じゃないとはっきりわかった男が、剛生にまちがいないって気を起こさせたの！　その目で見たんだろ！」

明彦の顔に、明らかに狼狽《ろうばい》の色がゆらめきたった。彼は、とっさにくちごもった。

「それは……だから……あいつが、大迫だなんて言うからさ。僕が……暗示にひっかかったんだ。大迫、調香師……しかも、僕のことを高子にたずねた……こう揃ったら、剛生じゃないかと疑ってみるのは、自然じゃないか……」

「どうして自然なの。剛生じゃない男が、たとえ大迫と名乗ったからって、調香師だったからって……いや、かりに自分は大迫剛生だと言ったとしたって、剛生じゃなきゃ、剛生だって気がする筈がないじゃないか。兄さんは、そんなに剛生を忘れてしまったの？　赤の他人か、自分の弟か……その見わけさえつかないほど、兄さんの目はぼけてしまったの？　剛生は、兄さんの弟だよ。兄さんと同じ……父さんの血をわけてる弟だよ。その弟が……顔突きあわせて、話してさ……それで、兄さんにはわからないって言うのかい。いい加減にしてくれよ。兄さんが剛生だと思ったら、それは剛生だよ！　剛生にまちがいないよ」

「ちがうっ……剛生じゃない」

「顔がちがうって言うんだろ。声もちがうって言うんだろ。それだけかい、言うことは」

　駿介はあらあらしく見返した。

　そして、言った。

「捨てたのさ！　顔も、声も、捨てたのさ！」

　明彦は、びくっと引きつるように、こめかみをふるわせた。

「そうさ」と、駿介は断定するように、言った。

「剛生は、捨てたんだ。大迫の家を捨てたように。名前も、顔も、声も……みんな捨てたんだ。兄さんと血をわけた顔が厭だったんだ。兄弟でいたくなかったんだよ」

「駿介っ……」

明彦は青ざめていた。血走った眼を、小動物のように動かした。

だが駿介はやめなかった。やめられなかった。

「兄さんが」と、駿介は言った。「一番よく知ってる筈だ。いや、兄さんしか、知らない筈だ。兄さんだけが、知ってるんだ。そうだろ、兄さん。十二年前を、想い出してくれよ。兄さんは……あの日、何もかもみんな剛生のせいにしようとした……そうでなくったって、あいつはもう……自分のしたことの恐ろしさで、正気の沙汰《さた》じゃなかったんだ。……あいつが、生きていてくれたことがふしぎなくらいだよ……父さんのあの言葉がなかったら……あいつはとうに死んじまってるよ……よく辛抱してくれたよ……そうだろ？ あの日、兄さんがあいつにしたことを想い出してくれよ……それだけでも、剛生は、兄さんを見限ったかもしれないよ。でも、ほんとうは……もっとほかにあったんだろ？ 僕が知らない……僕にはわからない何かがきっとあった筈だ……兄さんと、剛生だけが知っている何かがね。そうだろ？ 顔も、名前も……何もかも剛生に捨てさせるような何かが、あった筈だよ。そうなんだろ？」

明彦の拳《こぶし》はふるえていた。肩も小さくわななないていた。十二年前の明彦が、そこにそっくりそのままいた。

剛生が、死に物狂いでとびかかっていった明彦だった。問いつめられて、何かを少しずつ喋りはじめた明彦だった。「ほんとうだよ」と訴えながら、それが「ほんとう」ではなかった明彦だった。

剛生が、家を捨てても、一緒に住みたくないと思った明彦だった。

「兄さん……」と、駿介は、言った。

「僕は、兄さんを責めてるんじゃないよ。ただ、グラースにいた若い男が、剛生かどうか。それをはっきりさせたいんだよ。そうなんだろ？　兄さんも、あれは剛生だと思ってるんだろ？　名前なんか、その気になれば、すりかえる手はいくらだってあるよ。顔だって、跡形もなしに作りかえられる世の中だよ。そうは思わないかい？　ただ、兄さんは言いきかせているだけなんだ。あれは剛生じゃなかったってね。そう思おうとしているだけだ。そうだね？」

明彦は、黙り通していた。

駿介は、そんな明彦を、しばらくみつめたまま、じっと待った。

やがて、「そうかい」と、しずかに言った。

「言わなきゃ、言わないでいい。自分で調べるよ。……もう、兄さんには会わないよ。これっきりにするよ」

駿介は、そう言って立ち上がりかけた。

「ねえ、兄さん」

と、そして明彦を見返った。

「兄さんにだけ、彼が『大迫』って名乗ったのは、なぜなんだろうね？　兄さんが調香師だとわかったからじゃないのかい？　だって、剛生には、兄さんは一目見てわかるもの。兄さんが、なぜグラースにきたのかを、奥さんにたずねたんだよね。兄さんがもし調香師じゃなかったら、きっと見向きもしなかっただろうね……」

明彦がはっきりあえぐのがわかった。

「調香師だから、教えたんだよ。剛生は、知ってもらいたかったんじゃないのかい。自分がピエール・デュロンの代作ができるほどの調香師だってことをさ。きっと、兄さんにだけは、知ってもらいたかったんだよね」

駿介は、平静な声でそれだけ言うと、伝票をつかんでテーブルを離れた。

言わなくてもよかったと、心では思った。兄が、誰よりもそのことを思い知っているのだから。傷つけなくともよかった。もう会う筈のない兄だった。黙って、さよならだけを言えばよかった。そうしなかった自分に、駿介は深い吐気《はきけ》をおぼえた。

自分は、いったい何をしているのだろうか。穢《きたな》い、みじめな人間のように思えた。ほんとうに一人になった、と、駿介は思った。もう、剛生のことも忘れよう。調べたりなどは決してすまい。一人でいいのだ、と、はっきりと思った。

戸外へ出ると、陽の海だった。

駿介は、軽い立ち眩《くら》みを感じた。

東京はラッシュ時のさなかにあった。

「待て、駿介」

と、明彦の声がしたのは、駿介が表通りを歩きはじめてしばらくたってからである。

京都に着いたのは、真夜中だった。

構内の公衆電話から、駿介は店をよび出した。

ツトムが出た。

「どうや?」

「ええ、まああです。お帰りなさい。疲れはったでしょう。大丈夫ですよ、こっちは」

「そうか。ほんなら、今日は頼むな」

「はい。あ、それからお風呂、沸《わ》かしときましたさかい、ちょっと火入れてもろたらええと思いますよ」

「そうか。おおきに」

「マスター。どないしはったんどす? 声さっぱり出てしまへんやないか……」

「阿呆《あほう》。お客さん、いてはるんやろ。めったなこと言うな」

「すんません。ほな、気いつけとくれやっしゃ……」

「わかってる。今日はもう、そっちも早《はよ》うしまい」

「はい。様子みて、そないします」

「ほんなら、帰るわな」

駿介は、ツトムのきびきびとした声で、かすかに人心地をとり戻した。

南口からタクシーに乗った。冷房のきかない車だった。どんなに疲れきっていても店に顔を出さなかったことなど一度もなかった。駿介はぐったりとシートに身をしずめながら、体のしんが萎《な》え果てているのを感じた。東京のビル街の上空にかかっていた金属的な太陽のかがやきが、まだ余燼《よじん》をぎらぎらばらまいて駿介の身辺からは消えなかった。

「待て、駿介」と、明彦はよびとめた。

立ちどまった駿介の背後で、明彦は言った。

「僕が知っているからだよ」と。

「?」

「そうなんだ」

と、振り返った駿介に、少し口ごもるような口調で明彦は告げた。

「僕が知っているからだ。泰邦さんを殺したのが、剛生だということを」

「兄さんっ……あんたは、まだそんなことを言ってるのかい!」

「ほんとうだよ」

と、明彦はちょっと眼鏡に手を当てた。鏡面が一瞬乱反射した。

「『斬れ』って……泰邦さんが言ったのを、おぼえてるだろ？　あれは、僕に言ったんじゃない。剛生に言ったんだよ」

明彦は、瞬時言い淀《よど》んだ。

それから、眼をあげて駿介を見た。

「泰邦さんは……自殺したんじゃないんだ」

一度その言葉は、駿介の耳をとおりすぎた。そして、ゆっくりと雑沓《ざっとう》の物音のなかからうかびあがって戻ってきた。

「……何だって？」

「おかしいとは思わないかい？……ハンモックの上に長々と寝て、日本刀で腹を切る。え？　そりゃ、切れなくはないかもしれないさ……事実、僕が行ったときには、泰邦さん……半分くらいまで切り裂いてたんだからな。素手で刃を握った切り痕《あと》を見りゃ、あの人が自分で腹を切ったってことはわかる。でも、腹を切るのに、どうしてハンモックの上に寝てたりなんかする必要がある？　ぶらぶら揺れて、ハンモックは宙に浮いてる……支えも何もない……そんな不安定この上ない場所をわざわざ選んで、どうして切腹なんかしたりするんだ。するなら、芝生の上でするよ。もっと他《ほか》にも、いくらでも場所はあるじゃないか。泰邦さんほどの人だ。刀の扱いは知り抜いてるよ。ハンモックに寝て、腹を切りそこねて、苦しむようなぶざまな真似は……絶対にしないよ。だから、あの人は、自殺したんじゃないんだ。あの人はただ……ハンモックの上に寝てただけさ。

そうさ。庭で、ただ昼寝をしてただけなんだよ」

「に、兄さん……」

「そうは思わないかい？」

明彦は、見返すように駿介へ顔を向けた。

「あの人は睡《ねむ》ってたんだ……木蔭のハンモックに揺られてな。そこへ、誰かが近づいた……備中青江《びっちゅうあおえ》『次吉《つぐよし》』を持ってな。そして、一突き、突き刺した……」

「やめろ……」

駿介は、低く叫んだ。舌の根がまわらなかった。

「ききたいと言ったんじゃなかったのか？」

「それが……」と、駿介はあえいだ。

「それが……剛生だって言うのっ！」

「そうさ。剛生さ」

明彦はむしろ、昂然として言い捨てた。

「剛生が、突き刺したんだ。突き刺して……一度、逃げたんだ。きっと、動転したんだろう……そのあと、泰邦さんが、自分で腹を切った……いや、切ろうとして、切りきれずに苦しんでたんだ……そこへ、僕が行ったのさ……」

駿介は、傍の街路樹へ手をかけて、しばらく呼吸を整えた。

「……見たの？　兄さんは」

「見やしないさ」

「見やしない？」

駿介は振り返った。

「見やしないって……それじゃ……兄さんの想像かい……想像で、兄さんは喋ってるのかい？　ふざけるなよ！　見もしないで、どうしてそんなことが兄さんには言えるんだっ」

「言えるのさ」

と、明彦は、平然とした口調で言い返した。

「泰邦さんが『斬れ』って言ったのはな……もちろん、苦しかったんだろうさ……早くひと思いに死なせてくれっていう意味もあっただろうさ……けど、ほんとうは、斬られてもいい人間だと自覚したんじゃないのかな」

「自覚？……」

駿介は一瞬、戦慄した。

自覚……。明彦は、明確にその言葉を使った。秋浜泰邦の死について、駿介だけが使えると信じていた言葉を、明彦はこともなげに口にした。泰邦が、自ら死ぬべき人間だと思い決していたであろうことは、駿介には理解できた。だが、明彦がそれを知ってい る筈はない、という驚きだった。

駿介は、明彦の瞳の奥をうかがうように見つめながら、あの蒸し暑い夜明けの闇の屋根瓦の先にあったひとつの窓のことを、頭にうかべた。夜明けの窓が甦《よみがえ》ってくる息苦しさに、おののいた。明彦も、あの窓のなかのことを知っていたと言うのだろうか……。

（そんなことは、決してない）

と、駿介は、打ち消した。

泰邦は、死ぬべき人間だと自覚したからこそ、自決したのだ。自ら死んだのではないと言う明彦に、泰邦の自覚が口にできる筈はない。ひとつのその窓が、泰邦を死へ導き、父と母を道連れに巻き込んだのだ。駿介だけに理解できる、大迫家の惨劇の相貌《そうぼう》だった。

あの日、下関の家で、駿介だけが知っていた窓。

駿介は、明彦の次の言葉を、恐ろしいものでも待つようにして、待った。

「あの事件の起こった前の日の午後だったよ……」

と、明彦は、少し眼を細めるようにして言った。街路樹の葉影が、その眼鏡の上でまだらに動いた。

「泰邦さんが、刀袋をさげて離れの方に行くのを見たんで、ああ『次吉』の手入れがはじまるんだな、と僕は思ったんだ。ちょうどラジオの外語教室もはじまるところだったんで、僕は二階の部屋へ上がった。離れに行ったのは、それが終ってからだったよ。障子が閉めきってあるんだ……変だなと思って、僕は離れの裏手の方へまわってみた……やっぱり戸が閉めてあるんだよ。昼間だろ？　それに、刀の手入れをしてる筈だろ？　もう済んじまったのかなと思って、近づこうとしたときだったよ。つくばいの陰からパッと離れて、林のなかへ駈け込んだ奴がいるんだ。剛生だった。妙な奴だなと思ったよ……そのすぐ後だった……障子の内で、人の気配がした……声も聴こえた……」

明彦の言葉が、不意にと絶えた。

「声？」

と、駿介はきき返した。

「……声だ」と、明彦は、むしろ投げ出すような口調で言った。「……泰邦さんの声を、聴いたんだ。低くて……なにかうわずってて……とても聴きとりにくい声だった。でも、確かにそう言ったよ……『香子《こうこ》さん』って」

駿介は、車道を擦過する車を見たような気もするし、街路樹の黄っぽい乾いた紙のような葉っぱを一瞬見あげたような気もする。ビルや人通りや電車や地下鉄の看板などが、一時にひしめいて眼のなかにとび込んできたような気もするのだった。

母が、泰邦の部屋のなかにいた。『香子さん』と、泰邦によばれて抱かれていた……あり得ないことではなかった。同じ日の昼前、駿介は見ているのだから。

『五年間でした。五年……待ちました』

地下の調香室への赤い煉瓦の階段で、母の唇に触れていた泰邦。苔《こけ》の匂いとみどり色の葉群れのしたたりにつつまれて、みずみずしい絵のようだった木蔭の階段。あの青々と染まった赤い煉瓦の階段での抱擁が、同じ日の白昼に存在したのだ。母があの後、泰邦の部屋で、泰邦に抱かれたとしても、ふしぎではなかった。

いや、ふしぎどころか、それはむしろ自然な成り行きと言うものだ。あの木蔭の階段での抱擁を泰邦と母に赦した刹那《せつな》に、自分は、泰邦と母のすべてを赦したことになるのではないか。泰邦と母の肉の感覚が想像できないからといって、二人が密かにあの折の抱擁を完成させ、次の濃密な果肉の熟《う》れさかる刻《とき》へと練りあげたとしても、ふしぎではない。

しかし奇妙に、駿介には、二人の肉の感覚が甦らないのであった。まるで、甦らないことを必死で望んででもいるかのごとく、泰邦と母の間柄は清冽《せいれつ》なまま、駿介のなかに残されているのだった。

清冽だったからこそ、あの日につづくひとつの夜明けが、汚辱に爛《ただ》れて奇怪なのだった。

(だが……母が、泰邦と肉のまじわりを持ったことが真実なら……)

駿介はふと、恐怖のそばへしのび寄っている自分を感じた。

もしそれが真実なら、あの雪代と泰邦が交した窓のなかのひとつの夜は、もっと奇怪なものとなりはしないだろうか……。

そして、剛生と、明彦が、その泰邦と母の肉の交歓を立ち聞きした……。

駿介は、十二年前の夏の日の一日へ、急速に引き戻されて行く自分を、どこかで裁《た》ち切ろうとして身足掻《あが》いた。

「剛生がやったんだ」

と、明彦はもう一度、断定するように言った。

「僕がそう思っていると、剛生は信じているんだ」

「兄さん……」

と、駿介は、息をとめながら言った。

「ほんとうのことをきかせてくれよ。兄さんは……やらなかったんだね？」

「そうだ。僕は、やらなかった」

「剛生がやったところも……見なかったんだね？」

「ああ。見なかった」

「兄さんはあの日……泰邦さんの腹の刀を抜こうとして、はずみで残りの腹を切った……。そう言ったね？」

「ちがう。はずみで切ったんじゃない。あの人が、自分で手を動かしたんだ。僕は刀の柄《つか》を握ってただけだ」

「そう。そうだったね。刀の方で自然に動きだしたんだったよね」

「そうだ」

「ほんとうに、そうだったの？　斬りたいとは……思わなかったの？」

「…………」

明彦は答えなかった。

答えずに、駿介の顔を睨《にら》み返した。

「君だって、そうだろ」と、そして言った。「いまここに、泰邦さんが寝ていたら……そして、刀がそばにあったら……何かを考えることくらいはするだろ。何もしなくっても、思うくらいは思うだろ。母さんを誘惑したんだ。父さんを裏切らせるようなことを……あの母さんにさせたんだ。蹂躙《じゅうりん》したんだ。そうさ、僕は考えたさ。でも、やりはしなかった。考えるくらい、当り前じゃないか！」

「そうだね。当り前かもしれないね……兄さんが、考えたんだ。剛生が考えたって、ふしぎじゃないよね。兄さんがやらなかったんだ。剛生だって、やらなかったかもしれないじゃないか！」

駿介は、一呼吸おいてから言った。

「剛生だって、思ってるかもしれないね。泰邦さんのお腹《なか》に、刀を突き刺したのは……兄さんかもしれないと」

明彦は瞬時、眼鏡に手を当てた。

昔から、見馴れているしぐさだった。駿介には好きになれないしぐさではあったけれど、絶えず明彦の繰り返しているしぐさだった。明彦は黙ったまま駿介を睨みつけていた。

駿介も、そんな明彦を見つめ返していた。

しばらく、黙りあったまま、二人はラッシュ時の雑沓のなかに立っていた。

そして、どちらからともなく歩きはじめた。背を向けて、それぞれの方角へ。

……車は、五条坂から東大路《ひがしおおじ》を上っていた。何もかも忘れて睡りたい、と駿介は思った。ツトムが沸かしてくれた風呂にも、今夜は多分、入らずに寝るだろう。西田町のアパートの部屋のベッドが、やたら頭のなかにうかんでは消えた。あそこへ帰りさえすれば、睡れるんだ、と心が急《せ》いた。

車はしかし、そのアパートとは反対の方角へ方角へと走り去っている気がしてならなかった。見馴れた東山裾《すそ》の街筋へ入ってからも、寝《やす》みつける塒《ねぐら》がその先にあるようには思えないのであった。

4

やわらかくマット状にふくらんだヒメコウライ芝の上に、陽がさしていた。芝生の匂い。たちのぼる陽炎《かげろう》。遊んでいる少年。少年はあぐらをかいていた。幼稚園服の前垂《まえだ》れに名札が読める。『おおさこごうせい』。少年は、遊び友達にとりかこまれている。遊び友達たちはしずかだった。しずかに芝生の上に転がっていた。少年のまわりにひとつの円陣でも組むように、物言わず、少年にかしずく従卒たちのように、少年をとり囲み、ごろんごろんと転がっていた。真っ黒い小さな影を、陽ざしのなかにおとしながら。

彼等はみんな、首しか持ってはいなかった。首根のあたりで切断された小動物たちの頭だった。鼠。小猫。鼬《いたち》。雀。鶏。犬。金魚。兜虫《かぶとむし》。蜻蛉《とんぼ》。蟬。蜥蜴《とかげ》……。少年は、それらの遊び友達のまんなかで、あぐらをかいて、ときどき睡そうに息を吐いたり、独り言を喋ったり、とつぜん薔薇色のたっぷりした舌をまるめ、彼等に何かを話しかけたりして、遊んでいた。あくびをするとき、水っぽいやわらかな懸壅垂《けんようすい》が、咽《のど》の奥で不意にめくれるのが見える。そんなせいでか、少年の咽は、ときどき何かの花のようになまめいた。

　動物たちの首は雑多で、小さな異様な影を持ち、いずれも熱い光にさらされてかがやいていた。そのかがやきで、彼等は奇妙に新鮮な、みずみずしい損傷をあからさまにする。少年は、そのひとつを手にとりあげる。少年のてのひらのなかで、首たちはおどおどとするかに見え、暗い眸《め》の奥から密かな視線を注ぎかけ、やがて少年のやさしい指の愛撫にこたえんとでもするかのようにじっとすなおに身をまかす。まだ赤黒い血の条《すじ》をしたたらせている首もあった。緑や黄や朱で織りあげられた王冠を想わす首もあった。固い肉質の突起の上に、かすかな野生の獰猛さを移しつづけているものもあった。卑屈な、ただ泥土の匂いだけをはげしくたてる剛毛の首もあった。華麗な首、あたたかそうな首、疲れ果てた首……それらの小さな者たちの円陣の中央で、少年はやがて遊びあき、頭をたれて睡りおちた。

……駿介はうなされていた。朝方、一度早い時刻に目醒め、またうとうととして、剛生の夢を見た。

とび起きて、しばらくぼんやりとベッドの上に坐《すわ》っていた。何かが調子はずれであった。何かが軌道を見失い、とりとめがなかった。困惑がやってき、身のおきどころをなくし、やがて焦燥が芽ばえ、平静さが無数の足で身辺から駈け去っていく。

昔、何度叱っても、誰が注意をあたえても、一時期、剛生のまわりにあったあのひとつの奇妙な囲み。小動物たちの円陣について想うとき、駿介は、戦慄の深みにはまり込んでいる自分を感じる。

飲み残しのコップの水を飲む。夜明け方起き出して、所在なく、食い散らかしたパンのきれ端を再び噛《か》んでみる。水は生ぬるく口中で溢《あふ》れ、いくら噛んでも水気のまわらぬパン屑《くず》が長い間舌を刺した。

ツトムが枕もとにおいていった売上げ伝票を手にとってみる。生ぐさい熱気に蒸れた動物たちの首の匂いが、その伝票の上からもたちのぼってきた。首には、赤い蟻《あり》がたかっていた。遠い昔、小刀や、鉈《なた》や、鋏《はさみ》で切りおとされていたあの小さな無惨な首たち……。

忘れてしまってもう跡形もない首たちであったのに、一夜の夢がいきなりそれを駿介に想い出させた。

あの首たちは、いったい何だったのであろうか。ほんの短い時期だったが、剛生にその時期が存在したということに、駿介はおびやかされていた。

剛生は、おとなしい子供ではなかった。しかし、決して残酷な子でもなかった。気性は確かにはげしかった。辛抱づよい性格も持っていた。

あの幼い頃の一時期、彼がみせた残虐性は、むしろその後の彼には不似合いな、とつぜんの変異であったと言うべきだろう。わずか一年足らずで消え失せた、誰もが、すぐに忘れ去ってしまった変異だった。

だが、駿介にはいま、あらためてその折りのことが、ある事実の確認とともに想い返されるのである。

剛生がその遊びをはじめた頃が、ちょうど大迫家にとっても、ちょっとした出来事の持ち上がった時期とかさなるのだった。

確かその時期、大迫家では、兄の明彦が軽い小児麻痺をわずらい、半年ばかり入院していた筈である。母は、ほとんど病院に寝泊りしていたし、退院後も半年近くは明彦につきっきりの状態だった。治療が早かったせいもあるのか、小児麻痺は大事に至らず、明彦は正常な体に戻った。

剛生が幼稚園を出る年あたりであったから、明彦もまだ小学生だった筈だ。

「お兄ちゃんが病気なのよ」

と、母に言いふくめられれば、すなおに、

「うん」

と、答えて、納得はしていた子だった。

母をむやみに追ったりもしなかった、と駿介は記憶の中を振り返ってみて思い当りもするのである。

ある日。庭の池の端であったと思う。剛生が、開いた自分のてのひらにむかって、しきりに何かを話しかけているのに出会った。やさしい、おだやかな声だった。てのひらのなかには、鮒《ふな》の首がのっていた。池の岸辺の石の上に、切りおとされた鮒の胴と小刀が投げだされていた。

「剛生。きたないだろ。捨てなさい」

駿介は思わず見咎《みとが》め、叱りつけた。

剛生は、ぼんやりと池のなかにその鮒の首を放り込んだ。

「だめじゃないか。そこへ捨てちゃ」

ペロッと剛生は舌をだして、だが手網《てあみ》で水の底に沈んだ首をちゃんとすくいあげ、ごみ箱へ捨てに行った。

平石の上に転がっている小刀と、内臓をはみださせた鮒の胴が、一瞬眼に鮮烈ではあったけれど、別に気になるほどのことではなかった。

叔母が台所で切りおとす魚の首でもまねたのだろうと、駿介は思った。

だが、次が、死んだ飼い兎の首だった。

「だって、埋めちゃったら、もうお話できないもの」

と、剛生は言った。

それからは、気をつけていると、庭で一人で遊んでいるとき、剛生はいつも、何かの首と一緒だった。小さな顔のある首が、彼には格好の話相手だったのかもしれぬ。生きているときよりも、てのひらの上にのっていてくれる首たちは、従順で、彼の気の済むまで彼につきあい、彼のそばを離れない。そんな想いが、幼い剛生のなかにあったのかもしれない。

彼はいつも、やさしい声で、彼の小さな従者たちと親身に何かを語りあっていた。剛生のそのやさしい声が、いま駿介には、耳もとで甦える。

そして、同時に、明彦の声も。

『あの人は睡ってたんだ……木蔭のハンモックに揺られてな……。そこへ、誰かが近づいた……備中青江『次吉』を持ってな。そして、一突き、突き刺した……』

（そんなことはない！）

と、思いながら、妙にいま駿介には打ち消しきれない声なのだった……。

しかし、何よりも、駿介の心をいちばんあらく波立たせるのは、母が泰邦の離れで、彼に抱かれたということだった。

そしてそれを、剛生と明彦だけが知っていたという、この事実だった。

駿介は伝票を投げ出しながら、ベッドの上にあおむけになり、寝返りを打った。

赤い水っぽい懸壅垂と、きらっと走るあめ色縁の眼鏡の光が、交互に瞼《まぶた》の裏にうかんだ。

　びっしょりと汗をかいて駿介が何度目かに目醒めたのは、朝の九時前時分であった。

　ベッドを出て、風呂場へ立った。

　ツトムはもう起きていて、パジャマ姿で新聞を読んでいた。

「コーヒー、淹《い》れましょうか」

「ああ。飲みたいな」

　と、駿介はシャワーを浴びながら、開け放した風呂場の敷居越しに答えた。

「なんや今朝方、えろううなってはりましたな。起こそかと思うたんですけど」

「そうか……」

　駿介は話題を変えた。

「何時やった、店は」

「三時過ぎどしたかいな」

「やっぱり、そないなったか」

「はい。ヤーさんが一人、腰すえたんで、往生しましたわ」

「そうか。そりゃしんどかったな」

「ああ、そうや」

　と、ツトムは、キッチンの方で声をあげた。

「ゆうべ、ヒロシさん、きてましたよ」

「ヒロシが？」

「はい。マスター、電話かけはったとき、ちょうどそばにいてたんですわ」

「そうか。元気やったか？」

「はあ……まあ、元気は元気どしたけどな。なんやブラブラしてるらしいんですわ」

「そうか。あいつも、依怙地《いこじ》やさかいな……。この部屋かて広いんやし、何も出ていくことないのにな」

「なんや、僕、あの人の顔みるたんびに、寝ざめが悪うて」

「そんなことあらへん。君がきたから出てったいうわけでもないやろ」

「そうやとええんですけど……」

「あいつもええやつやけどな。仕事おぼえんのがしんどいわな。けど、ゆんべみたいなとき、いてくれたら助かるわな」

「そうです。僕一人かて、さばくのはさばけますけどな……やっぱり、なんや重みがのうて。ヒロシさんにも言うたんです。ほな手《て》っ伝《と》おかいうて、入ってくれたんです」

「そうか。手っ伝うてくれたか」

「はい。しまいまでいててくれましたよ」

「そうか……。そんで、あいつ、何やってるんや？」

「西陣のスナックにつとめてるて、言うてはったでしょう？」

「うん」

「あれ、やめたんですて。そんでいま、ブラブラしてるらしおっせ。……なんやね、マスターに話でもあったんとちゃいますか。えらい、マスターのこと気にしてはったようですから」

「おれのことて？」

「いや、あの電話のことですがな。マスターどこ行ったんやどこ行ったんやて、えろうきいてましたさかい」

「そうか……。なあ、ツトム。あの子、もし帰ってくれる言うたら、こさせてもええか？」

「そら、大歓迎ですわ」

「そうか。ほんなら、一ぺん話してみようかな。そんで、いまどこにいてるのや？」

「それが、言わしませんねん」

「困ったやつやな。どこへいったかてかまへんけど、居所だけはしらせとけよて、言うてあんのにな」

「マスター。コーヒー、入りましたで」

ツトムの屈託のない声が、居間の方でした。

この子がいてくれることが、いま駿介にはありがたかった。今朝、この子の声が待っていてくれなかったら……誰もいないアパートで、一人で起き出す自分を想像して、駿介はなぜか鳥肌立った。

ツトムもヒロシも、家なしだった。家はどこかにあるのかもしれなかった。だが、あったとしても、帰るべき家ではないのだろう。家なしと、自分で自覚して生きている若者たちだった。だから、駿介は何もきかない。きいたところで、どうなるものでもないのだった。それは、駿介が身にしみて知っていることだった。話したくなれば話すだろう。家なしには、家なしだけがわかりあえる肌合いがあった。ときには、その肌合いが、邪魔になることもあるだろう。ヒロシが店を出て行ったのも、そんなものではなかったかと、駿介は思っていた。

ツトムと比べて考えるわけではなかったが、ヒロシは、どこか鈍重な、要領を得ない生き方をする男だった。それだけに、気にはなっていたのである。ツトムは、年上のヒロシを立てようとするし、ヒロシは、万事に行き届くツトムの利発さにすなおに席を譲ろうとした。二人が気を遣いあうさまが、見ていてよくわかるだけに、駿介は頭を痛めてはいたのである。

ヒロシが出て行ったのは、ツトムが店にきて半年目のことだった。それからも、ときどきやってきて、喋って行ってはいたのだが、ここのところしばらく顔を見せなかった。

「出かけはるんですか？」

と、ツトムは二杯目のコーヒーを注《つ》ぎながら、電気カミソリを顎《あご》にあてている駿介を見て言った。

「うん。ちょっと大原野《おおはらの》まで行ってくる」

「大原野？　ああ、お墓参りですか」

「お墓参り？」

駿介はけげんな顔をし、すぐに、

「お墓なんかあらへん」

と、笑った。

「けどマスター、毎年お参りしはりますやんか、お花持って。ええと……あれは七月のいつやったかいな……そやそや、七月二十三日や。あれ、お墓とちがうんですか？」

「君にあったら、かなわんな。そんなこと、おぼえてたのか」

「そら、おぼえてますがな。お花買いにいくの、いつも僕ですもん」

「そやったいな」

「あれ、お墓やないすると……あやしいな。誰か、ええ人でもいてはるのかいな」

「阿呆。そんなんあったら、苦労せんわ。どや、ツトムも一緒に行ってみるか？」

「へーエ、こぶつきで行ってもええんですか？」

「阿呆」

駿介はふしぎに、明るい気分をとり戻していた。いつもこのツトムがつくってくれる明るさのなかに、ふと剛生と暮らしている錯覚が、あるのであった。

二人が西田町のアパートを出たのは、昼前だった。

五条通りを国道九号線にぬけ、山陰街道を西へ二十分ばかり車で走り、大枝《おおえ》からさらに南へ三キロばかり入った、京都の西南部のはずれに、大原野の聚落《しゅうらく》はある。

西山連山のちょうど南の麓《ふもと》あたりに位置していた。

西山竹の名産地である。

柿の木の多い大枝の里をぬけると、竹林や竹の山が、目に見えて茂みの数を増す。大原野の聚落をすぎて、密生竹の藪のなかへ道はつづき、行手に西山の山肌が近々と迫ってくる。

駿介たちは、切り竹の束や太い柱材などが道の両側に並び立つ急坂の手前で、車を降りた。

「帰りは、ちょっと歩かんと、車拾えしませんね」

と、ツトムは言った。

言ってから、ツトムは、急に黙った。

大原野の聚落をすぎる頃から、駿介がほとんど口をきかなくなったのを、ツトムは知っていた。

ちょうど目に見えないほの暗いもやが少しずつたれこめてきて、駿介の体をその深みへつつみ込んででもいくかのように、駿介は重い沈黙の底にしずみおちていた。

駿介は、せまい勾配《こうばい》道をわずかばかり後戻って、ある家の軒先で、しばらくじっとたたずんでいた。別に変った風もない、平屋造りのごく小さなありふれた人家だった。

駿介の眼は、その家を見つめているようでもあり、何も見てはいないようにも思われた。

やがて駿介は、その家の前を離れ、畑のなかの小道におりて、どんどん歩いた。その前方に川があった。あまり大きくはない流れだった。駿介は、笹竹《ささだけ》の小土手をわけて、川の汀《なぎさ》におり立った。それから、しずかに、手に持った花束を流れの上へ投げ込んだ。赤い夾竹桃《きようちくとう》の花であった。

それだけのことを済ませると、駿介は、すぐに土手をあがってきて、

「さあ、帰ろうか」

と、ツトムに言った。

車を降りてから、はじめて聞く駿介の声だった。

ツトムは、口ごもりがちに、たずね返した。

「誰か……亡くなりはりましたんですか?」

「うん」

と、駿介はうなずいて、歩き出した。

「あの川でですか?」

と、ツトムも並んで歩きながら、きいた。

「そうやない。あの川しか、花おいてくところがないさかい……あそこに流して帰るんや」

「?」

「ほんとはな……さっきの家の前においときたいのや。けど、人が住んでるやろ? あんな花、毎年家の前に捧《ささ》げとかれてみい……気色悪うて、迷惑やろが。そやさかい、あそこの川まで持ってくのや。ま、ツトム流に言うたら、あの川がお墓かしれへん……」

ツトムは、よくのみこめないような顔をした。

だが、駿介の口調に、しみじみとしたものがこもっているのは感じとれた。

「昔なあ」と、駿介は、言った。

「あの家に住んでた人を……知ってんのや。死んで……誰もいんようになってもうたんや。もう、十二年前の話やけどな」

「ほな、いま住んではる人は、知らん人ですか?」

「そうや。知らん人や」

「その家……絶えてもうたんですか?」

「まあ、そんなもんや……」

駿介は、うなずいた。

「あの家な……昔、刀の研師《とぎし》の家やったんや」

「とぎし? 刀、研ぐ人でっかいな」

「そうや。若い……素晴らしい腕の研師やったんや。東京へ修業に出てな……やっと独立して……ここへ仕事場を構えたんや」

「仕事場て……つまり、店どっしゃろ?」

「まあ、そんなものやな」

「こんな山の中に店構えて、商売なりますのんか?」

「そこが、その人の素晴らしいところや。腕さえあったら、日本中どこにいてたかて大丈夫や……ほんまに自分の研ぎやなきゃあかんという人だけが、きてくれるやろ……ここで干《ひ》あがるようやったら、自分はどこにいてたかて、干あがるんや……そういう人や。また、ほんまの腕がないと、言えん言葉や。事実、日本の若手の研師のなかでは、一、二を争う腕前もってた人なんや。二十六の若さで、一本立ちを許されはった人やさかいな」

「……そうどしたんか」

ツトムは、いままでに見たことのない駿介の顔を、一つ見たような気がしていた。

「一年、この家に住んで……死なはった」

「一年?」ツトムは、駿介を見た。「たったの一年なんですか?」

駿介もツトムも、その家の前に戻ってきていた。

「そうや。一年や」

駿介は、自分に言いきかせてでもいるように、繰り返した。

京都に出て、駿介が何よりも真っ先にしたことは、この大原野の泰邦の住まいを訪れることだった。

駿介がはじめてこの家の前に立ったとき、家は無人で、錠前《じょうまえ》がおりていた。

『御刀研廚《とぎどころ》』

と、太い墨筆で書かれた新しい大きな板札が、まだ表口にかかっていた。

そのとき胸にわきたった悲しみが、駿介にはいまも忘れられない。

それとなく近所の人にたずねたのだが、泰邦の身寄りは、この土地にはないということだった。泰邦の祖父に当る人が、ここの人間だったのだが、丹波《たんば》の方へ引っ込んだのだと言う。丹波には、泰邦の兄弟がいるらしかったが、誰も下関に彼の骨をとりに現われはしなかった。

ぽつんと一軒、山際の道端に建つこの家は、小さく質素で、新材を使ったものではなかったけれど、泰邦が建てた初々しさが残されていた。人の住まない家は、荒れはじめた感じはあったが、どこかに残るその初々しさが、駿介の心をはげしく打った。

泰邦はきっと、この家に、この土地に、帰ってきているにちがいない。

(どこかにいるんだ)

駿介は、そう思った。

その年から、欠かさずこの地を訪ねることにきめたのである。やがて、見知らぬ人が、その家の住人にはなったけれど。

「好きだったんですね。その人、夾竹桃が」

「ん？」

と、駿介は、ツトムの声で、我に返った。

「夾竹桃？」

「想い出の花なんですか？」

「うん……」

と、駿介は、うなずいた。

「僕の……独り勝手のな」

そして、

「さ、帰ろうか」

と、ツトムを振り返った。

下関の家の石段の上の格子門の脇の塀に赤く咲きこぼれていた花の木が、眼のなかにあった。夏毎に、泰邦も見上げたであろう花であった。

二人がその家の前を離れかけたときである。

ツトムが、不意に足をとめた。

「マスター」

と、彼は意外そうな声をあげた。

「どないした？」

「いま、見はらしませんでした？」

「何を？」

「ヒロシさん……」

「いや、確かにむこうの道横切ったの、ヒロシさんみたいな気がしたんですけどね……」

「ヒロシ？」

「まさか。なんであいつがこんなとこにいてるねん」

「そうですよね……。やっぱり、気のせいですわ」

ツトムは、そう言って、もう一度あたりを見まわした。

何となしに視線をあげ、見はるかした山の中腹に、小さく険しく堂宇のようなものが望めた。

「マスター、あれ、お寺ですか？」

と、ツトムも、同じ視線をあげて、山腹を仰ぎ見ていた。

「ああ、あれか。善峰寺《よしみねでら》や」

駿介は、そのままの姿勢で、言った。

二人とも、近い将来、その山上の一つの寺へのぼらなければならなくなろうなどとは、このとき思いもしなかったのである。

無論、その日、この寺で待っているある恐ろしさのことについても、知るよしはなかったのだ。

5

東京の『大迫某《なにがし》』、大阪の『安村憲男』――現在、調香師で、フランスに永住している人物の身元を探し出すことは、意外に手間どった。

三か月後に、依頼していた大阪の探偵社から報《しら》せが入った。

フランスの外国人登録者名簿に記載されている『安村憲男』の本籍地は、兵庫県宝塚市にあり、該当戸籍には当人以外の家族は死亡。当人は昭和四十三年に正規の永住手続を済ませている。縁類係累者探し難し――と、言うような意味の内容がもたらされた。

東京の『大迫某』については、まったく一片の手掛かりも得ることができなかった。

『安村憲男』は実在し、年齢も合致し、その他の情況も符合するようであった。

『安村憲男』が実在したということを確認すれば、駿介の気は済んだ。

自分にできることは、そこまでだと、彼は思った。調べても、どうしようもない事柄であった。どうしようもないということを、自分は確認し、知っておればよいのだ。

駿介は、そう思った。

表向き何事もない時期は、だがそう長くは続かなかった。ひとつの物狂おしい出来事が駿介を襲ったのは、それから四か月ばかり後のことである。

京都は、師走《しわす》に入っていた。

北野天満宮の献茶祭がはじまり、南座では、恒例の顔見世興行の招《まね》きがあがった。

四条大橋の橋のたもとに、この賑々《にぎにぎ》しい招きがあがると、芝居など無縁な人間たちにも、京都の師走はやってくる。

その師走の入りばなに、大迫駿介は、ある月刊現代詩誌の紙上で、次にかかげるごとき作品を目にすることになったのだ。

その詩誌は、駿介が、高校時代から作品を寄稿したりして、一時駿介に中断の時期はあったが、また四、五年前から所属しはじめていた月刊誌である。

駿介は、自分を詩人だなどと思ったことは一度もないが、何かを書いて自己表現のできる仕事につけたらと、昔考えたことがある。夢ではあったが、その遠い夢のきれはしを、この月刊誌に所属することでかすかに満たしていたとも言えるかもしれぬ。

その詩誌は、毎月駿介の手もとに送られてきていた。一年に一、二度、作品らしきものを出してみることもあったが、いまではそれも億劫《おっくう》だった。会費を払い込んでいる手前、送られてくる雑誌の頁をぱらぱらめくってみる、そんな付き合いに変っていた。

その師走、駿介が手にした月刊誌には、名前のない作者の作品が一篇載せられていた。何気なく頁をめくっていて、その作品に目をおとしたとき、駿介は、息をつぐことができなかった。

原文のままかかげれば、次のごとき作品である。

ディステンパアの犬

フランスにて（無名士）

夏　若きディステンパアの犬の脛《すね》　ガルソンは漠《くら》き腰部もて虜《とら》われし熾《さか》んなる午後
死のごときもの日被《ひおお》いにきて呼びあいぬ　遠く追復曲《カノン》もききて睡りあうガルソンの勁《つよ》き腹
若き眸《め》に罌粟《けし》の如く咲きたちしマルドロオルあり　海小屋にきて鋭き手鏡の上に射す不眠の刻
橄欖《オレエフ》の花しげりあう僧院の屋根のあたり　疵《きず》の如きもの充《み》ち充ちて海祭《カアニバル》始まらんとす
ブレイクアップルに塩灼けしホォク刺しぬ　陽ざらしの朱《あか》きつり床に死は棲《す》みて

海神の鋭き眸の如きもの旋風に零《お》ち　いっせいに暴走《はし》る隊伍《たいご》をみたり　幻の夏をかかえて

夏の村　孤独なる首に陽射しぬ　日除《ひよ》けとアルルカンとカドリィルよ　少年に訣《わか》れてあれば

ディステンパアの犬　歔《すすりな》き　少年はオルガスムのことを訊《き》けり　ただ赤きヨットの泥酔の帆《ほ》

脱衣すればさんさんと神あるかせ給《たま》うか青年の昼の背上《そびらえ》　手に遺《のこ》るアンシャンレジィムよ

ガルソンの咽《のど》　暑き顕花植物の野をよぎる刻《とき》にわかに甘く　アノフェレス毒を稟《う》けたり

地に匍《は》いて死すといえどもありありと　幻の罪を見き　一羽また羽撃《はばた》けるもの迫りきて

インヘルノとよびし地獄　白炎の村にきて現われたり　行手にわかに若き
佝僂《くる》のよぎれば

暑き天　かつて戯れに架《か》けし少年期はためきて　屍《しかばね》の如きものみのりたつ
いっぽんの処刑の木

滾《たぎ》る地にわかものら仮眠《ねむ》り堕《お》ちつつ拘《とらわ》れぬ　ときに冥《くら》き塩腿《もも》よりひかり
失楽は大いなる手を措《お》きぬ

暑き犬よ　わかものの内部より吠《ほ》えしたゞ暑き　ディステンパアの暑き犬

……この作品が、現代詩としてどんな価値をもつかどうかは問題ではなかった。難解な、むしろ他人の理解など必要としない、独白文字や言葉のつらなりと言った方がよいかもしれぬ。駿介にも、作品の内容は正確には理解できなかった。理解できなくてよいのであった。そんなことが問題ではなかった。

問題は、この作品の「無名士」が、剛生ではないかと瞬間思ったその自分のなかにあった。

思ったからには、思っただけの根拠がいる。そして、その根拠となるものは、確かにこの作品のなかにはいくつかあった。

駿介は、ひとつずつ、それを抜き書きにしてみることにした。

駿介のノートには、順序を追って、次のような言葉や文句が抜萃《ばっすい》してあった。


〈駿介のノート〉
・『若き眸《め》に罌粟《けし》の如く咲きたちし』
・『陽ざらしの朱《あか》きつり床に死は棲《す》みて』
・『孤独なる首に陽射しぬ』
・『脱衣すればさんさんと神あるかせ給《たま》うか青年の昼の背上《そびらえ》』
・『暑き顕花植物の野をよぎる刻《とき》にわかに甘く』
・『インヘルノとよびし地獄　白炎の村にきて現われたり　行手にわかに若き佝僂《くる》のよぎれば』

具体的にはまず、以上の六か所の部分が、駿介にいきなり衝撃をあたえたと言える。

この作品を剛生が書いたものだと駿介に思わせた、直接的な部分である。

ひとつひとつ、駿介はその活字の意味を確かめ返してみた。

まず、

1『若き眸《め》に罌粟の如く咲きたちし』という個所である。

この言葉は、三、四年前、駿介自身が、この詩誌に発表した作品のなかで使った言葉なのだった。駿介のその作品は、泰邦をイメージ化したものだった。泰邦が、下関の家の母の調香室への地下の階段で、母を抱擁し、

「五年間でした。五年……待ちました」

と、言ったとき、泰邦の若い眸のなかにけしの花のように咲きたったはげしい色を、駿介は見たと思った。

その折の印象を、そのまま言葉にして作品に使ったものである。

剛生がもし、この詩誌をどこかで読んでいたとすれば（いや、読んでいたからこそこの言葉を知ったのだ、と駿介は思っているのだが）、もし読んでいたとすれば、同じ言葉をそっくり自分の作品に持ちこんでいるのは、〈おれは、大迫駿介の作品を読んでいる〉という、剛生の、駿介へあてた暗黙の信号なのではあるまいか。〈おれは剛生だ〉と、駿介にしらせている言葉なのではあるまいか。

駿介にだけそれがわかるように、わざわざ同じ言葉を一か所そっくり、作品のなかに持ちこんだのではあるまいか……。

2『陽ざらしの朱《あか》きつり床《ハンモック》に死は棲《す》みて』

この文句は、もう説明を要しない。

赤いつり床に寝て死んだ泰邦の死を、知っているものでなければ、書けない言葉だ。

と、駿介は思った。

ほとんど、この文句が、完全に剛生であることの証明になるだろう、という気がした。

3『孤独なる首に陽射しぬ』

これは、多分に主観的な、あるいは文学的な表現をとった言葉なのかもしれなかったが、駿介には、思い当る言葉であった。『孤独なる首』というのは、あるいは作者自身のことを指しているのか、もっとほかの意味があるのかもしれないが、駿介は、瞬間的に、下関の庭に転がっていた小動物たちの首を、想像した。

あの小さな首たちにも、陽は射していた。

そして、あの小さな首たちのつくる円陣のなかにいた幼い剛生は、まちがいなく孤独であったのだ。

そう思って読めば、その言葉の下につづく『少年に訣《わか》れてあれば』という文句も、なにか剛生の少年期への訣別《けつべつ》の感慨がしのべるようで、つじつまがあう気がするのだった。

4『脱衣すればさんさんと神あるかせ給《たま》うか青年の昼の背上《そびらえ》』
これは、泰邦のことを謳《うた》ったものだ、と駿介は思った。
泰邦の肉体の美しさは、まさしく駿介には『肉』よりも『神』の方に近く思われた。
『さんさんと』という表現も、真昼間の光の中で見る泰邦の肉体には、いかにもふさわしい修飾の語であった。

泰邦の、つややかな逞《たくま》しい裸体の背は、まさに『神あるかせ給うか』と、言いたいほどの美しさと清らかさにあふれていた。

ことに、離れの座敷の真中に坐《ざ》し、抜き身の青江『次吉』をかざして、しずかにじっと見入っている折の泰邦の裸身は、人肌を去り、魔性の気さえおびて見えた。青ずんだ底光りをたたえる『次吉』の鉄肌に、褐色の泰邦の裸身は映り、泰邦のさかんな裸身に、『次吉』の刃物は映《は》え、二つのものが映じあう一刻《いっとき》の気は、たとえようもなく清婉《せいえん》だった。

そう言えばなぜか、泰邦はよく、この『次吉』とは裸体で対《むか》いあっていた。

眼は半眼に『次吉』へあずけ、睨むでなく、みつめるでなく、睡るような、またあるときはかがやきたつような……生きていて、死に絶えてでもいるような、じっとした一刻をわけあっていた。

そのことは、ともかく、

『脱衣すればさんさんと神あるかせ給うか青年の昼の背上《そびらえ》』

この表白は、確かに泰邦の一面を活写していた。

泰邦の肉体を見た者にしか、口にのぼらせることのできない讃嘆だった。いや、讃嘆だと、駿介は信じたのである。

『暑き顕花植物の野をよぎる刻《とき》にわかに甘く』

これは、真夏の南仏の地、グラースだ、と、とっさに思った。

そして、
6『インヘルノとよびし地獄　白炎の村にきて現われたり　行手にわかに若き佝僂《くる》のよぎれば』

と、いう最後の一節は、グラースで再会した明彦と剛生のさまを、なぜかありありとまのあたりにさせてみせる気が駿介にはするのであった。

なぜなのだろうか。明彦には剛生が、剛生には明彦が、『地獄《インヘルノ》』そのものなのだ、と駿介にははっきり思える。

『白炎の村』グラースに、まさしく『地獄』がとつぜん現われた一瞬が、駿介には想像できるのである。その想像は、さらに次の言葉でいっそう鮮烈となるのだった。

『行手にわかに若き佝僂《くる》のよぎれば』

『佝僂』とは、言うまでもなくせむしのことだ。いわば、奇形だ。

表向き何等《なんら》常人とかわることのない、いやむしろ、人並みより抜きんでた容姿は持っている明彦を、『佝僂』と言い放った剛生の心情が、駿介にはわかるのだった。

『佝僂』は多分、明彦がわずらって完癒した小児麻痺からの発想なのではあるまいか。

そして、かたわ、と断定するところに、剛生の、はげしい暗黒の感情をみるのである。

幼いころ、一人の少年が身固《みがた》めた鎧の響きが、聴こえる気がするのである。

『行手にわかに』

まさしく、行手にわかであったろう。二人が選んだ、それは同じ調香師の道なのだ。調香師の道の行手に、剛生は明彦を、明彦は剛生を、にわかに見た夏だったのだから。

『地獄』が、現われたにちがいなかった。

……こうして、大迫駿介は、長い間、その〈フランスにて　無名士〉という一篇の詩作品を、凝視していた。

そう言えば、この作品全体にみちみちているある濃密な『夏』の気配は、尋常ではなかった。

『死』と、男たちと、『少年』と、『陽《ひ》』と、『睡《ねむ》り』と、『暑さ』とにつらぬかれたモチイフは、大迫家の遭遇したある夏の旋律を、その底でまちがいなく奏《かな》でつづけているようではないか。

そう思うと、『屍』『疵』『罪』『処刑の木』『失楽』……などという言葉も、すべてが、大迫家の夏を暗示する微妙なメロディとなりそうだった。

そして、病気やみの犬、『ディステンパアの暑き犬よ』と、自らによびかけている剛生の声が、聴こえる気がするのだった。

これは、剛生が書いた詩にちがいない、と駿介は確信した。

だが、なぜ。

剛生はなぜ、こんなことをしなければならなかったのか。

この月刊誌に掲載されれば、駿介が見るだろうと彼が考えたことはまちがいあるまい。

しかしなぜ、駿介に、この作品を見せたかったのだろうか。

〈おれは、ずっと、兄さんの作品を読んでるよ〉

それが言いたかったのか。

〈どうだい、兄さん。おれにだって、このくらいのものは書けるよ〉

そう言っているのだろうか。

あるいは、また、

〈しばらくだね〉

と、駿介に、剛生は剛生なりによびかけて寄越した挨拶なのだろうか。

……いずれにせよ、と、駿介は思った。

剛生が、思いがけない衣裳《いしょう》をまとって、自分の前に現われたのだということだけは、明らかにわかった。ちょうど、彼が明彦の前に、とつぜん姿を現わしたと同じように。

〈剛生に会った。剛生を見た。剛生にまちがいない〉

駿介もまた、いま、そう思っているのであった。

剛生が詩を書くなどとは、青天の霹靂《へきれき》であった。信じられないことであった。

中学半ばで、家をとび出た剛生だった。おそらく、学校になどは行ってはいまい。詩を書く、本を読む……そんな生活とは、およそほど遠いところで彼は暮らしている筈だった。

これがかりに剣道にでも関係のある事柄だったら、彼がたとえ日本一の有段者となって現われようとも、これほど驚きはすまい。

剛生が詩を書く。それは、考えられないことであった。

しかも、有名な現代詩の月刊誌に、掲載されるほどの詩を書いているのだ。

どちらかと言えば、駿介には好きになれない詩のタイプだったが、もしかりに好きになれたとして、この作品が自分に書けるだろうか……と、駿介は考えた。この世界を、この程度のものに展開することが、自分に果してできるだろうか。

キザで、衒学《げんがく》趣味で、もったいぶった作品だった。しかし、それはそれなりに、ある技術の高さを示していた。

『マルドロオル』……シュール・レアリスムの聖書と言われるようなこの本を、自分は読んではいなかった。『アンシャンレジィム』という言葉も、辞書をひき直して確かめた。『カノン』も『カドリィル』も、どんな音楽なのかと問われれば、自分は何も正しい説明はできないだろう。

少なくとも、この作品は、自分には書けない。そう思うよりほかはなかった。

ほかはなかったと思ったとき、駿介は、なにかの叫び声をあげている自分を、感じた。

明彦が南フランスで会った調香師。

〈それは、おれだよ〉

駿介には書けない詩を書いてみせたフランスの詩人。

〈それも、おれだよ〉

剛生が、まさにそう言っているのが、聴こえるのだった。

剛生がいま、完全に、駿介にはわからなかった。つかめなかった。遠かった。

遠い、と思う自分が、恐ろしかった。

恐怖は、自分のなかにあった。まちがいなく、駿介のなかにある。

いま、この体をひと揺すりすれば、鋼《はがね》の鎧ざねが鳴るように、自分の体はたけだけしく鳴るだろう。

その体のまとう暴《あら》い音が、駿介には一途《いちず》にただ恐ろしかった。

……数日後、その月刊誌の発行会から、駿介に一枚の葉書きが返ってきた。

『前略。お問合せの件についてお答えします。『ディステンパアの犬』の作者のお名前は、後記でも書いておきましたように、当方にも不明です。マルセイユ局消印の、フランスからの投稿作品です。作品の出来ばえを評価し、今月の新人にとりあげました。尚《なお》、お申越しの筆蹟《ひっせき》の件、男性的で活字風な太い文字です。おいでになれば、お見せします。

匆々《そうそう》』

大迫駿介は、筆蹟を見にでかけることだけは、やめた。活字風な太い文字……剛生も昔、そんな文字を書く子だった、と駿介は思った。比叡《ひえい》が雪をかぶった日だった。

第三章　ラベンダーの刃

1

調香室には、風がない。言いかえれば、風を持たない空間である。

匂いが動いてはならない。また、香料の微量な一しずくを争う、いわば匂いを計る天《てん》秤《びん》の微妙な動きと対《むか》いあわねばならない部屋だ。フラスコをのせた天秤は、香液のかすかな重み、積みかさなりのひそかな気配、それ以外のどんな動きも伝えてはならなかった。

香料は、高温を嫌う。部屋はたえず、二十度前後のバランスを正確に保っていた。

匂い紙とよばれる厚手の白い和紙の棒板状をした細長い切片に、一滴香液を吸わせて鼻先でかぐ試験紙がある。調香の途中でも、何本も使う。最初に鼻先にくる匂い立ち、しばらくして寄せる中間の匂い、ときがたってなおかすかにとどまっている残香。移りかわるそれらのすべての香りの姿が、検討される。匂い紙は、そのために、長い時間部屋のなかに放置される。時間をかけて、何度も手にとりかぎわけるのである。そのたびに、匂いは変化している。そんな匂い紙が、何十本、いや何百本と、紙どめ台にとめられて、白いひそかなものがひらかせたふしぎな花のように、あるいはなにかの手のひらかなんぞのように、神秘的な光景を見せて調香台上に林立している。

調香台はカウンター状に、きびすを接してならんでいた。どのカウンターの前にも、調香師がすわっていた。

調香室は、すべてに微妙な部屋であった。

明彦《あきひこ》の調香台は、六台つづきの対いあわせにならんでいるカウンターの上座の席に独立していた。隣りが、主任調香師の室長の台であった。

明彦は、処方箋用紙を睨《にら》んでいた。

そのノートには、五十種までは、香料の名が書き込まれていた。単品《たんぴん》とよばれる、香料原液の品名である。

手だれの調香師は、構想の狙いが定まると、一息に三、四十種は、香料の名を書き込んでのける。何百種類とある単品香料を、ひとつひとつかぎ、匂いと名称、その働き、香り立ち、性質などを、ことごとく呑《の》み込んだ上での手練《てだれ》の技だ。

二、三年は、まずたっぷり、この単品の匂いをおぼえることについやされる。鼻が生命の職業である。しかし、どんなに鋭い嗅覚を持っていても、たとえ機械のごとく何百種類の香料が直ちにかぎわけられたとしても、それだけでは、すぐれた調香師にはなれない。

調香師には、匂いを幻視する、香りを構築して展開させる、独創性がなければならない。イメージの世界を持てぬ調香師は、ただの技術屋に終るほかはない。鼻は、努力や訓練でも研ぎすまされる。だが、創造力は、才能だ。

匂いが、目には見えない世界のものであるだけに、そしてたちまち消え移ろうあえかな不明のものだけに、創造力は、幻を見る力であった。幻を追う才能であった。

いわば調香師の腕は、幻の世界で競いあわれた。

S香料の研究室には、主任調香師をふくめて一級調香師が三名、二級調香師が五名、あとの二十二、三人はそれ以下にランクされていた。

だから、一級の査定を持つ明彦が東美堂に引き抜かれたのは、S香料にとっては打撃だった。

「どうだい。少しは落ち着いたかい？」

と、隣りの台から、室長が顔をあげた。

「まあ、しばらくは何だかんだ言う奴がいるさ。Sさんにしてみりゃ、寝耳に水。飼犬に手を噛《か》まれたってとこだろうからな……」

「いえ……」

と、明彦はあたり障《さわ》りのない返事で言葉をにごし、眼は処方箋から離さなかった。

東美堂に移ったのは、一月《ひとつき》前だった。

明彦にしてみれば、所定の行動だったと言って言えなくもない。

香料企業のなかの花形は、香水だ。その香水も、香料会社にいたのでは、自分の創作品として日の目を見ることはできない。

香水を独立した作品として売り出すのは、化粧品会社だった。いわゆる、香粧品メーカーだ。

香料会社は、その原料を提供する企業である。香料会社の調香師は、化粧品会社や食品会社の注文する匂いの原料を、調香するのである。たとえば〈赤っぽい幻想調のもの〉という注文がきたとする。香料会社の調香師は、何十種類かの香料を調合して、注文に見合うと思われる匂いをいくつかサンプルとして創作する。このサンプルを、香粧品メーカーに見せて選ばすのだ。

香水の場合なら、化粧品会社は、こうしたサンプルを、たとえば他の香料会社にも同時に発注し、数社のサンプルを買いあげて、それをまた自分の調香室でまぜ合わせたり、調香し直したりして、ひとつの香水品に仕立てあげる。無論、化粧品会社が独自に単品香料から創作する方法もとられている。しかし要するに、香料会社の調香師は、どのような複雑な香水を創りあげても、それはあくまで原料で、檜舞台に登場させるのは、最後は表企業の化粧品会社であった。

どんな調香をこころみても、香料会社にいる限り、その作品は原料としてあつかわれる。どこまでもつづく原料の道であった。

明彦は七年間、この原料の道を歩いた。香料の知識や基礎を叩き込むのには有利な道だと思ったからだ。いずれは表の檜舞台へ、躍り出るつもりであった。

外国では、優秀な調香師は、フリーで注文がくる。日本ではそうはいかなかった。優秀な香水調香師の名を得るためには、一流の化粧品会社の調香室、この舞台がどうしても必要だった。

そしてその舞台に、いま、明彦はやっとついたところだった。

「ま、そう根《こん》をつめるなよ」

と、東美堂の室長は言った。

「君のアレ、よくできてるよ。あれ以上、いじりまわさない方がいいかもしれないよ」

「ええ……でも、もうひとつ、何か近づいてないですよ」

「いや、そのくらいのところの方が、かえっていいんだ。完成品ってのは、案外味がないもんだよ。もう一押しってところでモヤついてる、これがいいんだな。匂いが前を向いててさ、勢いがあるんだ」

「はあ……」

明彦は、よく聴いてはいなかった。

「アレは、いい手土産だったよ。会社はのってるよ。外向けには、面白い作品だよ」

「そうですか……」

やはり明彦は、気のない返事をした。

室長がアレと言っているのは、明彦が書いた処方箋のことである。その一枚の処方箋を書くために、明彦はS香料での七年間をつぶしたと言っていい。

七年間、追いつづけた香水の処方箋だった。世に出るときは、この香水で、と、想を練って期したものだ。S香料の調香室で創ったその作品を手土産代りに、明彦は、東美堂に移ったのだ。新しい城での足がかりと、有利な地歩を獲得しておきたかったばっかりに、ついその処方箋を出してしまった。

まだ、未完の香水だった。

（七年間をつぶしたのだ。出来がよくなくてどうするんだ）

明彦は、ちょうど五十種まで品名を記入した目の前の処方箋ノートを、直視していた。極微なグラム数まで書き込まれている。

（ここまでは、いいんだ）と、そして思った。（問題は、この先だ。この先で、どこかがまちがってくる……それに、ラベンダー。こいつが立ちすぎる。どうしても立ってくる……）

明彦は、ちらっと、調香台の上の天秤を見た。フラスコが秤《はかり》の上に乗っている。フラスコには、琥珀の液体が入っていた。ひそとも動かない。素人が鼻を寄せてかいでみても、そのフラスコの液体からラベンダーの匂いを探しだすことはできない筈《はず》だ。ラベンダーは、五十種類の香料のなかに、うまく隠しこまれていた。

香水には、基調とする匂いがある。まずその匂いを決めた上で、コクをつけたり、転調させたり、引き立たせたり、隠し味を配ったり、表で躍動させる匂いと、裏で手綱を引く匂いと……千変万化の工夫をこらす調和剤や、変調剤となるさまざまな香料を、これに加えていく。

匂いは匂いと惹《ひ》きあい反《そむ》きあい、滴下の一しずく、一匙《さじ》加減で、たちまち別の貌《かお》をおびたりし、萎《な》えたり、気負いたったりする。

これだ、という線が出れば、その匂いをたえず同じ調子で持続させるための保留剤で、これを固定する。

固定しても、香水は、肌や衣服で香るとき、早立ちして消えるもの、長く後に残っているもの、さまざまである。香水は、絶えず微妙に姿を変える、複雑な生き物だ。そして調香師は、この生き物のすべての呼吸を知りつくしていなければ、彼等を自在にあやつることはできないのだ。

フラスコのなかの調合液は、なりをひそめて、しずもっていた。すなおに明彦の次の処方を待っているかのようでもあり、そしらぬげにそっぽをむいた様子にも見えた。

この作品は、とんとん拍子に会社の商売路線に乗り、本年、パリとニューヨークで封切る夏の野心作の有力候補に加えられていた。

調香の段階はもう終り、作品は明彦の手をすでに離れた状態だったのだ。だが、明彦には、どうしてもいま一押しの未練が残った。ここで、この香水を諦めきることはできなかった。

会社は、三日間の日を限って、猶予を赦《ゆる》した。

明彦は内心、この処方箋を会社に見せてしまったことに、はげしい後悔さえ感じていた。

無論、会社の表商品として、花形ルートに乗せられるのは願ってもないことだった。日本の香水界には、ある意味では、香水の高級品がないとも言える。同じ値段なら、客は世界に名の通った外国品の方を買う。高価な国産品は、だからどうしても根づかない。

したがって、これだと思う優秀な創作品は、国内市場に出す前に、まず外国で発表して、国際的な名声をとり、それを逆輸入するという形をふまなければ、一流の国産品として定着しない現状なのだ。

会社が初夏の爆弾発表作品に、これをとりあげてくれることは、明彦にとっても、この作品にとっても、花々しい出発だった。

それだけに、未完の形で自分の手を離すことが無念であった。

しかしもう、作品は、明彦をおいて、一人で歩き出している状態だった。

明彦は、目の前のカウンターに手をのばした。何百種類もの花精油の原液や合成香料などの小壜《こびん》が、幾段にも華麗なつらなりをみせて並んでいる。明彦は、その内の一本をとり出し、そしてやめた。

処方箋には、あと百種類の品名が書き込まれなければならなかった。そして無論、その百種類の香料名は、すべてグラム数まで明彦の頭のなかには入っていた。その内の、ほんの一、二品が、どこかで微妙にバランスを崩すのだ。

そしてその崩れが、この五十種目あたりでいつもはじまっているような気がしてならない。

わかっていて、手が入らないのであった。ここが鬼門だということは、わかっていた。

手が入らないということは、それだけ、この作品が隙間なく仕上がっているということでもあった。では完成しているのかといえば、そうではないと答えるしかない。完成していて完成しないこの感じが、明彦を苛立《いらだ》たせているのだった。

匂い紙を一本むしり、フラスコにひたした。ひたす必要はなかったのだ。嗅がなくても、その匂いはわかっていた。

「タイトルも、あれ、いいよ」

と、そのとき、室長がまた思い出したように言った。

「営業の方でチェックしてるのもいるらしいけどな。おれは、いいと思うよ。ハラキリ、切腹のイメージがあって、売りにくいってのがいるらしいんだけどな。そんなことないよ。かえって外国向きだよ。売り方によっちゃ、案外、大穴当てるかもしれないぞ。『刀《かたな》』ってのは、いいよ。型破りでさ。さわやかだよ。『カタナ』ってのもいいけど……おれは、最初の方が好きだな。『トウ』って発音は、意外にいいぜ」

「はあ……」

と、明彦は、上の空で、相鎚《あいづち》だけはうっていた。

明彦は、その作品に『刀《とう》』というタイトルをつけていた。『トウ』ではわかりにくいというクレエムがついて、『刀《かたな》』と改めたのだった。

「ま、無理するなよ。あいつには、残念ながら、おれも兜《かぶと》を脱いでるんだからさ。あれはあれで、手を離しちまえ。君の代表作になるぜ、きっと」

横鬢《よこびん》に少し白髪のまじった室長は、純白の調香着の釦《ボタン》をひとつ外して、ゆったりと椅子の背によりかかった。

日本のトップ・メーカー東美堂の香水を、一人でその肩に背負っているといってもいい男であった。

調香室には、風がなかった。

その晩は、調香室で夜を明かした。

没頭すると、何時間でも調香台の前にすわっている。これは、オリジナルの構想にとりかかった調香師なら、誰でもすることだ。

同じ匂いを長い間かぎつづけていると、鼻は麻痺して、遂《つい》にはその匂いをまったく感じなくなってしまう。調香師の鼻は、特別な訓練をうけているから、常人とは異なるが、しかし嗅覚がおとろえることは確かである。

また調香師にも、それぞれ癖のようなものがあって、調香台にはあまり近づきたがらない者もいる。それでいて、いつのまにか調香は仕上がっている。会社の創作品をつくるような調香師は、すべて一級クラスの腕前を持った連中だから、独特の個性がある。

大半の調香師は、この一級調香師の書いたノートを、処方箋どおりに調合したり、香料の匂いをひとつひとつおぼえるために、一日中匂い紙を鼻先に当てたり外したりして時間が消える。鼻はまた、たえず匂いをかいでなければ鈍磨するものであるから、調香師は、その腕前にかかわらず、一生匂いから離れていることはできないのだが、つかず離れずの呼吸は、自分で身につけるしかない。

明彦は、想を練るときは、むしろ調香台にべったりくっついている方だった。訓練のできた調香鼻は、起床後の二時間くらいが、もっとも鋭敏だと言われている。調香師ならたえず鋭敏でなければならないのだが、明彦もどちらかといえば朝の内が調子はよかった。

ひと眠りして、と何度も思いながら、カウンターから離れられず、その内に夜が明けた。

夜明け前に、ほんの少し睡気《ねむけ》がきたのをおぼえているから、多分、あのときに睡り込んだのだと明彦は思った。

室長に肩を叩かれて、目がさめた。時計は七時前だった。

「早いですね、主任。もう出てこられたんですか」

「緊急出動くったんだよ」

「え？」

そう言えば、この主任調香師は、背広を着ていた。彼はふだん、どんなときでも絶対に、純白の上っぱりを着けなければ、この調香室には一歩も足を踏み入れなかった。

目ざめたとき、何か様子が変だと思ったのは、このせいだった、と明彦は気づいた。

「驚くなよ」

と、室長は言った。

「は？」

「パリの出店から、昨夜入った情報らしいんだがな……オート・クチュールの『マルセル』から、出たそうだよ」

「出たって……何がですか？」

「オリジナルだよ。『カタナ』って名だ」

「ええっ？」

明彦は、一瞬きょとんとし、それから、棒立ちになった。

「カタナ……」

「そうだよ。『カタナ』という名の香水だ」

パリのオート・クチュール『マルセル』は、世界のモード界にも名を馳《は》せているピエール・カルダンや、クリスチャン・ディオール、ジャン・ランバン、シャネル、ジバンシー……などの店と肩を並べる、有名店だった。

香水の本場フランスでは、これらの高級衣粧店が、衣裳《いしよう》とともに香水を売り出すのは常識となっている。無論、とびきりの高級香水である。衣裳のイメージに合せ、また香水の味を衣裳にとり入れ、流行のさきがけとするのである。パリのオート・クチュールから出た香水で、世界の古典といわれたり有名品となっている香水は、数多い。

オート・クチュールは、モード界を常に先取りして走るいわば華やかな美の狩人《かりうど》たちであり、また貪欲な美の野獣でもあった。

「マルセル……」

と、明彦は、ぼう然としたままで、呟《つぶや》いた。

パリでこの夏、見てきたばかりの店であった。フォーブル・サントノーレ街に赤味をおびた豪奢な大理石の店構えを誇っていた『マルセル』の、華麗な窓のなかにあったディスプレイが、とつぜん眼先に甦《よみがえ》った。

それは実際、美を食う野獣さながらに猛然と明彦に襲いかかった、いわれのない鋭い牙《きば》のちらつく回想だった……。


「ま、タイトルは諦めるんだな」

と、その日の正午前、対策会議から戻ってきた主任調香師は、言った。

「それにしても、間が悪いよな。いいタイトルだったのにな……いまになって、連中みんな惜しがってるよ。けど、問題は内容だ。中身で勝負すりゃあいいんだ。出鼻は確かにくじかれたがな。しかしまあ、君にとっては、かえってラッキーだ。どうやら、君のに決まりそうだよ」

室長は、明彦の顔を見てうなずいた。

「九十パーセント確実だ。こうなったら、会社の方も意地でも売り出そうって雲行きだ。ひょっとしたら、夏の予定が春に繰り上げってことになるかもしれないぞ。いいことだよ。凶は大吉って言うからな」

室長の声は、ほとんど明彦の耳には入らなかった。

「とにかく、現物はすぐ取り寄せるそうだから、どのてのものかはじきにわかる。騒ぐことはない。新しいタイトルでも考えて、待ってろよ」

室長はぽんと明彦の肩を叩くと、また調香室を出て行った。

香水は一応、ガス・クロマトグラフ、通称ガス・クロとよばれる近代設備の機械にかければ、その構成要素は分析される。

この分析器に、香水を一滴入れると、気体化し、山形のピーク・グラフとなって出てくるのである。このグラフの山形を見れば、その香水の構成原料がわかるわけだ。ガス・クロは、何百種類もの単品を、グラフの山形にして選びわける。だから、その香水を構成する主要な香料の名はわかるわけだが、その配合量まではわからない。また、香料によっては、同種の山形を示すものもあり、この点でも完全ではない。

香水は、香料の微妙な分量によって、その顔を変貌させるものだから、香料名がわかっても、その調合グラム数がわからなければ、同一なものはできないことになる。したがって、他社の香水が手もとにあっても、これとまったく同じ香水をつくることは、処方箋を見ない限りは不可能である。

正確に言えば、香水に偽作はあり得ないのである。

匂いには常に、人間のすぐれた鼻に頼るしかない、機械や科学では分析できない領域がある。他社製品のイミテーションなら、このガス・クロとすぐれた鼻の調香師がいたら、つくれなくはないだろう。しかし、それはあくまでもイミテーションの域を出ない。百数十種類もの香料を独特な割合いで重ねあわせて誕生させる香水である。同一なものを再現させることは、絶対にできないのである。

香水が偽作をよせつけないのは、形のない匂いの世界の興味深さであり、怪奇さでもあった。

だがともかく、一応はこのガス・クロという近代科学の尖兵《せんぺい》が、香料のアウト・ラインだけは割り出してくれる。

『マルセル』の『刀《かたな》』もガス・クロにかければ、主な構成要素の名だけははっきりするだろう。そして、その『刀』の到着する日は、やがてやってきたのである。

明彦の作品が、正式に東美堂のオリジナルとして発売決定をみた日の、二、三日後だった。

『刀』は、シンプルな、鋭い数本の直線を強調した変形六角形の、やや長目の壜であった。

オート・クチュールが出す高級香水の特徴の一つは、その容器となる壜のデザインの豪華さである。各店は競って、このデザインに趣向を凝《こ》らした。中身の香水よりもまず、壜の味わいと芸術的なデザインの香気が、その作品の人気を決定づけるとさえ言われた。

『マルセル』の『刀』の容器は、実に単純でいて、端正な静かさと、傲然《ごうぜん》とした覇気にみちており、東洋の気品と素朴さを巧みに抽象していた。色のない透明な壜であったが、よくみるとガラスのなかに白雨のごとき煙模様が乱れこんでいて、それが、この壜のデザインの単純さをふしぎに絢爛《けんらん》とみせていた。

最初、その壜を目にしたとき、刀の感じは出ている、と明彦は思った。だが、じっと眺めているうちに、壜は刀そのものとなった。変形六角形と見えたのは、実は刀の刀身そのものだったのだ。

刀は、棟《むね》といって、刀身の背筋にあたる部分の形いかんにより、行の棟、真の棟、丸棟などとよばれる姿のちがいを持っている。つまり、刀身を横に切断してみたときの断面の形がちがってくるのである。

変形六角形と見えたのは、この行の棟の断面形そのままだったのだ。行の棟、またの名を庵棟《いおり》とも言い、日本刀には一番多い形のものである。しかし、庵《いおり》、つまり背筋の高さなどは、刀鍛冶《かじ》の各流派によってちがった特徴を見せるのである。

そして、『マルセル』の『刀』は、まさしく、明彦が知っているある一本の日本刀の庵棟を、そのまま写しとっていたのだった。

古刀のなかでも、中青江《ちゅうあおえ》といわれる青江鍛冶が打った日本刀も、この庵棟を持っていた。

（『次吉《つぐよし》』……！）

明彦は、深い恐怖の底を覗《のぞ》き込みでもするかのような眼で、そのフランスの香水壜を
みつめていた。

それが、そこには見事に生け捕《ど》りにされていた。

備中国《びっちゅうのくに》青江『次吉』。

「大迫《おおさこ》君……」

と、言う主任調香師の声が、ただごとではない震えをおびているのにも、明彦は気づかなかったほどである。

傍《そば》にいるのは、主任調香師だけではなかった。会社の幹部要員たちが、五人ばかりいた。彼等は会議室の椅子に腰かけて、一様に明彦の顔に視線を当てていた。

明彦は、そのときになってはじめて、自分が呼ばれてこの会議室にやってきたんだということを、思い出した。

そして、ひとしなみに沈黙している要員たちのただならぬ様子に、何かの異変を感じとった。

「大迫君」

と、主任調香師は、もう一度言った。言いながら、広いテーブルの上に一つぽつんとおかれている『マルセル』の『刀』を、手で押すようにして明彦の方へ差し出した。

明彦は、やにわに、その壜にとびついた。

カリンと明るい音がして、香水壜の蓋《ふた》はとれた。

鼻を近づけるまでもなかった。その以前に、明彦の顔は青ざめていた。

「どういうことなのかね」

と、主任調香師のややためらいがちな声が聴こえた。

「そっくりとは言わないが……まあ、ほぼ同じノートだね、これは。どういうことなんだろうね、大迫君」

明彦の瞳孔《どうこう》は宙にとまり、ひらいていた。はり裂けんばかりの眼であった。

……長い無言の刻《とき》の後、やがて、明彦はぼんやりとした顔になった。

ちょうど京都で、大迫駿介《しゅんすけ》が一冊の詩の月刊誌を手にとることになった師走《しわす》の日より、二か月ばかり前の、秋も終り時分のことであった。

2

堀川二条城ぎわにある国際ホテルの玄関前の駐車場は、正月客の車で身動きのとれない状態だった。赤い服を着たベル・ボーイたちが、次々と乗り込んでくる車の誘導に走りまわっていた。

駿介は、それらの車の間を、身を横にして何度も立ちどまりながらすり抜け、やりすごして、ホテルのなかへ入って行った。

フロントで、呼び出しを頼んだ。

「失礼ですが、あなた様のお名前は……」

「いえ。ロビーにいる筈ですから、ここへ呼び出していただければいいのです。客がきたということは伝えないで下さい」

やがて、ラウド・スピーカーが鳴った。

間もなく、水色のスーツを着たほっそりとした感じの、しずかな顔の女が、急ぎ足にやってきてフロントの方へ近づいて行った。

駿介は、木の待合椅子に腰かけて、それを見ていた。

咽《のど》もとのあたりに押しあげてくる奇妙な胸苦しさがあった。混雑した客のなかにその女の姿をみとめたとき、思わず声をあげそうになった。

母が、そこにいた。

よく見れば、母ではなかった。だが、一瞬めまいのように、母だと思った印象は、拭《ぬぐ》い去れなかった。

その水色のスーツの女は、フロント・カウンターの前から、駿介の方を振り返った。

駿介は、ゆっくりと立ちあがった。

女は、やはり小走りに、ほっそりとした肩をこごめるようにして、駿介の方へ近寄ってきた。

「駿介さんでいらっしゃるの？」

「そうです」

「ごめんなさい……とつぜんお電話なんかして……わたくしがでかけていこうかとも思ったんです。でも、かえってご迷惑かとも考えて……ほんとうにごめんなさいね、お呼びつけしたようなことになって……」

「構いません」

「あら……」

と、女は、額に手をあてるようなしぐさをして、改まって頭をさげ直した。

「はじめてお目にかかります。高子《たかこ》です」

「駿介です」

駿介は、また、母を感じた。

「よろしかったのでしょうか……お忙しいのではなかったでしょうか」

「大丈夫です。で、兄は、いま……」

「寝ております。お正月ですし、京都にでもきましたら、気が晴れるかとも思いましたの……でも、寝てばかりおりますの……。あなたにでも、会ってくれればいいと、わたくし思って……そのつもりもあって、参りましたの。それとなく、あなたのお名前も出してみるんですけど……その気になってくれませんの。それで……あの人には内緒で、お電話したようなわけなんです……」

「そうですか……。とにかく、あちらに参りましょうか」

駿介は、奥の広いロビーの方へ、先に立って歩き出した。

暮れから正月にかけての休みを京都でという人たちなのか、市内のホテルでという人たちなのか、ロビーは客であふれていた。

日、月の、光と闇を織り出した豪華な西陣織を張った壁のあるロビーには、腰をおろす場所も見あたらなかった。

奥まった一画に、世界の洋酒壜を白壁いちめんに嵌《は》め込んで飾り壁にしたバーがある。そこのボックスが一つ空いていた。

駿介は腰かけてからも、しばらく黙っていた。高子が一通り話し終るまで、口を開かなかった。明彦が東美堂に移ったことなど、まったく知らない話であった。

「……そうですか」

と、駿介は、低い声で独りごちた。

テーブルの上の、みどり色の灰皿を見ていた。何かに目をあずけていなければ、その場にじっとしていることができそうになかった。声はひどく平静だった。頭のなかもしずかだった。騒いでいるのは、自分の内のどこなのだろうかと駿介は思った。冷えきって、醒《さ》めた意識でそのことを考えていた。

「……で」

と、駿介は、口を開いた。落ち着いた声だった。

「その香水は、流れたんですね？」

「はい……。東美堂としても、『マルセル』のイミテーションを出すわけには参りませんもの……」

高子は、うつむいていた。うつむいて、肩を震わせていた。

繊細な肩だった。駿介は束の間《つかま》、木蔭の赤い煉瓦の階段で、泰邦《やすくに》の腕のなかにいた母を想い出した。

「研究室の室長さんも、不運だったのだと言って下さいます……わたくしも、そう思います。でも……なかには、夫が昨年の夏フランスに滞在しましたことに結びつけて……とやかくおっしゃる方もあるらしいんです……。そんなことはあり得ないんだから、と室長さんはおっしゃって下さいます。『マルセル』ほどの店が出す香水の処方箋が、事前に人の目に触れるようなことは決してない。たまたま、同じ調子の匂いになったというだけだ……そう言って下さいます。それはほんとうです。夫はもう以前から、わたくしにも話しておりました。この香水には、『刀』という名前をつけるんだって。それは、フランスに行く前から言っておりました。嘘じゃありません。『刀』という名前も、夫がつくった香水も、どちらも夫の創作です。それは、わたくしが一番よく知っております。出来あがったら、お前にまずつけてもらう……夫は、学生時代から言っておりました。まだ調香師になどなる前からです。『刀』という名の香水をつくる……わたくし、はっきり聞いております。もし、イミテーションというのなら、それは『マルセル』の方がそうです」

高子は、一心にとり乱すまいという努力をはらっていた。口調も、しっかりと、崩れずにせきとめられていて、涙は眼の奥にあふれかけたままとどまっていた。

「それは『マルセル』の方です」

と言った高子は、瞳を洗いあげたようにみはって、美しかった。

「……学生時代からの知り合いだったんですか」

駿介は、別のことでも話題にするように、ふとたずねた。

「え？」

と、高子は、駿介を見た。

それからすぐに、「ああ、ええ……」と、うなずいた。

「K大の同科生でしたの」

「そうですか」

「ごめんなさいね……」

と、高子は言った。

「あの人は、なんにもあなたのことを話してくれませんものですから……結婚してから、弟さんがあるってことを知ったんですもの……それも、どこにいらっしゃるかわからないと申しておりましたし……つい最近、あなたの住所も教えてもらえたようなわけなんです……。なんにも、あなた方のことを、わたくし知りませんの。ほんとにごめんなさい……」

「あなた方？」

と、駿介は、きき咎《とが》めた。

高子は、別に気にした風もなく、

「もう一人、弟さんがいらっしゃるんだそうですね……その方も、ご住所がわからないとか……」

「……ええ」

と、駿介は、答えた。そして、言った。

「まともな弟たちじゃありません」

「いいえ」

と、高子は首を振った。

「あなたにお会いして、ほんとによかったと、わたくし思っています。お会いするまでは、こんなことをしてはいけないのではないかと……何度も考え直しました。こんなことでご迷惑をかけては……いえ、会って下さるだろうか……でも、誰に相談してよいのか……ほんとに途方にくれて……」

高子は、途中で、低く涙のせきを切った。目に手を当てて、それも懸命にこらえようとした。

「何をしてくれなどとは申しません……ただ、あの人に……声をかけてやって欲しいんです……誰か、あの人をよく知ってて下さる方のお声が……あの人には、いま要《い》るだろる男が、赦せなかった。

この女には、何の罪もないのだ、と駿介は思った。

だが、この女が、母を感じさせることが赦せなかった。いや、この女を、妻にしてい

そして、『刀』という名の香水をつくった男が！

グラースの……ラベンダーの栽培場で、この女を見たであろうときの剛生《ごうせい》の顔が、目にうかんだ。この女に話しかけたときの剛生の心の動きが、いま手にとれそうな気がした。剛生の驚愕した顔が。動転した心の鼓動が。間近に感じられた。

そして、ときを同じくして、二人がある一つの香水をつくったということが、駿介の体を冷えあがらせていた。

だが、何よりも我慢できなかったのは、母が追っていたラベンダーの匂いが……いや、母が、好きだったラベンダーを使って創りあげようとしていた香水が、『刀』だったのではないだろうかと、いまはじめて思い知らされている、この自分自身だった。

母は、一本の日本刀を、香水に表現しようとしていたのだ。香水で、一本の日本刀を、つかまえようとしていたのだ。ラベンダーの花野を想い描くときの母の眼は、夢見るようだった……。

（母は、日本刀を見ていたのだ！）

そして、それを、明彦も、剛生も……知っていた！

自分だけが、知らなかった！

駿介は、白濁した果肉ジュースのグラスをゆっくりと手にとった。てのひらに、氷の揺れる音が響いた。

『刀』を交えあっている兄と弟の、鍔鳴《つばな》りを聴いていた。鎬《しのぎ》をけずる音も聴こえた。

そうして、自分の手を見つめていた。

自分の手はいま、ジュースのグラスを握っている、と、理由もなくそんなことを駿介は思った。

「……なさけない弟だと思って下さい」

駿介は、ジュースのグラスを握っている自分の手を見つめながら、やがて、低くゆっくりとそう言った。

「え？」

と、高子は顔をあげた。

「僕は、声をかけずに帰ります。きっと兄も、そうして欲しいと思うでしょうから」

「駿介さん」

高子の、驚いた、すがるような眼が、かなしかった。

だが、駿介は立ちあがった。

「電話をありがとう。お礼を言います。兄を、お願いします」

ホテルの玄関を出るとき、歩きながらふと駿介は、一つの考えが頭のなかを通りすぎるのに気がついた。

(剛生は……兄が母に抱いていた想いを……昔から知っていたのではないだろうか……)

刃物のように一閃《いっせん》ひらめき、斬りかかってきた考えだった。

しかし、駿介は、立ちどまりさえしなかった。

3

「ああ、マスター……いま、どこです?」

と、ツトムの声は、言った。

「うん。紫野《むらさきの》や。公衆電話に入ってる」

「紫野? また高桐院《こうとういん》ですかいな……かにんしとくれやっしゃ……マスターがあそこにいかはる日は、ろくなことないさかい……」

「何いうてる。枯木の庭が、ちょっと見とうなっただけや。お抹茶よばれたら、すぐ帰る」

「マスター。ちょっとそこで、待っといておくれやす。僕も行きます」

「何でや?」

「いえ、いま実は出かけよう思うてたところですねや。ヒロシさんのことです……」

「ヒロシ？　ヒロシがどないかしたか？」

「ええ……とにかく、行ってから話します。僕にも確かなことわからしませんねん。そやから、いまからちょっと確かめて、そのあとそっちへまわります……高桐院ですね？」

「おい、ツトム……」

「ほんなら、マスター。切りますよ」

　電話は切れた。

「しょむない奴やな」

　駿介は独りごちて、電話ボックスを出た。

　よく晴れた、穏やかな空の正月だった。

　Gパンに藍色の替上着《かえうわぎ》をつっかけたツトムが高桐院にやってきたのは、かっきり一時間後だった。

　正月客で、この庭も混雑していた。吹き抜けの広い縁廊下は冷え冷えとして、駿介はコートの襟《えり》をたてて腰かけていた。

「ここ、出よか。なんやそうぞうして、落ち着かへん」

「はい。出まひょ」

「コーヒー飲みたいな。舌灼《や》くようなやつ」

「ほな、帰りましょうか？」

「ええがな。正月やんか。せっかく出てきたんや。どっかで美味いもん食べて、パアッと散財しょ」

「ほんまですかァ？」

「阿呆《あほう》。そんな嬉しそうな顔すんな。何にも食べさせてないみたいやないか」

「僕の顔はこんなんです」

「涎《よだれ》くってか？」

「涎どころか。腹の虫かて騒いでますよ。もう、ブレーキかからへん」

「よう言うわ」

「マスター。あとへは退《ひ》けしませんよ」

「誰が退くかい。ほら使え。この財布、お前にまかすわ。カラッポにようせなんだら、承知せんぞ」

「ヒヤー。これがほんまの正月や。はい、確かに。ではでは遠慮なく」

ツトムがはしゃいでくれているのは、この子なりの気づかいなんだと、駿介は知っていた。

「マスター。まず、コーヒー飲みましょ」

「うん。そないしょ。車、拾え」

「ホイ。合点」

二人は車で御池通《おいけどお》りまで戻って、小さなコーヒー・ショップに入った。ここの挽《ひ》き豆は美味かった。

「そんで、どないした？」

と、駿介は一息ついてから、言った。

「何がです？」

「何がて、ヒロシのことやないか」

「ああ、それケロッと忘れてた」

「嘘言え。僕に話そかどうしょうか、考えてたのやろ」

「…………」

「かまへん。言え。もう、落ち着いたさかい」

「やっぱり、何かおしたんですか」

高子からの最初の電話に出たのは、ツトムの方だった。「東京のタカ子ていうてはります」と、心配げに受話器を渡してくれたのだった。何も言わないが、いつも気をつかっていてくれる子だった。

「なにか、心配ごとか？」

と、駿介は、コーヒー・カップをおきながらツトムを見た。

「いえ、そういうわけやありません……ただ、ヒロシさんの話、ちょっと小耳にしましたさかい……」

「何て」

「スーパーおすやろ。あそこで、『キャッスル』のヨッちゃんに会《お》うたんです……『ヒロシさん、東京やてな』て、いきなり言うんで驚いたんです」

「東京？」

「はい。高島さんにきいた言うんです……」

高島というのは、木屋町《きやまち》にある果物屋の主人で、駿介の店にもときどき顔を出す常連客だった。

「それが……妙な話なんです。『ヒロシさん、刀の研ぎ屋に住み込んでるてな』て、こうなんです……」

「刀の研ぎ屋？」

駿介は、口に含んだコップの水に大きくむせた。

「そうです」と、ツトムは、うなずいた。

「変ですやろ？　そんで、さっき、高島さんとこへ寄って、じかにきいてこ思《おも》たんです」

「きいたんか？」

「はい。高島さん、京都駅の新幹線で会うたんですて。昨年の十月やそうです。ボストン・バッグさげて、いまから東京に行く言うたんですて。刀の研ぎ屋に弟子入りするんやて」

「弟子入り？」

「そうでんのや。あの人に……そんなとこ、ありましたか？……」

駿介もツトムも、このとき、あることを思い出していた。思い出していたが、なぜか口に出すのがはばかられた。なぜなのか、二人とも、わからなかった。

「びっくりしますやろ？……高島さんも、立話しただけらしいて、それくらいのことしか知らはらへんのです……ただ……カイサンとか、ケイサンとか……そんな名前やったそうどす」

「名前？」

「研ぎ屋の名前です。きいたんやけど、思い出せへんいわはるのです」

「カイサン……」

駿介は、口に出して呟いた。

遠いところで、ふと、何かが動いたような気がした。

（ケイサン……）

と、もう一度、呟いてみた。

呟きながら、びくっと身をすくませた。

「慶山《けいざん》とちがうか、それ」

「ケイザン？」

「そうや。東京の研師《とぎし》や。有名な刀の研師や」

「……知ってはるんですか？」

ツトムも不安げに、息を呑むようにしてきき返した。

慶山。

しかし、と、駿介は、とりとめもなく思った。どうしてこんなところで、慶山の名をきくことになるのか。

何かが……変であった。変な、息苦しさが、すうっと身を寄せてきていた。それは、ツトムにも伝わった。

「ほら……」と、駿介は、ひとりでに言葉が口をついてでるのを感じながら、言った。「お前と行ったやろ、昨年の夏場……」

「……大原野《おおはらの》……ですか？」

と、ツトムも待っていたように……しかし、ためらいがちに、その言葉を口にした。

「そうや……若い研師の話したわな……」

「はい……泰邦さん……言わはる人でっしゃろ」

「そうや。あの刀の研師が、東京で十年近《ちこ》う修業したのが……その慶山や」

そして、父が備中国青江『次吉』を研ぎに出したのが、その慶山だった。

しかし、なぜヒロシがそんなところへ……。

「マスター」と、ツトムは、駿介を見た。

「そやったな……」と、駿介も、うなずいた。

「確かあのとき……そう言うたよな、君は」

「はい。道をよぎったのが、ヒロシさんやないかと思うたのは確かです……山陰《やまかげ》の道どしたさかい、すぐに見えんようになって」

「あの……前の日やったいな？　ヒロシが店にきたていうの……」

「そうです……」

「何か話したそうやった……言うたな？」

「そんな感じでした」

「あの日も……アパートのまわり……うろついとったかもしれへんな……」

「そうですね……そんで、僕たちの出かけたあと、尾《つ》いてきたのかもしれませんね……」

「僕もいま、それ考えとった……よっぽど、話したいことあったのかな……」

「そやけど……なんで、ヒロシさんが刀の研師にならなあきませんの？」

「そんなこと、わからへん」

「ヒロシさん……知ってたんですか？　マスターが、毎年大原野に行かはること」

「さあ……どやろかな。話したことはないけどな。二年、一緒に住んでたさかいな……」

「なんや、わけがわかりませんな……」

まったく、わけのわからない話であった。

ただ、昨年の夏、大原野の泰邦の家をたずねたとき、近くにヒロシがいたかもしれないということが、駿介には、偶然ではないことのように思われた。

思わざるを得なかった。

泰邦とも、刀とも、およそ関わりのないヒロシが、泰邦の家の近くで姿を見せ、刀の研師の家に住みこみ……その研師の名が慶山かもしれないとなると……。

駿介は、落ち着かなげに、身じろいだ。

ツトムが、言った。言わざるを得ない言葉であった。

「ヒロシさん……泰邦さんのこと、知ってはるのとちがいますやろか……」

ヒロシと泰邦。

それは、無縁な、つながりようのない二人だった。

これほどつながりようのない二人はない、と、駿介には思われるのだった。

木屋町筋の果物商高島に、駿介が、慶山の名をただしたことは無論である。

高島は、

「ああ、それや。そうや。そんな名やった」

と、膝《ひざ》を叩いた。

慶山。

ヒロシ。

そして、泰邦。

駿介は、どこかで、悪酔いに足をとられている自分を、みつめていた。

正月は、店は休まなかった。休みをとったのは、松の飾りのとれた翌日、一晩だけだった。

その日の朝、ツトムは言った。

「ほな、マスター。丹波の方は、僕にまかせておくれやす」

「すまんな。せっかくの休みやのに」

「何を言うてはるんです。マスターの方こそ、気いつけて行っとくれやっしゃ」

4

研師慶山の住まいは、石神井《しやくじい》にあった。

柏の老木が屋根の上に頭をのぞかせている。板塀にとりかこまれた家だった。塀はところどころ新しい板で修理され、生乾きの木《き》桶《おけ》が二つ杙《くい》にかけて日干しにされていた。

はじめて訪《おとな》う家であったが、ふしぎな懐かしさが湧いてくるのをおしとどめることはできなかった。

中学校の前の道からその家の方へ折れながら、駿介は奇妙に昂《たか》ぶっていた。父もこの家の門をくぐったのだ。泰邦も、ここで十年修業した。そして、一本の日本刀も、この家を知っていた。いま、ヒロシをたずねて自分がここへやってこようとは……。人の世のふしぎなめぐりあわせを、彼は想った。むしろ怖れにさえ似た感慨がおし寄せてくるのであった。

門口を入った横の赤土の空地《あきち》で、女の子が一人遊んでいた。

「あなた、ここのお嬢さん？」

「ソウデス」

と、抑揚をつけて、女の子は答えた。小学一、二年くらいの子であった。

「ここのお家《うち》に、秋口さんておじさんいるでしょ？」

「いません」

「いない？」

「秋口ヒロシさんて、おじさんだよ」

「いません」

「お父さんの……いや、おじいちゃんかな……お弟子さんがいるんでしょ？」

「います」

「たくさんいるの？」

「三人です」

「ほら、昨年の秋ころに、ここへきた人がいるでしょ？」

女の子は、「うん」と、こっくりうなずいた。

「でも、アキグチさんじゃありません」

「じゃ、何ていうの？」

「アキハマさんです」

「秋浜？」

駿介は、ゆっくりときき返し、きき返しながら、自分が仰天しているのがわかった。秋浜。

脳天に火が走るというが、その名はそんな感じで駿介の頭のなかを走り抜けた。

駿介が言葉もなく立竦《たちすく》んでいるところへ、裏の方から、釣瓶《つるべ》井戸の滑車《かっしゃ》をまわす音が聴こえてきた。駿介の足は、知らず知らずにそっちへまわっていた。木の釣瓶に水を汲《く》みあげ、白い泥土でよごした手を、男が洗っていた。

ひょいと顔をあげ、その男は駿介を見た。

駿介も、彼も、しばらくは、そして無言のまま動かなかった。

「ヒロシ……」

ヒロシは、とっさに、身をひるがえそうとした。

「待て」

その声で、ヒロシは立ちどまった。背をむけたまま首を折って、うつむいていた。

傍に、いくつも白い砥石《といし》が並べてある広い屋根のある井戸端だった。

「……待っておくれやす」

と、ヒロシは低い声で言った。

「この先に、公園があります。そこで待っててておくれやす」

そう言い残すと、裏口へ駈けこんだ。

その奥が仕事場になっているのか、腰板に明り採りが大きく切ってある建物の横壁が見え、なかで人の気配もするようだった。

……石神井公園の池の汀《みぎわ》で、駿介は、近づいてくるヒロシを見まもっていた。

自分と同じ年の男には見えなかった。いつもそうだった。三つか四つは下の感じがした。そう言えば二年、彼と暮らして、自分は何も彼のことを知らなかった。と駿介は思った。知らなくても、知りあえる人間の結びつきを、駿介は大事にしてきたつもりだった。知らそうとしても、知らせつくせないものを人間はかかえている。知らすまいと思っても、知れてくるものもある。知ることよりも、わかりあうことの方を、駿介は選んだ。父が、選べと教えてくれた道のような気がしていた。

ヒロシは、心持ち首を傾《かし》げて両手をポケットにつっこみ、肘《ひじ》で両脇の胴をしめつけるようにした、昔からの彼の癖だったやや猫背の格好で、駿介のいる池の汀までやってきた。

黙って並んで立ちながら、そして池のなかほどへ眼を投げた。しばらく二人は、そうしていた。

「秋浜……ヒロシって、いうのやな？」

「…………」

「泰邦さんの……身寄りなのか？」

「…………」

「そうなんやな。弟なんやな、泰邦さんの」

ヒロシの肩が、不意にくっくっと引きつった。

「そうか……」

駿介は、言葉がなかった。

「……かんにんな……」

と、やっと言った。

「何にも、気がつかなんだわ……」

「そうやない」

と、ヒロシは、いきなり首を振った。

「マスターが謝ることあらへん。おれが悪いんや」

彼は唇を嚙みしぼっていた。しぼりながら、しばらく黙って泣いていた。

ヒロシが、はじめて木屋町の店にやってきた日のことが想い出された。店が、左前の時期だった。

「おれ、水商売の経験ないけど、使《つこ》うてもらえませんか……」

「悪いけど、ウチは女の子が要るねや。ちょうどやめてもうて、手は欲しいんやけどな」

「そんなら、その子がくるまで、働かせてもらえませんか……」

「明日くるかもしれへんで？」

「……給料、安いで」

「かましまへん」

「……経験ないて、はじめてか？」

「そうです」

「なんでウチみたいな小《ち》っこい店にくるねや？　人手不足で音《ね》をあげてるとこ、ぎょうさんあるやろ」

「……怖いんですわ」

　怖いんですわ、と、ぽつりとヒロシは言った。その言葉が身にしみた。かつての駿介もそうであった。求人ビラや広告を見て店の前までは行くのだが、大きな構えや、豪華な店、人の出入りの激しい商売には近づけなかった。最初のうちは、薄暗い、小っぽけな、みすぼらしい店を店をと探して歩きまわったものだった。

　そんな店では、人手は不要で、ろくな報酬も得られないとはわかっていた。わかっていても、そうしたのだ。暗闇につつまれたひっそりとした店の前で足がとまった。目をつぶって、その店のドアを押したのだ。

「給料なんかいらしません」と、ヒロシは言った。

「食べて……寝せてもらえたら、それでええんです」

「君……通いやないのんか？」

「あきませんか？」

おどおどしたヒロシの眼が、甦った。無骨な、途方にくれた眼であった。

そのヒロシは、石神井公園の池の水をみつめていた。あおみどろの底で黒い小魚が動いていた。

「マスターを……騙してたおれが悪いんや」

と、いきなりヒロシは、ぶるぶる震えながら唇をわななかせた。

「いや、騙したんやない……騙すつもりなんかあらへん……ただ、おれ……兄《あ》んちゃんのことが、知りたかったんや……なんで兄んちゃん……死んだりしたのか……おれ、いまでも信じられへん……マスターに、ききたかったんや……教えてもらいたかったんや……マスターのそばにいてたら、なにかがわかるかもしれへん……なんべんもおれ、身分を明かして、マスターに教えてもらおう思うたんや……毎日思た……毎日毎日思た……けど、それがでけへん……マスター見てたら、それがおれにはでけへんねんっ……」

ヒロシは、拳《こぶし》で両眼をおおった。

はげしい声を、口から洩《も》らした。

「マスター怨《うら》むすじあいはない……マスターに腹癒《はらい》せするすじあいはない……マスター

苦しめることでけへん……傷つけることでけへん……おれ……マスターが、宇治の家出はったときから、後《あと》つけてるねや……」

「何やて？」

駿介は、寒けのようなものにつつまれていた。

「マスターのこと、なにもかも知ってるねん……みんな知ってるねん……どこで、いつ、なにしてはったか……どこを流れてまわりはったか……昔から、みんなおぼえてる……そんなマスター見てたら、なんにもいえへん……きけへん……マスターかて家無しや……おれと一緒や……もう諦めよう……あの人かて苦しんではる……落ちぶれてはる……一人になってはる……なんべんもおれ、そう思ったよ……声かけるのやめよう……そばに寄るのやめよう……そう思たんや……けど、やめられへんっ……。マスター、騙すつもりなんかなかった……騙したんやないっ……かんにんしてっ……ゆるしてっ……」

「ヒロシ……」

「悪いのはおれや……ずるずる二年、マスターのそば離れられへんかった……離れたかったんや……なにかを言うてしまわんうちに……ぶちまけてしまわんうちに、離れなあかん……マスターに知られんうちに消えなあかん……ほんまに、そない思うてたんや……もうなにもきかんでええ……これで十分や……この人見てたら、もうきくことない……なにがあったかて、かめへん……忘れなあかん……逃げなあかん……そない思うてたときやった。ツトムちゃんがきてくれた。ええ潮《しお》やった……」

ヒロシは、必死に駿介を見た。そしてはげしく首を振った。

「マスター嬲《なぶ》ったんとちがう」

「ええよ、もう……」

と、駿介も、言った。

目の前がかすんで、何も見ることができなかった。

「誰もそんなこと思うてへん」

「いっぺん、さよならいうて、こっちにきたかったんやけど……お礼がいいたかったんやけど……」

「もうええて……」

「ええことあらへん……毎年、兄んちゃんの建てた家、見にいってくれるの、マスターだけやもんっ……お花あげてくれるの、マスターだけやもんっ……」

「…………」

「ようおぼえてるわ……兄んちゃんの家の前で、マスターをはじめて見た日……マスター、学生服着てはった……ええとこのぼんぼんみたようやった……マスター、おぼえてへんやろな……あの日、竹屋のおっちゃんが、マスターに名前きいたの……おぼえてェへん？」

そう言えば、そんなことがあったと、駿介は想い出していた。

宇治に移って、確か二度目くらいに大原野をたずねたときだった。大枝《おおえ》の柿林に赤い実が鈴なりだったから、秋だった筈だ。泰邦の家の軒下に腰をおろして、ぼんやりと里の景色を眺めていた。竹材業の半纏《はんてん》を着た年寄りが、トタン張りの竹工場からでてきて、駿介に話しかけた。二言、三言の立話だったが、名前をきかれたのはおぼえている。事件が事件だっただけに、離れた土地でも、泰邦の家の前で大迫の名を口にするのははばかられた。名乗ったものかどうか、一瞬迷った記憶がある。老人も、しつこくはきかなかった。夾竹桃《きょうちくとう》のない時季だったので、大枝の露店で買った柿を一袋、家陰の目立たないところへ置いて、駿介はその場を離れたのだった。

「あれ、おれがきいてもろたんや。あの後、マスターを尾行《つ》けたんや……」

「けど、どうして君がそんなところに……」

「竹屋で働いてたさかい」

「働いてた？」

駿介は、ヒロシを見た。

「でも……大原野には身寄りはいてへんて、きいたけど……」

「そうや。おれ、いっぺんは丹波の方へ帰っとった……あっちに知り人がいてるさかい……けど、すぐにまた出てきたんや。あの竹屋で、青竹の油とりやなんかやってたんや」

「じゃ……あの家に住んどったのか？」

「家には住んでへん……ひとのものになったんやさかい……。竹屋に住み込みしてたんや」

「けどあの家……泰邦さんが建てたんやろ？　あの人の家なんやろ？　やっと家が建ちましたいうて、はっきりきいたで？」

「そうや……兄んちゃんが建てたんや。家は兄んちゃんのものやけど、土地はまだ借金やった……借金返したら、家ものうなった……」

「ヒロシ……」と、駿介は、咽をつまらせながら言った。

「泰邦さんは無口な人やったさかい……君のこと、ようきいてへんのやけど……泰邦さん、君と二人で暮らしてたんか？」

「そうや。兄んちゃん……一本立ちになって、大原野に家建ててから、おれを引きとってくれたんや」

「引きとってくれた？」

「おれ、丹波の知り人の家にいてたさかい」

「じゃ……丹波には君の家はないのんか？」

「どこにもあらへん、家なんか。昔から、あらへんねん。家がのうなったさかい、お祖《じ》父《い》ちゃん、おれと兄んちゃんつれて、大原野を出て、丹波の知り合いに身を寄せたんや……おれが三つのときやった……」

駿介は、言葉の出せない深い沈黙の底へひきこまれそうな気がしていた。

「……こんなこときいて、気にさわったら、かんにんやで。君のご両親は……どないしはったんや？」

「チフスで死んだ」

「二人ともか？」

ヒロシは、黙ってうなずいた。

もうきくのをよそうかと思った。ヒロシが、駿介には何ひとつ問い糺《ただ》さずに姿を消してしまったように、自分も、ヒロシをこのままにしておいてやるべきだ。そう思った。何がわからなくてもいい。自分がここへやってきただけで、ヒロシの思いやりを踏みにじった。もうやめよう。何もきくまい。

駿介は、東京へ出てきたことをはげしく悔いた。

そして、やはりきかずにはおれなかった自分を罵倒もした。罵倒しながら、駿介はきいたのである。

「昔の家は……何でのうなったんや？」

ヒロシは束の間、苦渋に染まって、のがれ出そうとでもするかのような表情を見せた。わずかなまばたきをしただけではあったけれど。

「売ったんや、お祖父ちゃんが」

と、ヒロシは、言った。

「刀の弁償金をつくるために……」

「刀？　弁償金て？」

「……偽物と、すり替えたいわれたんやそうな、お祖父ちゃんが」

「どういうこと？」

駿介は、息を呑んだ。

「研ぎあがった刀が……頼んだ刀とちがういわれたんや」

「研ぎあがった刀て……ヒロシ……君のお祖父さんて、研師か？」

「そうです」

駿介は、なぜかぼう然とした。

「研師……」と、口のなかで呟いた。

ヒロシの話は、しばらく駿介を絶句させた。

ヒロシの祖父は、いわゆる野の研師である。けれども、研ぎあがった刀身は、中央のどんな研師も必ず唸《うな》ったという。どこで、誰について修業したのか、誰もしらない。研師の世界の七不思議に数える者もあったという。だが、刀剣は一度稚拙な研師の手にかかると、その後どんなに卓抜した技の研師が手を入れても、元の姿をとり戻さない場合がある。肉置《ししおき》をそがれたり、地肌を歪《ゆが》められたり、刃文《はもん》を消されたり……一夜にして、名刀が廃物と化すのである。筋目筋目を言う刀剣界では、怪しげな研師に刀を托《たく》すことを何よりも戒めている。ヒロシの祖父も、いわば素姓のしれぬ研師といえる。刀剣界では問題にされなかったが、愛刀家のなかには、ふしぎな信頼を得た研師でもあった。注文もそうした連中からきた。

その日本刀が持ち込まれたとき、ヒロシの祖父は、最初ことわったという。

「兄んちゃんがきかせてくれた話なんやけどな……『よそに持ってけ』いうたそうや。『この刀、わしには研げん』いうたそうや。それをたってとねばられて、研いだんやそうな……。依頼人は、刀の鑑定では、有名な人やったそうや。その人が、研ぎあがった刀見て、青うなったそうや。偽物やていうんやて。……お祖父ちゃん、いうたそうや。『わしに研がせたら、この刀、そないなるんや』て。有名な人やっただけに、騒ぎになったんやて。お祖父ちゃんがまたへんくつやさかい……『それが偽物か本物か区別がつかんようなら、その刀持つ資格ない』いうたんやそうな。依頼人が鑑定家やったさかい、どっちもあとに退《ひ》けんわな……お祖父ちゃん、よっぽどくやしかったんやろな……家も土地も即座に叩き売ったんや。それでも、まだ足りんほどの刀やったんや。貧乏研師の家土地やさかい、大した値にもならなんだのやろ……お祖父ちゃん、その金叩きつけて、いうたそうや。『これで、わしは一文なしや。偽物よばわりされるような刀研いだわしも未熟や。わしにできる償いは、これくらいのもんや。あとは、どうにでも気のすむようにしてくれ』て……」

ヒロシは、ちょっと息をついた。心をしずめようとしているように見えた。

「騒ぎがそこまでいったら、鑑定家も、人を入れなならんようになって……東京の有名な研師に見せたんやて。……研師は、『研ぎ直してみましょう』いうて……元の刀に戻したんやて」

「元の刀……？」

「そう……本物やとわかる姿に戻したのや」

「……じゃ、弁償金も戻ってきたんやろ？」

「もどらへん」

「何でや。本物やったんやろ？」

「そんなもん、受けとるお祖父ちゃんやない」

「？」

「鑑定家はあやまりにきたそうや、お金持って。……お祖父ちゃん、その目の前で……そのお金に、火ィつけたんや」

「火ィ？」

駿介は、愕然とした。

「そうや。火ィつけて……みんな燃してもうた。灰にしてもうたんや」

ヒロシは、半ば放心したような眼を、漣《さざなみ》だつ池の面にあずけていた。

「……あの火は、おれもおぼえてる……青い火やった……丹波の家の玄関で、土間の上で、長いこと燃えていた……」

そして、やはり、放心のつづきのような状態で、ヒロシは言った。

「……六つのときに、お祖父ちゃんは死んだ……その年に、兄んちゃんは東京へ出た。

……十年目に、帰ってきたんや……大原野に、家を建てたんや……」

「マスター」と、ヒロシは、言った。眼は、やはりぼんやりとしていた。

「兄んちゃん……なんで研師になったと思う？　その刀に、めぐり合いたいばっかりにや。無念晴らしたいばっかりにや」

駿介は、あえいでいた。

「そうやろ？　無念晴らさな、おれかて死んでも死にきれへん……お祖父ちゃん、死ぬまでいうてたさかいな……『一流の研師やないばっかりに、恥かかなあかん。盗《ぬす》っ人《と》よばわりされなあかん。けど、あの刀は、あれでええんや。わしの研ぎは、まちごうてへん。研ぎ直した研師は、阿呆や。目なしや。大ばか者や。あの刀……研ぎ出したらあかへんねや。封《と》じ込めなあかんのや。本身《ほんみ》を見せたらあかん。偽物に見えててええのや。……わしが、名のある研師やったら、あの刀、どんなことしても、あのままにさせておく。からだ張っても、研ぎ直しなんかさせへん。それができなんだのが、わしの無能や。研師の資格ない。研師やったら、いのち張っても、あの刀……曇らせとかなあかんのや』……」

「ヒロシ……」

と、駿介は言ったのだが、声にはほとんどならなかった。

低く、咽が鳴っただけだった。

一振りの、逆丁子乱《さかちょうじみだ》れの刃文を走らす澄み肌入りの日本刀が、駿介の眼前でぎらついた。

「マスター」

と、ヒロシは、ふと駿介の方へ顔をむけた。

ジャンパーの胸元に手を入れて、折畳んだ紙ぎれをつかみ出した。しわをのばすようにして、駿介の手にそれを渡した。黄色く変色した封筒だった。

表書きは、丹波のヒロシに宛てられたものだった。

裏に、『泰邦』とだけあった。

「読んでみとくれやす」

と、ヒロシは、言った。

文面は、次のようなものだった。

『ひろしどの

とうとう次吉を見つけた。すごい刀だ。すこし曇りがかかっていた。だれかが手を入れて曇らせたのか、自然に曇ったのかわからないが。おじいちゃんが見たら、すこしは安心したかもしれない。

だが、また、慶山は研いだ。僕が、その研ぎ出しを手伝わされた。何ということか！

この僕が、次吉を研いだんだ。今日ほど、なさけないと思ったことはない。一本立ちの名前がないというのはなさけない。ひとりで泣いた。

次吉に、早くめぐりあいすぎた。ゆるしてくれ。おじいちゃんが、どんな曇らせかたをし

研がなければならなかったのか、僕にはまだわからない。けれども、僕は僕なりに、考えるつもりだ。

天下の名刀だ。なまくらにすることはゆるされない。なまくらにしなくて、次吉の本身を消してしまうことは、並みの技ではできないだろう。偽物に見せかけたおじいちゃんの腕が、ほんとにすごいものなのだったんだなと、僕はいま、心からそう思う。おじいちゃんは、本物の研師だったんだ。一流だったんだよ。

僕は、僕のてを考える。何年かかっても、次吉を曇りのなかにとじこめてみせるからな。

元気でやってるか。お前も、いよいよ中学校だ。勉強しろ。まわりの人に迷惑かけるな。もうすこしの辛抱だ。お前を迎えに行ける日が早くくるように、お前も祈ってくれ。

僕もがんばってる。

泰邦』

……駿介は、いつまでも、そのやや黄ばんで文字もところどころ薄れかけている紙片を眺めていた。

泰邦の手入れが、『次吉』を偽物にすることだったとは……。

「お祖父ちゃんは、よういうてたわ……『刀に呑まれたらあかんいうけど、あれはまち

がいや。ええ刀には、進んで呑まれろ。呑まれて、とことん溺《おぼ》れてみるねや。そしたら、刀も本性あらわす。姿を見せる。刀は、刃物や。見て眺める美術品やない。美術品やという奴がおったら、そいつは刀を知らん奴や。刀は、美しい。美しいけど、美術品やない。刃物や。人を斬りとうさせてくるような刀やないと、本物やない。させてくる刀は、本物や。それは呑まれてみんことには、わからへん。刀には、溺れてみるねや。溺れて、本性つかむのや。つかんだ上で、さめるのや』……おれには、ようわからへん……けど、兄んちゃんには、よういうてた……『研師が、刀を美術品やと思うたら、そこまでや。その研師は、それで終りや』……」

「――――」

駿介は、このとき、自分がなぜそんな叫び声を発したのか、あとになってからもわからなかった。

とつぜんの胴震いと、すさまじい音声が咽元へかけのぼるのとが、同時だった。

水際の杭《くい》を摑《つか》みながら、駿介はその場にかがみこんだ。

その得体のしれない昂奮《こうふん》状態は、しかしさいわいにすぐにさめた。急激な満ち潮と、たちまち去った引き潮とを、駿介はそのとき自分のなかに見た。

ヒロシも、あっけにとられて、瞬間駿介を見まもったのだった。

魔が、駿介に下った時間。体のなかであやかしの裳裾《もすそ》をひき、はためかせて通りすぎた時間。

そんな気が、駿介にはした。

駿介は、ヒロシを見た。ヒロシも、駿介を見ていた。

短い沈黙の時間だった。

鷗《かもめ》が啼《な》いてとぶのが聴こえた。聴こえたような気が駿介にはした。都会のなかの公園などには、いる筈のない海鳥だった。通りを歩いていたりするとふと海峡に出会う下関の街でなら、聴くことのできる鳥だった。

海峡の街にむせる潮の香が、不意に動いて、立ち、消え去った時間だった。

駿介は、ヒロシがゆっくりと首を横に振るのを見た。

「マスター……」と、彼は、言った。

「なんにもきかんかてええ。おれは、もうなにひとつきくつもりなんかないんやから。なんにも言わんかてええ」

少し猫背の、不器用そうな姿の男に、ヒロシはまた立ち戻っていた。

「じゃあ」

と、彼はいった。

「家には黙ってきてるさかい、もう帰るわ」

「ヒロシっ……」

駿介は、やにわに、そんなヒロシをよびとめた。

ヒロシは、ゆっくりと振り返った。

「君……何をするつもりや？　なんで……慶山の家になんか住み込んだのや？」

駿介には、この手先の鈍い、万事に要領の悪かった男に、刀の研ぎなどとてもできそうもない気がするのだった。

ヒロシは、かすかにほほ笑んだ。淋《さび》しそうな笑いだった。

「なんでやろ。やっぱりおれも……兄んちゃんの弟なんやろか。自分でも、わからへんねん」

ヒロシは、そして、

「おおきに」

と、言った。

大事なものを、そっとそこへ置いて行くような声だった。

そのまま、歩き出した。

もう振り返りはしなかった。

大迫駿介はふと、なぜかこのとき、一振りの古刀の行方を心に思った。

刀長二尺七寸。反《そ》り一寸、小杢目《こもくめ》鉄地の優美な京反《ぞ》りの白刃をもつ、大業物《おおわざもの》だった。

大業物とは、刃の切れ味の凄まじさにあたえられる刃物の位名《くらいな》である。江戸期、試し斬りを家業とした山田浅右衛門吉睦が、幾千もの古刀、新刀を手にかけての試刀の結果、人体を斬りおとす刃味のするどさに冠した位取《くらいど》りの名称だ。業物《わざもの》のなかでも、さらに上位と折紙のつけられる刀剣だった。

（……いま……どこにあいつはいるのだろうか……）

殺人凶器となった刀は、没収された。

検察庁の保安庫か……それとも、国のもっとほかのどこかの倉庫の暗がりのなかででもあるのだろうか。

いずれにしろ薄暗い、日の目の見れぬ場所であるにちがいない。

その薄暗がりの奥みの底で、そいつはなぜか、無心に睡《ねむ》りおちている気がしたのだった。

ラベンダーの仄《ほの》かな芳香につつまれて。

第四章

花鎧の緒は切れて

1

昼近い時分に、駿介《しゅんすけ》は夢をみた。

夢のなかの彼は、脇腹に勁《つよ》い長い翼をもっていた。駿介は「ああ」と、声にならない呻吟《しんぎん》を洩《も》らし、その声をはっきりと自分の耳で聴き、眉根《まゆね》をひそめ、ひそめた顔を自分で見ていた。夢のなかでは、どうして自分の顔が見えるのかと、そして考えていた。その顔は、ひどく怯《おび》えていた。

脇腹の翼は、思うように開いてはくれなかった。白い巨大な翼だった。駿介は、汗にまみれて、必死に羽撃《はばた》こうと試みた。だが、彼の上体は芋虫のようにただごろりとぶざまに横転するばかりで、翼は彼のたすけにはならなかった。もがきながら、駿介は何度も翼の方を盗み見た。翼は彼のすぐ間近でまぶしい光をうけて息づき、羽毛のそよぎが目をあざむき、しなやかな獰猛《どうもう》さと、するどい力にあふれてみえた。

いつも、ツトムの声がした。その声で、駿介は夢から醒《さ》めた。

鷗《かもめ》の啼《な》き声を日常に聴き、夢を見るようになったのは、ヒロシと会った東京の石神井《しゃくじい》公園以来だと、いつも目醒《めざ》めぎわに駿介は考える。この一年ばかり、ずっとそうだった。変ったことといえば、それくらいのものだった。

街を歩いていて、ふと鷗の声に振りむく。店で客と騒いでいて、不意に天井を振りあおぐ。鷗が、いつもそこにいて、いつも消えた後だった。

「マスター……珍しい人からですよ。電話ですよ」

駿介は、寝すぎたなと思いながら、電気毛布のスウィッチを切って、起き上がった。

「誰や?」

「ヒロシさんです」

「ヒロシ?」

目が、急にはっきり醒めた。

「東京か?」

「そうです」

駿介は、あわてて受話器の傍《そば》へ立った。

「ヒロシか? どこからかけてる? 喫茶店? よっしゃ。ほんならこの電話、こっちからかけ替えるさかい、そこで待ってろ。番号わかるか?」

駿介は、メモをとると、すぐに電話をかけ直した。

「すんません……気ィつかわして……」

「かめへん。どうや、元気か?」

「まあまあ、やってます。ごぶさたしてて……」

「かめへんて。ようかけてくれたな……」

「体の調子がわるいんですて?」

「誰がいうた。ツトムやな。そんなことあらへん。ちょっと寝汗かくだけや」

「気ィつけとくれやっしゃ。お店、はやってるそうですねえ」

「うん。おかげでな。また節季がくるさかい、せいぜいきばらにゃ……どうや。正月は休みとれるねやろ？　帰ってこいよ」

「おおきに……」

おおきに、と言っただけで、ヒロシは帰るとは言わなかった。多分、帰ってはこないだろうと、駿介は思った。

「で、何《な》んや？　何か用あったんとちがうのか？」

「ええ……よけいなことかもしれへんけど……やっぱりしらせといた方がええかと思うて……」

「何や？」

「青江《あおえ》の『次吉《つぐよし》』です……」

「『次吉』？」

駿介は、不意打ちにあったように、肩先を動かした。一瞬、何かを避けでもする唐突な身ごなしにそれは見えた。ツトムが不意に振りむいた。

「『次吉』が……どうかしたか？」

駿介はすぐに、さりげなさをとり戻した。

「ええ……」と、ヒロシの声は言った。

「刀の集まりがありますねや……まあ、蔵刀家が集まって刀見せあう会ですけどな……その案内が、うちの師匠のとこに廻《まわ》ってきてますのや……それ見たんです……」

「見たて？　何を？」

「そやから、『次吉』です……」

「『次吉』はわかったがな。どないしたいうねや……」

「出品刀の案内欄に、載ってるんです、『次吉』が……」

「？」

「よろしおすか？……案内状には、こう載ってるんです……『備中国住次吉作《びっちゅうのくにじゅうつぐよしさく》。直刃《すぐば》。逆足入り。逆丁子乱。大業物《おおわざもの》』……どない思わはります？」

「どない思うて……どういう意味や？　それ……中青江《ちゅうあおえ》の刀の特徴やろ？」

「そうどす……」

「なら、ふしぎはないやないか。『次吉』は一本きりやないやろ？　ほかにもあるねやろ？」

「そうどす……寛元から徳治《とくじ》にかけて、『青江次吉』は三代つづいてます……刀も、ぎょうさん打ってますやろ……同一人でも、銘を使いわけてるのもおすそうやし……『備中国次吉』……『備中国左近将監《さこんのしょうげん》次吉』……『備中国住次吉』……みんな同じ人やないかといわれてますしね……この案内状の出品刀も、ただ『備中国住次吉』とあるだけで、年号がわからへんさかい……はっきりしたことはいえしません。同じ『備中国住次吉』銘にも、康永年号銘と貞治《じょうじ》の年号銘とがおすそうやさかい……見てみんことには、なんともいえしません……」

「ちょっと待て」

と、駿介は、遮《さえぎ》った。

「ヒロシ……君は、まさか、あの『次吉』のことというてるのとちがうやろな?」

「そうどす……あの『次吉』のことというてますのや……」

「阿呆《あほ》。そやから、話がトンチンカンになるやないか……あの刀は、国が没収したのやで。巷《ちまた》にでてるわけがないやないか。その会、個人の蔵刀家の集まりなんやろ?」

「そうどす……」

「阿呆くさ……何をいうかと思うたら……もう、刀の話はよそおいな……君もいうたやろ?……忘れなあかんのや……いつまでも『次吉』の名前きいて、アタフタしてたら……何もはじまらん……君も、僕も、あの刀のことはもう捨てなあかん……きっぱりな……ええな?……あの『次吉』は、永久に国がとりあげて保管してるのや……僕たちの前には、もう二度と現われる気づかいはない……この世にないも同然や……忘れるのには、好都合や……そうやろ? きいてるのか?」

「きいてます……けど、マスター……さっきの案内状の文句……ほんまになんともありませんか? 『大業物』というのはどうどす?」

「そんなこと、君の方が詳しいんやろ? そら、確かにウチにあった『次吉』と特徴はぴったりや……けど、青江の刀は、切れ味の凄さが有名なんやろ？　『大業物』の『次吉』が、ほかにあっても……ちっともおかしいことないのとちがうか？……」

ヒロシの声はちょっととぎれて、それから言った。

「あの刀……確か、年号が入ってましたな？」

「入ってた。貞治元年十月×日。切銘《きりめい》で、作者銘の下に入ってる……けど、そんな話やったら、もう電話切るで……」

「待っとくれやす……」

と、ヒロシの声は、あわてて言った。

言ってから、しばらく、何かを躊躇《ちゆうちよ》してでもいる風だった。

「マスター」と、彼は、やがてよびかけてきた。

「マスターには……お兄さん、いてはりますね？」

「それがどうした？」

「明彦《あきひこ》さん……いうのとちがいますか？」

駿介は、妙にどきりとした。

「そうですか？」と、ヒロシは、重ねて聞き返した。

「大迫《おおさこ》明彦さんて……お兄さんとちがいますか？」

「……そうや。兄や」

駿介は、多少うわずった声になっていた。

「案内状の『次吉』の所蔵家欄には、そう書いてありますのやけど……」

「何やて？……」

一瞬、駿介は、鳥肌立った。

「そんな、ばかなっ……」

「そうどすやろ？　おかしおすやろ？　けど確かに、出品者の名前は、そう書いておしたえ……」

「いつや？」

駿介の声はかすれていた。

「どこや？　その会場は……」

「これ……一般に公開するんとちゃいますねん……所蔵家だけが、趣味で集まる会ですよって……十五、六人、メンバーは書いてありましたけど……」

「かめへん。教えてくれ……」

「京都です」

「京都？」

「へえ……まだ、一月《ひとつき》先ですけどな……十二月一日……午後一時やったと思います……場所は、三条御幸町《ごこうまち》の『墨野』という旅館です……メモ、しはりましたか？」

「……した」

「ほんなら、長《なご》うなりますよって……これで切ります。お大事にな。お元気で」

電話は切れた。

切れた音が、駿介の耳には入らなかった。

そんなことがあり得る筈《はず》はなかった。

没収刀が兄の手にある……考えられることではない。

惨劇の主役をつとめた日本刀は、警察に押収された筈である。父が所蔵していた他の刀も、財産整理の折りに処分されている筈だ。明彦が持っているわけはないのである。

それとも……と、駿介は考えた。明彦が、新しくもとめた別の『次吉』なのだろうか……。

それは考えられることであった。いや、むしろ、それなら理解できるのだった。

刀を香水にした男だ。いわば『次吉』を追って、その執着で生きてきたような男だ。『次吉』に似た『次吉』を、彼が所持していたとしても不自然ではない。同じ『次吉』銘の刀にも、優劣はあるだろうし、また、そんなに名刀を彼が所蔵できるわけもない。『次吉』は『次吉』でも、価格の安い『次吉』だろう。

明彦が、ひそかに『備中国住次吉』をもとめ、所蔵していた……。かえって、いかにも彼らしい話ではないか。

ヒロシの電話は、真実だろう。

だが、『次吉』は、あの『次吉』とは別物なのだ。似たような『次吉』を、あれから後に、彼が手に入れたものだろう。彼が蔵刀趣味を持っていたとは知らなかったが、持っていても、彼の場合、よく考えれば少しもふしぎはないのであった。

(そうだ。それだ)

と、駿介は、思った。

次吉という刀鍛冶《かじ》は、青江の数ある刀匠のうちでも、名工と評される一人である。大業物の二つや三つ、あるだろう。残っていないと考える方がおかしいくらいだ。大業物にも、刀の出来不出来はあるだろうし、三千万はしなくても、手に入るものもある筈だ……。

駿介は、そう考え直すと、かりに瞬時のことだったにせよ、自分がある途方もない考えにとらわれたことに、失笑した。

大迫明彦所蔵。備中国住次吉。直刃。逆足入り。逆丁子乱。大業物……。少しも変ではないではないか。

ばかばかしい、と、駿介は舌打ちさえして、その考えを放《ほう》り捨てた。

そして、受話器のそばを離れた。

離れるとき、背後に、鷗の啼き声を聴いた。

「マスター……」

と、ツトムが、あわてて手をさしのべた。

「なんでもない。風邪ひいたんかな……ちょっとめまいがしただけや」

「寝てておくれやす。いま、熱いもんでもつくりますさかい……」

ツトムは、心配そうに駿介の手をはなした。

駿介は、ちょっとの間、まるで見知らぬ場所でも振り向くように、部屋のなかを見まわした。身辺をふとつぶさにうかがい、点検するような眼であった。

窓の外に、鹿ケ谷《ししだに》の疎水《そすい》の土手の赤い柿の木の梢《こずえ》が見えた。

京都は、もう晩秋を通りすぎようとしていた。

冷えが早々とやってきた年であった。

2

駿介は、二条大橋を渡って御池通り《おいけどおり》へ出た。

肌を刺す風が、ひときわすきとおって枯れてきた感触が冬であった。東山も青黒ずんで、晴れてはいるが硬く冴え冴《さざ》えとした鉄地色の山並みに変りはじめていた。京都市役所の青銅像の前を、バスが通りすぎていった。車体がすぎたあとに、数羽の鳩の小群れが舞った。黒ずんだ鳩だった。鳩は、京都ホテルのガレージの方へ一度ながれ、旋回して市役所の上空へとかえってきた。ずんぐりした汚れた翼の鳥たちだった。

駿介は、見るともなしに追ったそんな風景から眼を離し、歩きはじめてまた立ちどまった。いきなり、視線を後に戻した。

京都ホテルの前の舗道に、男が一人立っていた。黒いコートを羽織り、カメラをかまえて、河原町通りの方角へ、しきりにシャッターを切っていた。男の前には、タクシーがドアを開けて待っていた。背の高いがっしりとした体躯《たいく》に、黒いコートの立てた襟《えり》や風をはらんで軽やかにひるがえる裾《すそ》の無造作な着こなしが、水ぎわだって目についた。精悍《せいかん》なスポーツマンタイプの男であった。タクシーは、すぐに彼を呑み込み、その車はカーブを切って交差点を渡りながら、駿介の目の前に近づき、そして走り去って行った。それはほんのわずかの間のなんでもない街頭の小景だったが、鮮やかな通り魔を思わせた。

冬の御池通りに現われた通り魔だった。

駿介は、逆方向へ猛然と走り出していた。駈け込んだ京都ホテルのフロント係は、きわめて事務的な声で答えた。

「安村《やすむら》様というお客様は、お泊りではございません」

「じゃ、大迫はどうでしょうか……大きく迫ると書くんですが……」

フロント係は、しばらく名簿をあたっていたが、再び、

「その方もございません」

と、告げた。

……駿介は、ホテルの前の石畳みの舗道に立った。河原町通りを、そこから眺めた。男が切ったシャッターの音が、まだそこに残されていて、それにふと耳でも澄ましたといったふうな立ちどまり方だった。

しばらく、駿介はその場を動かなかった。

師走《しわす》を迎えた河原町通りは、一筋まっすぐに見通せて、気のせいか人も車もビルの眺めも騒然として見えた。

百メートル、いや、もっとあったかもしれない。広い御池の交差点をはさんで、むこうに見た人影だった。陽《ひ》に灼《や》けた頑丈な顔の輪郭を、垣間眼におさめただけであった。まちがいということもある。気のせいだったか、と、駿介は思い直した。

街を歩くたびに、人に出会わすたびごとに、剛生《ごうせい》ではないかと立ちどまって息を殺した遠い彼方《かなた》のすぎ去った日々が、とつぜん甦《よみがえ》ってくるのだった。

剛生をさがして生きていたあの頃は、腹をすかせ、塒《ねぐら》にあぶれ、惨憺たる毎日だったが、いまから思えば一心に何かを追って充実した日々だった。追うものが、自分にあった。放浪は、生きる糧《かて》だった。放浪が、生きる目的だった。拠《よ》りどころだった。放浪していれば、安らげた。ときには、歓《よろこ》べさえした。生きている意味が、自分にはあった。

（あの日々は……充《み》たされていた）

と、駿介は、いきなりの懐かしさにまみれながら、思った。

いまでは、想い出にしかとどまっていない彼方の遠い日々だった。自分で、捨てた日々だった。自分の手で、汚物のように捨ててきた。いつから、あの日々を捨てたのか……。

そんな、思ってもどうしようもないことを、駿介は思った。

寒気《さむけ》が皮膚の下を動きまわっていた。

寒気を、とつぜん駿介のなかに投げ込んで、残したまま走り去った男の姿は、無論もうどこにもなかった。

街は、やはりどこかで師走らしく、騒然としていた。

御池通りを南に折れて御幸町筋を下ると、家並みは急に京都の落ち着いた構えに戻った。

黒板の高塀をめぐらした『墨野』は、そのしずかな筋道のなかほどですぐ見つかった。格調のある古い旅館のようだった。櫓門《やぐらもん》の張り出しに、木の彫り抜きで桐の家紋があがっていた。

「大迫様は、まだお越しになってしまへんようどすな……」

一度奥へ立ってくれた年嵩《としかさ》の仲居が、引き返してきて、そう言った。

「もうみなさん、そろそろお揃いやしとるのどすけど……ま、どうぞ、おあがりやしておくれやす」

「いえ、ここでいいんです」

「まあ、そこ端近《はしぢか》どすよって、おあがりやすな……さ、どうぞ」

駿介は、玄関脇の古いソファのある小部屋で、待つことにした。

ガス・ストーブが入っていた。仲居は、熱い梅茶をいれてきた。体のしんは、暖まらなかった。

二十分ほど、駿介は冷えきってすわっていた。その間も、玄関を一人、二人と、客が通った。なかには金襴《きんらん》の刀袋をさげている客もあった。

「まあ、慶山《けいざん》せんせ……お珍しゅう……」

と、いう仲居の声で、駿介はびくっと顔をあげた。

磨きあげられた玄関板へ、ちょうど黒足袋《くろたび》の足があがるところであった。茶の渋色がかった羽織袴の血色のいい老人が、仲居に案内されながら階段をのぼっていった。

父を思った。泰邦《やすくに》を思った。ヒロシを思った。みんな、その老人と口をかわしたであろう者たちだった。袴のあげる布ずれの音《ね》が通りすぎるとき、駿介は、また寒気をおぼえた。

無数の寒気のなかにすわって、駿介は、やはり、いましがた街角で見た一人の男のことを考えつづけていた。黒いロング・コートの襟を無造作に立てた、大きな体の男だった。

なぜ自分の眼についたのだろう。なぜだか、ひどく鮮やかな、水ぎわだった印象が、一瞬眼をとめさせたのだ。それだけのことである。そう思った。

だが、とりとめもなく、落ち着かなかった。

一台の車が『墨野』の表に乗りつけたのは、それから間もなくしてであった。

あめ色縁の眼鏡に手をあて、明彦は、急ぎ足にあがってきた。

一度ちらっと玄関脇の駿介を見、すぐに通りすぎようとした。そして、明彦は立ちどまった。信じられないものでも見たような眼であった。

「……駿介」

明彦は、眼鏡の縁をにぎっていた。

「……何をしてる……そんなところで……」

「待ってたんだよ、兄さんを」

「？」

駿介は、しずかに立って、明彦の前へ歩みよった。

しかし、体中で何かが早鳴り、乱打されていた。

黙ったまま、明彦の手から、いきなり刀袋をもぎとった。

「何をするっ」

「見せてもらうのさ。この袋は、父さんの袋だね。中身は何なのさ。『備中国住次吉』。逆丁子乱れの大業物。そうだね？」

青貝色の底にしずんだ矢車《やぐるま》模様の錦の袋は、柄《つか》にまきつけた朱房の紐《ひも》も色あせず、父が、泰邦が、そして駿介たちが、手に触れたときのままの鮮やかな光沢を保っていた。
十二、三年を一跳《と》びに、昔へ返す感触だった。
この感触を、兄が独り占めにしていた。

そう思うと、理由のわからない忿《いか》りが、駿介にはこみあげてきた。

この錦の刀袋が昔のままであるように、袋の中身も、変っていてはならないような幻覚にさえとらわれた。

「寄越《よこ》せ……話は、あとできく」

「いま、きいたらどうなの」

「もう……時間におくれてるんだ」

「どんな時間なの？　この『次吉』を、どこの馬の骨ともしれん連中の見せ物にする時間はあっても、僕に一目見せる時間はないっていうの」

「………」

「これが、『次吉』だということはわかっているんだ。僕がなかを改めるのは、当然だよね」

「返せ……」

明彦は、もう一度、低く言った。手が鞘尻《さやじり》をつかんでいた。

駿介は、それを振り放した。明彦は、少しよろめいた。駿介の呼吸は、荒びていた。朱房の紐を、くるくると駿介は解いていた。白鞘の頭がのぞいた。おぼえのある朴《ほお》の木の握りでだった。錦の袋を押しさげながら、その柄頭《つかがしら》に右手をかけた。するすると刃《やいば》は鞘元を離れながら、その全身を現わした。一気に、刀身を引き抜いた。

鷗が啼いた。

無数の鷗が、耳のなかで羽撃きかわす声を聴いた。なぜ、鷗が啼くのかと、駿介はまた思った。思いながら、上体がぐらついた。そのまま、駿介は床板に膝《ひざ》をついた。

体が、自由を失っていた。めまいがした。

「ばかやろうっ……」

明彦の手がやにわに刀を奪い返し、カチッと鎺《はばき》を鳴らせて鞘のなかへ収めたのも、駿介にはわからなかった。

一瞬、『墨野』の玄関先で閃《ひらめ》いた『次吉』は、見まごう筈のないものであった。

柄をはずせば、まちがいなく、生中心《うぶなかご》の目釘穴《めくぎあな》をはさんで、『貞治元年十月×日』の切銘が現われ出てくる、『備中国住次吉作』の古刀であった。

(どうして……)

と、駿介は、思った。

(どうして……この刀が、ここにある!)

それも、やはり、通り魔だった。

この日、大迫駿介は、こうして二度、通り魔を見たのである。

その日、集まりが終った後、明彦は、駿介が待っている『墨野』の別室にやってきた。

「新幹線、とってるんだ。とんぼ返りしなきゃならないんだ」

と、座につくなり明彦は言った。

駿介は、黙ってそんな明彦を直視していた。

明彦は、視線をそらし、落ち着かなげに膝を組んだ。

「いいだろう……」

と、彼は、うそぶくように言った。

「僕は、大迫家の長男なんだから……この刀を持ってたって……別に、いけないことじゃないだろ……」

「そんな話がききたいんじゃない」

「わかってるよ……」

と、急に明彦は、おどおどとした。それを隠しでもするように、声だけはかさにかかった調子で言った。

「父さんの遺志を……守っただけだ」

「……父さんの遺志？」

「そうだ。この『次吉』を、父さん……警察には渡したくなかったんだ」

「……何だって？」

「そりゃそうだ。こんな刀を、なんでむざむざ警察へなんか渡される。三千万だぞ。いや……いまだったら、四千万が五千万でも、手放せやしない……」

明彦は言ってしまってから、とたんにあわてて、うしろめたそうな表情を見せた。

「大丈夫だよ」と、駿介は、冷やかにそんな明彦をみつめていた。

「僕は、そんなさもしい人間じゃない。父さんの財産を、兄さんがどう使おうと、そんなことへでもないよ。なぜ、この刀がここにあるのか、そいつをきけばそれでいいんだ。どうして、それが父さんの遺志になるの！」

「だって、そうじゃないか。父さんが、渡さないような細工をしたんだぞ」

「細工？」

「そうさ。凶器を、すり替えたのさ」

「すり替えた？」

駿介は、あ然とした。

「お前は知らないだろうけどな……父さんは、死ぬ前に、あることをしたんだ。つまり、偽装工作さ」

「……偽装？」

「そうだよ」

明彦は、想い出すような眼になった。

「……あの日、部屋にひきとってろって父さんにいわれ、僕たちが二階に上がった後……実は、父さんは、もう一度庭におりたんだ……僕は、庭へ出て行く父さんを見た……僕の部屋からじゃよく見えない……最初は、お前の部屋へ行こうかと思った……お前の部屋の窓からなら見通せるからな……でも、そっと、下におりてみたんだ……。父さんが、刀を振りあげて……泰邦さんの腹へ斬りおろすところだった……」

「兄さんっ……」

と、駿介はやにわに遮《さえぎ》った。

「いいからきけよ」

と、明彦は、構わずに言った。

「とにかく、斬りおろしたんだよ。剛生がしたようにな。……ちょうど剛生がしたと同じことを、父さんはしたんだ……刀に、泰邦さんの血のりをつけるためにな……」

「――――」

「それから、手にも握らせた……きっと、指紋のことを考えたんだろうな……。母さんにも、同じことをしたよ。母さんの胸の瘡口《きずぐち》に……その刀の切先《きっさき》を突っ込んだ……とても慎重にな……。無論、母さんの血や指紋も、一応その刀につけておくためにさ。そして父さん……両方の血のついた刀身を、いっぺん、きれいに奉書紙で拭《ぬぐ》いとったんだ……同じ刀で、今度は自分の腹を切るんだからな……刀身をきれいに拭うのはかえって自然だろ……少し時間のずれがあるし……事件どおりの痕跡《こんせき》を別の刀に移しかえるのは不可能だからな……いっそ、全体を拭いとって、はっきりした証拠にならないようにしたんだろ。でもその方が、かえって自然に見えることも考えたんだよ……その刀には、泰邦さんの血も母さんの血も、どこかに残されているしな……父さん、このつくった自然さで、警察の目をあざむこうとしたんだ。きっと、父さんの切腹が、あんなに物凄くなかったら……警察も、もっと事件を慎重に調べただろうな……そしたら、どこかに不自然な細工の跡が出てきた筈だよ……でも、警察は、それをしなかった。父さんの迫力に、呑まれたんだ……父さん、腹を切ることで、一か八か……警察と大勝負をしたんだ……」

父の切腹がある意味をもっていたことは、駿介にもわかる話だった。父が命を捨てたのは、すべて事件の真相をおおい隠し、その一身に事件を引っかぶるためだった。父自身にも、真相はわからなかった筈である。わからなかったが、わかってはならないことだと、とっさに父は判断したのだ。自分が引っかぶらなければならない事件だと。いわば父の死は、真相を隠しおおせるための賭けであった……。

「……で」

と、駿介は、生唾《なまつば》をのみ込みながら、明彦を見た。

「『次吉』の方は、どうしたの……」

「手入れしたよ。血のりをとって、打粉《うちこ》も何度も叩いて……それから、蔵のなかに収めたのさ」

「そうさ」と、明彦は、言った。

「父さんは、『次吉』じゃない別の刀で、腹を切ったんだ。『次吉』を、守ったんだ。刀の値打ちなどわからん奴等に『次吉』を渡す気にはなれなかったんだ」

「…………」

駿介は、死んだとき、父が背でおおうようにして刀の上に全身を倒し、血にまみれた刀身をしっかりとかかえ込むようにしていた姿を、一瞬、鮮烈に想い起こした。

（知らなかった……）

と、ぼう然と、思った。

あのとき、もっとよく注意して見れば、きっと、父の頑丈な肩先からのぞいていた白鞘の柄が、『次吉』のものではなかったと、わかったのだ。

駿介は、その折の、血まみれの柄頭を、眼の裏で想い描いた。

父が、『次吉』を警察へ渡さなかった……あるいは、あり得たことかもしれない。しかしそれは、あり得たとしても、おそらく、渡したくなくて渡さなかったのではあるまい。きっと、父は、後に残す子供たちのことを考えたにちがいない。

『次吉』のために『次吉』を守ったのではなく、それは、残して行かなければならない子供たちのために、守ったのだ。子供たちへの、遺産の助けになると考えたのであろう。少しでも多く、子供たちへの遺産をと考えたにちがいない。『次吉』を売って、金の足しにしろ……父はそう言いたかったのだ。そのために、必死の思いで、ただもう夢中で、刀の偽装を行なったのだ。

殺しもしない殺人を、一身にひっかぶったのだ。ただ、何もかも、子供たちのために。

そして、やはり同じ思いで死んだ母の死を無駄にさせないために。それは、大迫家のために！

駿介は、じっと、奔騰《ほんとう》して噴きのぼってきそうな涙をこらえていた。

父を想うたびに、湧く涙だった。

父を想うことから、ともすれば遠ざかっていた自分を、いまなさけなく思う涙でもあった。

（お前たちは、それでも兄弟か！）

父の、はげしい声が、想い出された。

はっきりと聴こえた。

しかし、駿介は、いま目の前にいる明彦を、兄だと思う気にはなれなかった。

なれない自分が、かなしい涙でもあった。

「じゃ、僕は帰るからな」

と、そのとき明彦は立ちあがった。

「待て」

と、駿介は、するどい声をその明彦へ投げた。

「その刀は、置いて行け」

「何い……」

明彦は、目つぶしでもくらったような声をあげた。

駿介は、自分がなぜそんなことを口走ったのか、よくわからなかった。

「兄さんだけの刀じゃない。僕にも、持たせてもらっていい刀だ。永久にとは言わない。いずれは、兄さんに返す。だが、僕が持たせてもらったっていい刀だ。そうだろ。置いてけ」

明彦は、一瞬、毒気を抜かれた表情で、駿介を見返した。

だがたちまち、その顔は笑いに変った。

「冗談を言うなよ、駿介……刀を持つには、持つだけの手続きがいるんだぞ。君には、この刀の刀剣所持許可証があるのかい？」

「なくても、持つ」

「何だと……」

「なくても持つと言ってるんだ」

明彦は、駿介のためらいのない声に、色を失った。

駿介は、言った。

「どこにでも訴えろ。構わない。好きにしていい。ここに刀剣不法所持者がいると、届け出ろ。できるなら、やってみろ。だが、その刀は僕があずかる。しばらく僕が持たせてもらう」

ゆるぎない声であった。

「駿介……」

と、明彦は、青ざめてさえいた。

「ばかなことは、よせ」

「よさないと言ってるんだ」

「そんなことをしてみろ……君は、窃盗罪で引っ張られることになるんだぜ……」

「引っ張られたらいいだろ」

「駿介っ……」

明彦は、うろたえていた。

「よし……じゃ、こうしよう……」

と、やがて言った。なだめすかすような声だった。

「いいよ……君に貸してやるよ……でも、長くはとても無理だ……そうだろ……この刀で問題を起こすのは、賢明じゃないよ……君もあの日言ったじゃないか、父さんの遺志を大事にしろと……だから、こうしよう……僕は今月、もう一度京都にやってくる……会議があるんだ……香料業者たちの集まりなんだ……外国からもやってくるんでね、この国際会議場の小ホールを使うんだ……な、そのときまで、君に貸すよ……今月の十三日なんだ……な？　その代り、絶対に内緒だぜ……いいな、くれぐれも内緒なんだぜ……」

駿介は、無言で、刀袋の方へ手をのばした。

「いいな」

と、明彦は、念をおした。

「家から一歩も外に出しちゃ、だめだぞ。それだけは、注意しろよ……」

駿介は、返事のかわりに、黙って立ち、

「帰りますから」

と、帳場へ電話した。

なぜ自分がこの刀を持ってみたいという気になったのか、正直なところ、駿介にははやはりわからなかった。

『次吉』をそばに置いて、父を想い出そうとしたのか。父の無念の声を聴き、兄弟手をとり直そうとでも、考えたかったのか。

泰邦や、母や……跡形もなく消えてしまった下関の家や……そんなものが、ただ千々に懐かしかったのか。

それとも、この刀の美しさに魅入られてのことだったのか。

二度ともうめぐり会えぬと思った刀への邂逅《かいこう》のなせる昂奮《こうふん》だったのか。

もっとほかに、何かの理由があったのか……。

このとき駿介には、さだかではなかったのである。

別れぎわに、駿介は一言、何気ない口調で明彦にたずねた。

「十三日の国際会議ってのは、外国からもたくさん入ってくるんだね？」

「そうだ」と、明彦は答えた。

「フランスからも？」

「くる」

言った後で、明彦は、かすかな苦悶の表情を見せた。

多分、パリで売り出され、日本にも上陸して、いまではおおかたのデパートや高級化粧品店の陳列ケースに、その端正な姿をみせている『マルセル』の香水『刀』のことが、明彦の頭のなかをよぎったのであろう。

駿介は、そう思った。

まだ一度も、嗅《か》いだことのない香水だった。この先も、決して嗅いだりはしない筈の香水だった。

その香水を、多分いま、明彦は脳裏に想いうかべただろうと、駿介は思って、そのことで満足した。

満足した自分に、肌寒さと吐き気を感じはしたのではあったけれど……。

その宵、午後六時に、駿介は店へ出た。

定刻の出勤だった。

3

その店は、喧噪《けんそう》をきわめていた。

「入れよ、マスター……ちょっと飲んで行けよ。マスター……いいから、つきあえよゥ……」

かなり酔っぱらっている客を案内して、駿介は、同じ木屋町《きやまち》にある同業者の店の入口までできているのであった。

東京からきた客であった。ほかの店を教えてくれというのでつれてきたのだったが、駿介は同業者の店に顔を出すことは決してしなかった。

客の紹介や案内のやりとりは、この種の店同士ではおたがいに必要なつきあいであったが、紹介はしても、客と一緒にその店に乗り込むようなことは、駿介はしなかった。別に理由はない。ただ、好きではなかっただけだ。

「かんにんしとくれやっしゃ。店、空っぽにしてますさかい」

「ツトムちゃんがいるじゃないか……」

「そらまあ、いてますけど……お客さんかて、そうでっしゃろ。店に入って、その店のマスターがいてへんかったら、やっぱり気分悪うおっしゃろ。せっかくきてもろうても、おもてなしできしませんもん。今日は、かんにんしとくれやっしゃ」

「えらい……マスターは立派」

酔客は、ろれつのまわらない声をはりあげた。

それはごく些細なことではあったけれど、駿介はいつもこういうとき、自分は水商売などのできない人間なのだと、はっきり知る。そして、それでとおしてきた。自分は、自分にできる方法でやっていくしかない。この種の店では、ど素人なのだ。ど素人で商売をやり、それがいいと言ってきてくれる客もついていた。客への誠意だけは絶やすまいと思ってきた。だが、駿介流のその誠意が、逆に客の機嫌をそこねることもある。それは仕方のないことだと、駿介は諦めていた。

どうにか、店がなりたって、食べて行ければよいのであった。

だから、その夜、この店に駿介が入ることになったのは、まったく不本意な事のなりゆきというほかはない。

「あらァー」

と、けたたましい嬌声《きょうせい》が起こって、ドアが開き、客を送りだしに出たその店の経営者と、ばったり顔を合わすことになったのだ。

「マスターぁ、イヤ、なにしてはりますのん……入っとくれやすな」

この経営者が、駿介には苦手だった。一時、毎晩のように駿介の店に通いつめ、『情交』をせまられて、もてあましたことがある。

『情交』というのは、この経営者の口癖だった。酔うと、連発した。

その経営者は、駿介の顔を見た途端、とろけるような目もとになった。

「いや、このお客さんね、案内してきただけですさかい」

「あらまあァ、おおきに……まあしあわせっ……さあさあ、ちょっと入っとくれやすな……マスターこのまま帰したら、わたしの顔が立たしません……ウチの子、みんないうとんのっせ……フラれのフラれのおかあさんて……まあどうどす？　わたしの権威も名誉も地位も、踏みにじられていてるのどっせ」

駿介は強引に手をとられて、その店へ入ったのだった。

入りはしたものの、店のなかは超満員の状態だった。駿介の店などとは、くらべものにならなかった。経営者は、これが見せたかったのだろう。

駿介は苦笑した。

「ママ。そんじゃ、僕はこれで……」

「あらァいけず。いまつくらせてますのんどっせ……お願いっ、水割り一杯だけ。一杯くらいよろしおすやろ。まあそう言わんと、飲んでっておくれやすな……そやないと、店の子にあとでしめしがつきませんもの……」

経営者は、ひらひらと両てのひらを泳がせて、客の間をかきわけながらカウンターに近づいて行った。

そのカウンターに、男はいた。

黒いコートこそ着ていなかったが、まちがいなくそうだった。昼間京都ホテルの前で車にのった男だった。

経営者は、その男の顔の横に手をさし出し、バーテンダーから水割りをうけとった。

その水割りのグラスについて、何気なく男の視線も駿介の方へ運ばれてきた。

男は、このとき、はっきりと駿介の顔を、真正面から見た筈である。二人の視線が、その一瞬、正確に重なり合ったのだから。

だが男は、眉ひとつ、動かさなかった。

その顔は、まわりにいる店の子や客たちとの声高な浮かれた談笑のなかへ、すぐに戻された。

それは、無視した、というのでもなかった。

まるで、駿介の存在が、その眼に入らなかったとしか思いようのない、無反応ぶりであった。

赤の他人を見る眼でも、これほどの空白は映すまい、と、駿介は思った。

思いはしたが、駿介は、立っているのがやっとだった。

体中がわなないていた。

言葉がなかった。

よべばいい、と、駿介は思った。ただ叫べばいいのだった。大声をあげて。

「剛生っ！」

と、よびかければ、それでよいのだ。

(剛生に会った！)

いま、剛生を、目の前にしているのだ。

顔はちがっている。だが、剛生だ。剛生以外の人間ではない。あれが、剛生だ。なぜよばぬ。なぜ、よびかけぬ。いま自分がすることは、その、ひとつしかない。ただ、

「剛生っ！」

と、叫ぶだけだ。

駿介は、物狂おしい衝動にゆさぶられながら、そう思った。狂ってよいのだ。乱れてよいのだ、と。

あの男をいま、

「剛生っ！」

と、よばないのなら、もう生きるのをやめたがよい。いまをおいてそうしなければ、もう狂うことも、乱れることも、この先一生ある筈はないのだから。

駿介は、自分にそう言いきかせた。

だが、言葉は何一つ、口から出てはこなかった。

「あらマスター……お知りあい？」

経営者が耳もとで不意に囁《ささや》いたその声で、駿介は、完全にさめきった。

「誰です？　あの人」

と、駿介も、低い声で囁き返していた。

「あらァ、知ってはるのとちがいますのん？　あの人がまた、大変な人！」

「大変て、何ですか？」

「ほら、横にいてはりまっしゃろ。顔の細長い人。あの人がパリのお友達なの」

「パリ？」

「そうなの。あの細顔《ほそがお》さんの話やとねえ……」

経営者は派手なジェスチュアをして、駿介の耳もとで声をひそめた。

「マスター。ピエール・デュロンて人、知ってはる？」

「いいえ。何です？　一体、その人」

「あら、有名な調香師よ。ほら、フランスの。これがまた、大変なおじいちゃん。このおじいちゃんに睨《にら》まれたら最後、もうフランスの香水界では、出世は諦めなならんのどすて」

「へえ……」

「そのデュロンさんを、あの体で……あの人、手だまにとってはるのどすて。まあどうどす、おそろしワァ。そらまあ、ええ男は男ですよね。けどまあマスター、どうどすのん。あの若さで、あんたフランスの香水界にのしあがらはったんどすてよ」

「へえそうですか……僕はまた、運動選手かいな思うてましたわ」

「そうどすやろ？　ところがマスター、腕も大した人どすのえ……ほら、マスター知ってはらへん？　『マルセル』の『刀』。有名な香水どすのんどっせ。ウチの子もつけてますえ。それがマスター、どうどすか……あの人がつくらはったんどすて！　わたしも、さっきそれきいて、まあ、びっくりしましたんえ……あちらもおさかんどすねやねえ」

経営者は、『マルセル』の香水『刀』の作者が、わが店のカウンターにすわっているということが、たまらない自慢であるらしかった。その昂奮に酔いしれていた。

男はやはり、精悍な声をたて、賑《にぎ》やかに笑っていた。

ひとつの香水を世に出すためなら、この男は何でもしたであろうと、駿介はそのとき理解した。

(僕を見て、眉ひとつ動かさないこの男なら)

店の表は、雨であった。

木屋町筋のネオンを浮かせてながれる川、高瀬川は、黒い水煙をあげているように見えた。

その夜……と言うより、駿介がアパートへ帰りつくのはたいてい明け方近くであったから、翌日の朝、と言った方がよい。

アパートのある東山の山麓《さんろく》一帯は、薄雨にかわって靄《もや》だっていた。

駿介はいったん、ベッドの上に身をのばした。

「これ、飲んどくれやす」

ツトムが、グラスに水を入れて持ってきた。

「胃薬です」

「いらん」

「そやかて……無茶飲みしはりましたで……」

「いらんというてるのや」

ツトムは、サイド・テーブルの上に水と薬包みを置き、黙って部屋を出ていった。

銀閣寺のバス・プールから始発バスでも出るのであろうか、車のエンジン音が聴こえていた。遠い、かすかな始動音であった。

駿介はゆっくりと身を起こし、踏みさだまらない足もとに気づいて、自分は酔っているのだなと、はじめて思った。

ベッドの下に手を入れて、二、三度てのひらを横に泳がすようにして、それを探した。

青貝色の錦の袋は、ベッドの下の床の絨毯《じゅうたん》の奥の方で手に触れた。

つかみ出すと、駿介は再びベッドへ上がり、あぐらを組んだ。

房紐に手をかけたとき、耳のなかで、鶍が啼く声を聴いた。聴いたと思うこの鳥啼《とりな》きは、もう馴れっこになっていた。

重い、ずしりと体のしんにおちてくる刀だった。駿介は、膝の中央にその刀を立て、上から手繰《たぐ》りおとすようにして袋を剝《は》いだ。白鞘の鐺《こじり》を左へながし、刃を上にして、少しずつ……やがてひと息に抜き放った。手首がしなった。支えきれぬ重みであった。刃は一線、澄みかえっていた。

（……ええ刀には、進んで呑まれろ。呑まれて、とことん溺《おぼ》れてみるねや。そしたら、刀も本性あらわす。姿を見せる。刀は刃物や……）

ヒロシの祖父が言ったというその言葉が、やにわにあたりに甦った。

（刀は刃物や。人を斬りとうさせてくるような刀やないと、本物やない。させてくる刀は、本物や。それは、呑まれてみんことには、わからへん。刀には、溺れて、本性つかむのや。つかんだ上で、さめるのや……）

『つかんだ上で、さめるのや』と、いう言葉が、駿介の耳のまわりでぐるぐる廻った。じっと『次吉』に見入っていた泰邦の半裸体が、目の前の刀身にうかびあがってきた。半眼の眸《ひとみ》、微動だもしない体……。裸体に『次吉』の精気を浴び、乗りうつらせんとでもするかのような泰邦だった。見ていて、それは睡《ねむ》りおちた人であった。泰邦が裸体になるのは、刀に溺れ込むための、呑まれおちていくための、なくてはならない儀式のようなものだったのではあるまいか。彼はそのとき、『次吉』に、じっと素肌を寄せていたのだ。『次吉』の刃に映る自分の裸体に、『次吉』との一体を見ていたのだ。溺れていたのだ。呑まれていたのだ。と、駿介は思った。

そしていま、その刀身に映っているのは、駿介だった。青ずんだ黒みの地鉄《じがね》の肌のなかから、駿介の顔は駿介自身をみつめていた。

瞼《まぶた》に、重い膜が張った。

睡りがやってきた、と、駿介は思った。

『次吉』を、朴の木の白鞘に納めなければ……納めてしまってからでなければ、自分は睡ってはならないのだ、と、駿介はしきりに思った。酒の酔いが出てきたのだ。睡い。早く、しまえ。しまわなければ、睡れない。睡ることはできぬ。早くしろ。早く。早く……。

何かの声がした。見あげると、そこに、まぶしい夏の空があった。

その空を、一羽、鶍がとんでいた。冬鳥であるこの鳥は、春の渡りで姿を消すと思われているけれど、下関では、真夏の空にも鷗はいた。留鳥《りゅうちょう》でもあったのか。頸《うなじ》に、陽ざしが熱かった。血の匂《にお》いがした。手首が、抜けるように重かった。駿介は、刀の柄をしずかに離した。刀は宙にとまっていた。かすかに少し横に動いて、夏の日をきらめかせた。その刀身に、泰邦が映っていた。駿介も、一緒に映っていた。泰邦は、睡っているようだった。音のない、素敵に明るい光のなかに、駿介は立っていた。

鷗が啼いた。

鷗は、急激に羽撃きをともない、耳もとで吠《ほ》えた。吠えた声は、鷗ではなく、自分の声だと、駿介は思った。思いながら、そしてまどろみの底からとつぜん目醒めた。

「マスター！」

ツトムが、青ざめた顔で、そんな駿介を見おろしていた。

『次吉』は鞘のなかに納まっていて、ツトムがそれを持っていた。しっかりと両手でつかみ込んで、駿介から遠ざけようとでもするかのように身構えていた。

ツトムの眼は、恐怖におびえきっていた。

「なにを……しはるんですっ……」と、ツトムは、あえぎながら言った。

「……なにかしたか？」

駿介は、そんなツトムを、まだまどろみの残されている眼で、眺めていた。

「……おぼえてはらへんのですか？……」

ツトムは、ぼう然として、しかしその眼を駿介の顔からは一刻《いっとき》も離さなかった。

「獣みたいな声あげはって……肝つぶしましたんやで……。とび込んでみたら、抜身つかんで……ぶるぶる震えてはるやおへんか！　こんな物騒なものにぎって……いったいどうしはったんですかっ……しっかりして下さいっ」

「そうか……また、夢見てたんか……」

「夢？　夢やおへん。眼ェ、あけてはりましたがな」

「そうか……あけてて、睡ってたか……」

「マスター！」

ツトムは、恐ろしそうに息をのんだ。

駿介もこのとき、何か得体のしれない恐れを持った。出来事が重なりすぎた。自分はしんから疲れているんだ。休養が必要かもしれない……と、そんなことを考えた。

「すまんやったな……もう大丈夫や……やっぱり、酔っぱろうてたんやな……急に酔いが廻ってきて……なんやしらんわからんようになってもうた……」

ツトムは、まだ不安げに、駿介を見まもっていた。

「この刀……どないしはったんですか……」

「あずかっただけや」

「……これですな……ヒロシさんが、電話でいうてはった刀は」

「そうや……」

「マスター。僕にはようわからへんけど……お願いどす。こんなもの、持たんといて下さい……あずからはったのなら、もう早《はよ》う返して下さい」

「そないする。すぐ返す」

「ほんまどすな？」

「ほんまや」

ツトムはやっと、ほっとした表情を見せた。

この子に、何もかも話してしまえたら、どんなに気が晴れるかと、駿介は不意に、はげしい願望のようにそれを思った。何も話さなくても、ツトムは、何かを感じとってくれる子であった。

話しても、どうしようもないことだけど、いつかは、この子にきいてもらおう……と、駿介は、そんなことも考えた。

ツトムは、『次吉』を、どうしても自分が持っておくと言ってきかなかった。箪笥の抽出《ひきだ》しの奥へしまい込み、鍵をかけた。

駿介も、そのままにさせておいた。

ひとつの奇態なまどろみの刻《とき》が、駿介にもやはり、このとき真剣に、不気味だったのである。

4

十二月十三日の某新聞京都版の紙面には、その日の催し・会合などをつたえる右下の小さな欄に、『第×回国際香料精油総会。宝ケ池・国際会議場』という記事が出ていた。駿介は、朝の内、明彦が現われるのではないかと心算《こころづも》りしていたが、彼からの連絡は何もなかった。

奪いとるようにして持ち帰った『次吉』だったが、結局、持ち帰った夜一度鞘の外に出したきりで、その後の十日余は簞笥の奥にしまい込んだまま手も触れなかった。深酒に酔って朦朧《もうろう》と抜いたその白刃が彼にもたらした束《つか》の間《ま》の奇態な幻覚が、駿介を『次吉』から遠ざけていた。

泥酔に近く、正体を失っていたとは言え、

『夢？　夢やおへん。眼ェ、あけてはりましたがな』

と、ツトムに言わせた、自分におぼえのない空白の刻が、駿介にはあやしかった。あやしくて、落着かず、不快であった。抜身《ぬきみ》を握りながら瞬時、睡ったのは事実である。睡いと自分で思ったのだから……。だが、目をあけていたというのがわからなかった。目をあけたまま睡ったのであろうか。夢を見た記憶がはっきりと残っているのだから、確かに睡った筈である。鷗と刀と泰邦の、夢であった。

鷗の声をときならぬ身辺に聴き、夢にも見るようになったのは、ヒロシから泰邦の祖父の話を聞かされた石神井公園での日以来であった。あの日、『次吉』の因縁話を聴きながら、とつぜん体中に満ちわたった恐怖と、鷗は無縁ではなかった。下関の家での惨劇が改めてなまなましく甦り、その惨劇の主役を果たした『次吉』への怖れが想い起こされたのだった。泰邦の祖父が『次吉』の上に何を見たのか、それはわからないにしても、『次吉』の刃を研ぎ出さずに曇らせておこうとしたのは、『次吉』がただの大業物ではなかったということを物語っていたのである。泰邦が『次吉』の手入れに通いはじめたのも、祖父の遺志を受け継ぐためだったにちがいないのに、その『次吉』で彼は命を絶つことになった。

刀への怨情《おんじょう》と研師《とぎし》としての執着とを同時に秘めながら『次吉』へ対《むか》った泰邦を想うとき、この刀が秋浜の家と大迫家を二つながらに屠《ほふ》り荒した恐ろしさがこみあげてきて、胸で墨色の悪気を吐いた。忘れようと努めてきた大迫家の惨劇が、再び駿介の肺腑《はいふ》に克明な恐怖の焼き鏝《ごて》をあてた瞬間とも言えた。

鷗は、いわば忘れようとして忘れ去ることのできない下関の夏の象徴だった。『次吉』や泰邦のことを想い出すとき、鷗が啼いた。鷗が夢に現われた。駿介はそれを、幻聴や幻覚などとは理解していなかった。鷗は、一生消え去らない下関の家への忘れがたさの影なのだ。鷗の声を耳に聴き鷗の姿を夢に見るのは、駿介には逃れられない、むしろ自然な意識下の懊悩《おうのう》なのだ、と考えていた。

『次吉』を抜き放ったまま、自分は確かに睡った。睡ったからこそ、鷗の夢を見たのである。青い夏の空に一羽、くっきりと鷗の姿を見た。あれが夢ではないとすれば……あれが、眼をみひらいて見た現《うつつ》の光景だとすれば、自分は幻像を見たということになる。

（幻像……幻覚……幻聴……）

そんな言葉が、駿介を不快にした。不快になりながら、どこかで彼はその言葉に怯《おび》えた。

とにかく、『次吉』は自分の持つべき刀ではないように思われた。早く手放さねば、という気さえした。

会議が終ればいやでも取り返しにくると思った明彦は、しかし夕刻、駿介が店に出る時間になっても現われなかった。

明彦がこの刀のことを忘れる筈はなかったから、会議が手間どるかなにかして、拠《よんどころ》ない事情で体が空かないでいるのかとも考え、駿介はさらに一時間ばかり出勤を遅らせて心待ちにした。だが、明彦からの音沙汰はなかった。結局その日、店に出たのは七時を過ぎてからだった。

客足は早い時刻にかたまってつき、十一時近くでぴたっととまった。宵《よい》の口から冷え込みのつよい日だったが、夜に入って雪になった。

「初雪ですねェ」

と、ツトムが、焼餃子の箱包みをかかえて走り込んできた。十二時前だった。出前を断わられたのでツトムが買いにでかけたのだ。一人いた客の注文だった。

「そうか。降ってきたか」

今夜はもう、明彦はこないだろう、と駿介は思った。

ツトムは髪にも肩先にも、雪のひらをかぶっていた。

彼がはじめてこの店に入ってきたときも、やはり雪をかぶってあのドアを押しあけたのだ……と、駿介は、妙にその日のことを想い出していた。

ツトムが掛けたフランスの映画俳優の半裸の写真は、あのときのまま、目の前の壁に掛かっていた。

フランスの映画俳優ではなかった。陽射しのさなかでまぶしげに眼をほそめているパネルのなかの半裸の男は、泰邦だった。ヒロシが見つけた写真だった……。

そしてなぜか、それらのすべてが、ふと遠いことのように思えるのだった。

その遠さを、駿介はむしろ懐かしんで、しずかに追ってでもいる風に見えた。

音もなくやってきた雪のせいだったか。実際大迫駿介は、自分がわけもなくしずかな気分でいるのを感じた。手を切ろう、と駿介は思っていた。『次吉』を明彦に返して、今度こそ、大迫家のすべての関わりから手を引こう。兄も弟もない人間になろう。独りでいいのだ、と。『次吉』に縁を切ることが、それを可能にさせてくれるような気がはっきりとした。

ぼんやり、力の根が脱《ぬ》けおちていく、なにか激しい行為の後か……また、嵐の前の不意のしじまをでも思いつかせるしずかさだった。やはり疲れているのだな、と駿介は自分ではそう思った。

電話がいつ鳴ったのか、だから少しも気がつかなかった。

「マスター……」

と、いうツトムの声で、そっちを見た。

ツトムは受話器に耳を当てたまま、駿介の方へ手招きをした。

「兄さんか……て、言うてはります……」

「……兄さん？」

駿介はけげんな眼でツトムを見、それから受話器をひったくった。にわかに全身の血が逆上しはじめていた。

大迫駿介はこの瞬間から、しずかな人間ではおられなくなった。

この電話の直前の、とりとめもないほんのわずかの一刻《いっとき》が、思えば、大迫駿介のいちばん平安だった時間であったかもしれない。

「兄さんか？……」

と、受話器のなかの声は、確かに言った。信じられない声であった。

その声が、駿介を痴呆状態に突きおとしていた。

駿介は、ただ立っていた。口も、体も、動かなかった。動かなくて、涙だけがふきだした。

「兄さんだね？……」と、その声ははっきりと言った。低い野太い声だったが、どこかに嗄《しわが》れたあえぎのようなものも入りまじっていた。

「いるんだね？　聞いてくれてるんだね？」

駿介はうなずいた。うなずくのがせいいっぱいだった。

（……いる。……ここに、いる）

「……頼まれてくれないか」と、声は言った。「頼まれてほしいんだ……頼みたくはないけど……ほかに、頼む人がいないから……兄さんに、頼むんだ……いいかい？　頼んでも。引き受けてくれるかい？……」

「……ああ」と、駿介は辛うじて応《こた》えた。無意識に出た応えだった。その実、駿介の耳には何も入ってはいなかった。ただ、

『兄さん』

と、言う声だけが、耳鳴りのように繰り返し頭のなかで舞っていた。

「いいかい？」と、言うよびかけで、駿介はふと我に返った。

「できたらメモをとってほしい……」と、その声は言っていた。「まちがわないように、よくおぼえていてほしいんだ……いいね？……昭和五十三年の……三月二十一日……三年先の三月二十一日だよ……東京の日本橋……川の上に架かっている橋だよ……その橋の室町《むろまち》寄りのたもと……いいね？　日本橋の橋のたもとだよ……時間は正午……そこへ行って……安村憲男《のりお》という人に会っておくれ……僕が行く筈だった……それが、できな

くなった……兄さんが代わりに行ってほしいんだ……いいかい？……安村憲男という人だよ……

「剛生……」

と、駿介は、なにかにうながされるようにして、いきなり遮った。思わず口に出た名前であった。口に出すと、堰《せき》とめていたものが、一時にあふれ出す名前であった。

しかし、このときの駿介は、もっとほかの感情につき動かされていた。剛生が唐突に喋《しゃべ》りはじめた話の内容も内容だったが、とぎれとぎれにあえぎを押し殺したような電話の口調に、ただならぬものがあった。ただならぬと言えば、彼がとつぜん電話をかけてきたこと自体がそうであった。駿介は、不吉な予感に襲われた。

だが、駿介が口を開く前に、剛生の声が聴こえてきた。剛生は一方的に喋っていた。

「昔ね……山谷で、僕の友達だったんだ……僕にね戸籍を貸してくれた人なんだ……フランスへ渡るのに、十年間、借りる約束だった……まだ、三年ある……でも、僕はもう、することはみんなしてしまったから……いつ、もとの名無しにかえったっていいんだ……そのつもりで日本へ帰ってきたんだから……だから、戸籍を返してほしいんだ……それを、兄さんに頼みたいんだ……必要な書類やお礼は、僕のホテルの部屋にある……いつ返したっていいようにみんな揃えてある……Mホテルの九一七号室……紙袋のなかに入れて机の上に置いてあるから……その袋ごと安村さんに渡してもらえばそれでいいんだ……ちゃんと封もしてあるからさ……」

剛生の声は、ちょっととぎれた。深く息を吸い込むような気管の音が、はっきりと受話器のなかを伝わってきた。

「剛生っ……」

「安村って人はね……」と、剛生は、まるで駿介の声が聞こえないような口調で言った。「僕とちがって……いい人なんだ……『お前にゃ生きる目的がある……おれは、どうせその日その日を……あぶくみたいに流れてりゃ、それで済む人間だ……よかったら、おれの戸籍を使えよ』って……無報酬で貸してくれた人だからね……僕は汚い……そんな人の戸籍を平気で借りたんだから……汚いよ……そうさ……自分の顔を変えなきゃ生きて行けないような人間だ……汚いにきまってる……顔を変えるにゃ、金がいる……フランスへ渡るにも、まず金だ……そのためだったら、何でもした……口ではいえないよ、汚くって……二十歳《はたち》のときに、とにかくフランスへ渡ったんだからね……とても汚い……とても汚いんだよ、僕は……」

駿介は、言葉がなかった。

「お前は……お前は……」と、ただ繰り返すだけだった。「どうして、お前はっ……」

「顔を変えたかっていうの？　名前を捨てたかっていうの？……兄さんは、知ってるだろ？　アイツからも……兄さんからも……縁が切りたかった……赤の他人になりたかったのさ……」

「……剛生っ……」

「僕は……知ってるんだよ、兄さん……ほんとうは、知ってるんだ……泰邦さんの腹に、最初に刀を突き刺したのは……兄さんだってこともね……」

「……な、何……？」

すべての物音が、その瞬間、絶えていた。

剛生の声も、一度耳のなかを通り過ぎて、なにかの残響のようなものをともなって、ゆっくりと戻ってきた。幻の声のように思えた。

鷗が、啼いていた。

駿介は、剛生の言葉がよく聴こえなかった。いや、聴こえなかったと、思おうとした。

「僕は、見たんだよ……」と、剛生は言った。「あの日……父さんは昼寝をしてたよね……あの座敷へ、兄さん……入って行っただろ？　兄さん、床の間に置いてあった『次吉』を抜いて……しばらく、じっと見てたよね……それから、庭へおりて行った……泰邦さんが、ハンモックで睡っていた……兄さん、しばらく……泰邦さんを黙って眺めていた……それから、突き刺した……」

「嘘だ！」

と、駿介は、叫んだ。悲鳴に似た声だった。

ツトムが、その駿介の腕をしっかり摑《つか》んでいた。

「いいんだよ、兄さん……」と、剛生は、言った。「兄さんがやらなきゃ……僕が、やってたんだからね……やるために、父さんの座敷へ『次吉』をとりに行ったんだからね……兄さんの方が、ちょっと早かっただけなんだ……だから、いいんだ……僕の代りに、兄さんはやってくれたんだからね……でも……」

「でも」と、言って、剛生は口を閉じた。あとの言葉は言わなかった。

でも、縁を切りたかったんだ、と、彼が言ったのだろうと駿介は思った。

当り前だ。もし剛生の言うことが真実だったのなら、卑劣漢は自分であった。縁を切りたいと彼が思うのも当然だった。

しかし、そんなおぼえはない。

(そんな……筈はないっ!)

筈はないと思いながら、駿介は、恐怖につつまれていた。

その日のことを、必死でたどり返そうとした。もう記憶はうすれている部分が多かったが……。

確か、と駿介はやみくもに思った。昼食をすませて二階に上がったんだ。そして、睡った。泰邦と叔母の雪代《ゆきよ》の情事が、頭のなかを去らなかった。夢を見たんだ。厭《いや》な夢だった筈だ。何か夢中で逃げ出したいとあせって、足がいうことをきかないような夢だった。夢から醒めて、窓を覗《のぞ》いたんだ。剛生が『次吉』を持って、泰邦の傍に立っていた……。

それから後のことは、わかっている。問題は、それ以前だ。それ以前といえば……夢。自分が夢を見ていた間の出来事になる……。

そこまで考えて、駿介は、ぎょっと立竦《たちすく》むように瞳をこらした。

ひとつの幻覚が、幻覚でなく、このとき急激に駿介の意識のなかによび醒まされて近づいてきた。

鷗だ。鷗を見た……と、駿介は思った。確かに、まっ青な空を鷗が一羽とんでいた。自分はそれを見あげていた。見あげたとき、刀が手にあった。重くて、手を離したんだ。刀は宙に立っていた。少し横に揺れて立っていた。刀身には泰邦と自分が映っていた
……あれは、何だったのだろう。場所はどこだったのだろう。鷗がいた。鷗を見あげたのだから、家の中ではない。あれが……庭だったのではないだろうか！

鷗の夢を見る。鷗の幻聴をきく。

そして……と、駿介は、その先にいきなり出現してきそうなもっと深い恐怖にまみれながら、思った。

現実には、傍のツトムを凝視していた。

『夢？　夢やおへん。眼ェ、あけてはりましたがな』

そのツトムが、つい先日言ったばかりの言葉が頭のなかで鳴りひびいた。

おそろしい大津波の波頭が、とつぜん出現した。もう目の前に迫ってきていた。

(夢ではないのだ)

そう思うと、急に記憶の断片が鮮明さをとり戻す部分があった。

あの日、下関の二階の部屋で、太陽にあぶりたてられて目が醒めた。鉛を呑んだよう

なけだるさが、体中にあった。そして、その睡りの醒めぎわまで、自分はどこかを走っているような夢を見ていた。走っても走ってもたどりつけず、叫び出しそうになって、やっと帰りついたのが自分の寝ているベッドだった。そんな夢だった。そこで、目が醒めたのだ。

剛生が言うように、何かをもし自分がしてきたのだとしたら、あの夢の感じは、よく辻つまが合うような気がした。

夢を、どこから見はじめたのか。剛生は、下の座敷で自分を見たという。とすれば、座敷へ行ったのだ。何をしに。刀をとりにだ。なぜ、刀をとりに行ったのだろう。いや、とりに行ったのではないのだ、と駿介は思い返した。水を飲みにおりたのだ。確か、水を飲みに一度下へおりた気がする。あれは夢だったと思ったのは、まちがいだったのだ。ほんとうに自分は水を飲みにおりたのだ。そして、座敷の前をとおった。そうだ。父が寝ていた。『次吉』が、床にあった。父と泰邦が、ついその前まで、この刀を中にして喋り合っていた『次吉』だった。

（叔母の雪代とあんなことをした後で、よく刀の話なんかがしておれる！）と、駿介は心のなかでは憤然としていた。あの日ずっとそれは思いつづけていたことだった。座敷の前をとおりかかって、ふと刀が見たくなったんだ。あのときの自分には、刀に見入っている折の泰邦を想い出す必要があったのだ。純粋な、いっしんな、穢《けが》れのない泰邦を、頭のなかにしっかり叩き込んでおく必要があったのだ。

そうでなければ、とても、あの叔母との夜のことを許してはおけなかったであろうから。

刀が見たかった。見て、自分の気持をしずめたかった。粗暴に、どうしようもなく昂《たかぶ》ってくる胸の内が、不安だった。そうだ。確かに自分は、『次吉』を見たんだ。抜いて、じっと見た。見ていなければ、気がしずまらなかった……。

（夢は……）

と、駿介は、思った。

（あの刀から、はじまったんだ！）

そして、大迫駿介は、胴震いした。

何かが、とつぜんわかったような気がしたのである。

泰邦が、『次吉』に見入っていたとき、睡りおちて見えたのは、刀のせいだ。

泰邦は、現実に睡っていたのだ……。

（溺れてみるねや。溺れて、本性つかむのや。つかんだ上で、さめるのや）

泰邦は、彼の祖父の言葉どおりのことをしていたのだ。そして、その言葉の本当の意味を、身をもって知ったのだ。

見入っていると、睡りおちてしまう刀！

長い間みつめていると、あの刀は、そうなるのだ。

いや、睡りおちるのではなかった。刀に吸い込まれてしまうのだ。刀と自分との見さかいがつかなくなってしまう……。いつのまにか、自分がなくなってしまうのだ。刀だけが、そこに残って。刀だけが、眼前に見えて。

泰邦は、それと闘っていたのだ。

刀と闘っていた。刀が起こす睡りと、彼は闘っていた。

（つかんだ上で、さめるのや）

つかんだら、醒めなければならないのだ。

泰邦には、それができた。泰邦だからこそ、それができたのだ。

……駿介は、刀に見入ってしまって、我を忘れた空白の時間のなかで、一か所、鮮やかに想い出せる白い鷗と青空が、泰邦を自分が刺したことの、何よりの証拠だと思った。その鷗も、とつぜんある日、意識の表にうかびあがった鳥であった。理由もなく、前ぶれもなく、この海鳥の声を自分が想い出したということが、動かせぬ証拠となるような気がしたのである。

鷗につれて、少しずつ身辺にうかびあがってくる事柄が、考えてみると、すべてひとつの解答を示すのである。示す以上は、その事実があったと思うほかはない。

（秋浜泰邦を殺したのは、自分だ……）

駿介は、そう確信した。

すると、

『斬れ……』

と、言った泰邦の言葉は、駿介にむかって吐かれたのだということになる。

『斬れ……』

まさしく泰邦は、駿介にこそ、そう言ったのだ。

泰邦の腹をほんとうに刺していいのは、駿介ただ一人であったから。

あの夜明けの裏二階の屋根の先にあった窓……ひとつのあの窓を知っているのは、駿介しかいなかったのだから。

そして、その窓へ駿介がしのび寄ったということを知っているのも、屋根瓦を踏みしだいた駿介の急場をとっさに救ってくれた泰邦一人しかいないのだから。

(泰邦は多分……)

と、駿介は、思った。

あの日、やはり死ぬことを考えていたのだ。

赤いひとつのハンモックに揺られながら、そのことを考えつづけていたにちがいない。

駿介が刺したとき、彼はきっと、そう言ったのだ。

(当然だ。僕は、君に刺されていい人間だ。刺されるべき人間だ。斬れ。斬っていいんだ……)

と。

駿介は、刺した。

一突き夢中で刺して、恐怖に我を忘れたのだ。逃げ出したのだ。明彦が行ったとき、泰邦は手を血まみれにして腹を半ば切り裂いた状態だったという。だから、駿介が刺したあと、泰邦はその死の完遂を自らの手で計ったのだ……。

……とすると、あの惨劇の起こった夏の一日のことが、きれいに筋立って頭のなかに甦ってくるような気がした。何もかも、辻つまが合うではないか。

ただひとつ、叔母の雪代と泰邦がいたあの窓のなかの夜……その夜の奇怪さを除いては。

いや、と、駿介は思った。

わからないことは、もうひとつあった。

事件の前日、母が泰邦の離れにいたという……あの明彦の言葉だった。泰邦は、はっきり「香子《こうこ》さん」と、よんだという。閉めきった離れのなかで、母は泰邦と一緒にいたという……。

このことは、駿介には、あるいはあり得たかもしれないと思われなくもなかったのだが、また、決して信じられない気もしていたのだった。

しかし、剛生はいま、

『兄さんがやらなきゃ……僕が、やってたんだからね……』

と、言った。

剛生に泰邦を殺す動機があるとするならば、それは、明彦から聞いた離れの一件が現実であったと、思うしかない。

母は、やはり閉めきった泰邦の離れで、あの日泰邦に抱かれたのだろうか……。

駿介の脳裏に、いつも消えない、緑色の木蔭の地下室へおりる煉瓦の階段が、再びうかんだ。あの苔《こけ》の匂いのする調香室への階段で、みずみずしく泰邦に抱擁《ほうよう》されていた母が、駿介にはいぜんとして消せなかった。

「剛生……」と、駿介は、受話器をにぎりしめたまま、わななきのとまらない声でよびかけた。

「なぜお前は……そう思ったんだ……僕がやらなきゃ……お前がやると……そう思ったんだ……？」

剛生は答えなかった。ただ、かすかに彼の吐く呼吸音が耳もとに伝わって聴こえてきただけであった。

答えないことで、駿介は納得した。この弟に、母をはずかしめるような話など、口にできよう筈はなかった。

電話は、しばらく、どちらの送話口からも、物音を伝えなかった。

……しかしこのとき、ツトムと、たまたま店に残っていた一人の馴じみ客は、見た筈である。大迫駿介は、放心したように受話器を握って立ちつくしてはいたけれど、その顔のどこかで、柔らかい微笑に似たものが不意にただよいたって揺れるのを。

駿介の顔は、実際、一刻微笑《ほほえ》んでいるかのようであった。

それは、むしろ、歓びをたたえているかとさえ思わせるものであった。

大迫駿介は、そのとき、考えていた。

(あの惨劇の最初の刃をふるったのは、自分だったのだ)

と。

(自分が、事件の発端をつくったのだ。自分は、事件の中心にいたんだ。自分のせいで、すべてがはじまったのだ。独り、外にはずれていたのではない。大迫家を襲った惨劇の、まさにまんなかに、いたのだ。剛生が、おれを見捨てるだけの理由が、自分にはあったのだ)

理由があった。

そのことが、駿介を、ふしぎな愉悦の世界へつれていくのである。

かなしいけれども、自分が持つことのできた、せめてものかすかな歓びの世界であった。

たとえ、それは見捨てられる繫がりではあったにせよ、剛生との繫がりであることには、まちがいなかった。

(剛生と……関わっていた)

そのことが、駿介を安らかにさせた。動転のさなかにほんの一瞬、目潰《めつぶ》しのようにして駿介を見舞った奇妙な深い安らぎであった。

しかし、同じとき、電話の向こう側にいる剛生もまた、微笑んででもいるかのようであったのだ……。

剛生が何かを言った気がして、駿介は受話器に耳をよせた。

「何だ、剛生……おい……剛生っ……」

剛生の声は、急に遠くへ逃げて行った。

「剛生っ……」

駿介の顔から、微笑が消えた。

不意にある胸騒ぎが駿介を押しつつんだ。

「剛生っ！」と、彼は夢中で呶鳴《どな》った。

その声に、よび戻されでもしたように、遠のいた声は帰ってきた。耳もとで、はっきりと咽《のど》の鳴る音を駿介は聴いた。

「……僕が……」と、剛生は言った。

「僕が……今日……何をしたと思うかい？……」

唾を呑み下すような間が、その後につづいた。

「……国際会議場で……アイツに会った……」

と、剛生は、一言ごとにゆっくりと間を置くような口調で喋った。

「……言ってやったんだよ……『今度……お宅の研究室に……お世話になる……安村憲男だ』ってね……」

剛生の声はそうして、クックッと、短く笑った。

笑いだとわかる声を、しばらくたてた。しずかに、それが受話器のなかを伝わってきた。

「……僕ね……兄さん……東美堂に入るために……帰ってきたんだ……もうあと三年……安村憲男でいていい時間があるからね……特別待遇で……東美堂の……調香室に入る話……ＯＫしたんだ……来年の春から……勤めることになってたんだ……まだ……誰も知っちゃいない……急な話だったんでね……そいつを……アイツに話してやったのさ……」

剛生は、また笑った。

「……アイツ……鳩がさ……鳩が、豆鉄砲くらったような顔してさ……ザマったらなかった……」

駿介は、意味もなく一瞬、背筋をのばした。悪寒が、いきなり駈けのぼってきた。駄目だ、とでもいう風に、そして首を振った。

たったいま、闇の奥手に忽然《こつぜん》と見えて、駿介と自分を繋いだ一筋の思いがけない糸の姿が、このとき跡形もなく消え失せるのを駿介は感じた。と同時に、まちがいなく剛生の上に何かの変事が起こったのだという理解が、黒い墨のにじみわたるような感じで全身をひたした。

「剛生っ……いまどこにいる……どこから電話してるんだっ……」

「兄さん……」と、抑揚のない声が返ってきた。

「頼むね……安村さんに……ありがとうって伝えてくれ……それから……すまなかったって……」

そして、受話器を置く音がした。

ゆっくりと電話は切れた。

「剛生っ……！」

駿介は、聴こえる筈のない声をふりしぼった。

黒い墨の海の底に呑み込まれていく自分がわかった。

5

雪はまだ本降りにはなっていなかった。

市の東、粟田《あわた》山山麓にあるMホテルは、東大路《ひがしおおじ》を渡れば間もなくの位置に建つ京都では最も格調の高いホテルの一つであった。

車ではわずかの時間しかかからなかった。

「九一七号室にお願いします……」

と、駿介は、フロントには剛生の名を告げずに面会を依頼した。彼がどんな名で宿泊しているのか、瞬時戸惑ったからである。

案の定、

「大阪様でいらっしゃいますね?」と、フロント係は言った。「しばらくお待ち下さい」

大阪一郎の名で、剛生は泊っていた。

フロント係は客室コールをつづけてくれたが、

「お部屋にはいらっしゃらないようですね」

と、やがて答えた。

「外出してるんでしょうか?」

「いえ、キィをお持ちですから、お出掛けではないと思います」

フロント係はちらっと時計を見て、「バーにでもいらっしゃるんでしょうかねえ……」と、言った。

「じゃ、ちょっと覗いてみます」

「どうぞ」

バーは三階にあった。暗い落ち着いた照明の、狭いバーだった。剛生はいなかった。

駿介はそのまま九階までエレベーターを昇って、十七号室のドアをノックした。やはり返事はなかった。一度引き返しかけて、念のためにとノブを握ってみた。ドアは、するとカチリとひそかな音をたてて開いたのだった。室内は快い温度にあたたまっていて、明かりがついていた。

ドアを開けた瞬間に、駿介は、深いめまいの底に引きずり込まれた。

部屋中に、むせるような芳香がたちこめていたのである。下関の家の地下の調香室が一瞬、そこに存在した。駿介は、いきなり過去に引き戻され、母の調香室へ入って行く自分を感じた。同じ匂いではなかったが、母が調香していた懐かしい芳香が、その部屋のなかには確かにあった。濃密な匂いの靄《もや》の奥のどこかに、母の調香台があり、向こうむきに椅子に腰掛けた母の姿が、いまにも出現しそうであった。

駿介の靴の踵《かかと》がジャリッと何かを踏みつぶさなかったら、駿介はしばらくその懐かしい錯覚の世界で我を忘れていたであろう。

駿介の靴は、透明な硝子《ガラス》の破片を踏み砕いていた。破片はほかにも、その入口の床の絨毯に散らばっていて、拾いあげるとき、その床は不意に高い香気を発した。匂いの源は、絨毯のこの部分であるらしかった。多分ここで、香水壜《びん》を割ったのだろう。手にとった硝子の破片も、明らかに化粧壜の底の部分と思われた。

「剛生……」

駿介は低く声をかけながら、部屋の奥へ歩み入った。

そこで、駿介の足は、動かなくなった。

剛生は、壁ぎわのダブル・ベッドの上に寝ていた。毛布を胸元まできちんと引き、仰向けに腕を組んだ裸の肩はあらわだったが、寝乱れたところはどこにもなく、しずかで精悍な顔をゆったりと枕に埋《うず》めて睡っていた。心なしか、微笑をたたえているようにさえ見えた。

その微笑が、駿介の足をとめさせた。

受話器のなかでクックックッと笑った剛生の、そのまま睡りおちた姿がそこにあった。

しかし、次の瞬間、駿介の眼は別のものに奪われていた。

クリーム色の毛布のちょうど下腹のあたりに、それはちょうど大輪の薔薇の花冠を染め出したかとも見れば見える花模様が、ひとつうっすらと浮きたっていた。無論、花模様などではなかった。

毛布をめくると、下は血潮に浸っていた。

ブリーフ一枚を身につけた裸体の剛生は、下腹をバスタオルでおおっていた。バスタオルは半ば血びたしの状態だった。

駿介は、声もなく見おろしていた。

タオルの下で、剛生の毛深く引き締まった左下腹部の肉に、深々と埋め込まれたように突き刺さっている美しいひとつの硝子容器を。

それは、鋭利な変形六角形の稜線《りょうせん》をもつ縦長の香水壜、『マルセル』の『刀』の上半身にまぎれもなかった。透きとおった硝子の肌に、華麗な水煙りを想わす焼き入れ模様は、青江の古刀『次吉』の白刃におどる逆乱刃文をほうふつとさせた。

「剛生……」

駿介は一瞬、そこに泰邦を見た。

赤いハンモックに寝て、下腹に『次吉』の切先《きっさき》を呑んでいた泰邦を。

……剛生が息を引きとったのは、正確にはそれから二十分ばかり後、市の東南部雀ケ森の病院に運び込まれて、間もなくのことだった。

多量出血による死であった。

駿介に電話を掛けている間中、剛生は血を流しつづけていたのだ。処置が早ければ助かる傷であった。だが彼はそれをしなかった。自ら死を選んだとしか思いようはなかった。

ホテルのサイド・テーブルの上には、ハトロン紙の密封した紙袋が置いてあった。

その傍にメモ用紙が一枚あった。

『大迫駿介様

ホテルの支払いは、五日ごとに済ませてありますが、残留分と迷惑をおかけする諸雑費は、フロントにあずけてある現金で十分に精算していただくよう、お骨折り頼みます。

安村さんのこと、くれぐれもよろしく』

とあった。

死の理由は記されていなかったが、剛生の死が彼の意志だったことはまちがいあるまい。

『剛生』という署名が落してあるところに、駿介は、剛生のある心根を見るのである。

《僕はもう、することはみんなしてしまったから……いつ、もとの名無しにかえったっ

ていいんだ……そのつもりで日本へ帰ってきたんだから》

名無しにかえって、剛生は死にたかったのだろう。

しかし、彼にはすることがまだあった筈だ。安村憲男という人物に『戸籍を返す』こと。彼にとって、おそらく一番大事なことだったのではあるまいか。彼がこのことを果たさずに自殺するとは思えなかった。

《頼まれてほしいんだ……頼みたくはないけど……ほかに、頼む人がいないから……兄さんに、頼むんだ……》

頼みたくない駿介に、なぜ頼まねばならないような事態を、彼はひき起こしたのだろうか。

死を考える理由があるとしたら、安村憲男との約束を果たした後で、そうするのが自然なのではあるまいか。

駿介には、やはり彼の死がとつぜんに、しかも彼の意志とはまったく関わりもなく、彼を襲ったのだとしか考えられなかったのである。

6

雪は降っていた。

駿介が、東京の高子《たかこ》に電話を入れ、明彦の京都での宿をつきとめたのはその夜の内であったが、一夜、彼は剛生のそばを離れなかった。

この夜、病院の霊安室に運ばれた剛生の枕辺で、まんじりともせずその夜を明かした。

その駿介の眼が、ある狂暴な光をためていたことに気づいた者はいなかった。

夜明けとともに、その光は、少しずつ強さを内にためて嵩《かさ》を増した。


翌朝、駿介は早くホテルへの精算を済ませ、病院で火葬の手続きを取り、午後から警察署へ顔を出すことになっていたが、その前のわずかな時間、一人で京の街へ出た。

御幸町の『墨野』の黒塀にも、雪は深く積もっていた。

明彦は、板の間つづきの正面の階段から軽やかな足どりで降りてきた。軽やかさだけをことさらに見せようとした足であった。外出支度だった。

「やあ……」

と、彼は玄関先に立っている駿介に手をあげた。さりげなさを努めて見せているような声であった。むしろ陽気に、明彦は言った。

「よくここだとわかったな……いや、昨日とりにいくつもりだったんだ……アレ？　持ってきてくれたんじゃなかったのか？　『次吉』さ」

「――――」

「ま、いいや……」

と、明彦は、ちょっと落ち着きのない表情をみせ、

「とにかく、今日は行く。帰りによるよ。これからちょっと出かけるんでな……」

ちらりと駿介を見、すぐに視線をはずして、とりつくろうように鼻の眼鏡をおしあげた。

「……いや、会議が長びいちゃってさ……そのあと接待だろ……室長代理で出てたからな、野暮用が多くって……」

「人殺しの野暮用かい」

びくっと、明彦は硬直した。

「……何だと」

と、急に白ばんだ顔をゆがめて、彼は駿介を見た。

「剛生は、死んだよ」

駿介は、押し殺した声で告げた。

「あんただね？」

「な……なんの話だ……藪から棒に……」

「白ばっくれるな」

駿介は、いきなり明彦の腕をつかみ、玄関の上り口から引きずりおろした。

「何をするっ……」

明彦は低く抗《あらが》って、その腕をふりほどいた。

「出てこい」

と、だけ言い残して、駿介は玄関先を離れた。

そのまま『墨野』の表の黒塀まで歩いた。

土気色に変った明彦の顔が、動かせぬ証しのようであった。

（お前たちの泥試合は……結局、こんなことで終るのか……）

駿介は、心の奥で唾を吐いた。自分にむかって吐いた唾だった。

（兄さん）と、よんだ剛生の声が耳の奥にあった。よんでくれはしたが、他人の声だった。表情ひとつ動かしたとは思われない抑揚のない声だった。その剛生が、死にぎわに微笑んだ。笑った。明彦への憎しみだけが、彼を動かすにたるものだというのか。母を一人の男として追った明彦を憎むことが、そんなに剛生には大事なことだったのか。

（なぜおれを憎まない！　おれが、いちばん憎まれていい人間だったんじゃないか！）

（なぜ、おれを兄さんとよんだ！　死にぎわになって、なぜ弟になどなった！）

駿介が、昨夜から心のなかで問いかけつづけていることだった。

しかし、剛生は結局、やはりすることはすべてして死んだのだ、と、駿介は思った。

自分にも、明彦にも、彼はするべきことをすべてして死んだ……そんな気がした。

彼が『汚い』といった手でつかんでみせた栄光の座は、確かに、自分にも明彦にも手の届かないものだったのだから。そのことだけでも、彼は二人の兄に何かをしたのだ。

彼は、彼の人生を生きた。

思いどおりに生きて、死んだ。

そして、明彦もまた、明彦の人生を生きている。生きようとして、生きている人生だ。自分だけが……知らずに自分を生きていたのだ。

(泰邦さんを刺したのが、このおれだったとは)

駿介はすでに、その足場の消えた大地を歩いていた。

これまでの暮らしが、すべて一夜にして消え失せていた。放浪、宿なし……自分が選んだのだ。自分で選んだと思えばこそ、生きてこれたのだ。それが……。

(こんな……恥知らずな人生だったとは!)

駿介は、雪のやんだ空を見あげた。住みなれた土地の空には見えなかった。

……明彦は、いったん部屋へあがってきたのか、コートをつっかけながらやはり白ばんだ顔のまま表へ出てきた。

「ちょっと出かけるんだ……話なら、早くしてくれ……」

駿介の方を見ないで言った。

「話なんかない。一緒にきてくれ」

「どこへ……」

「きまってるだろ。警察さ」

「警察?」

「そうさ。昨日、会議場で安村憲男に会ったんだろ?」

明彦は、駿介に背をむけていた。その背が、絶えまなく小刻みに揺すれていた。

「調べりゃわかるんだ。あんたが昨夜《ゆうべ》、Mホテルの九一七号室をたずねたってことはな。そうだろ？」

「どうして……」と、明彦は、怯《おび》えた口調で言い返した。「僕が、安村憲男のホテルになんか行かなきゃならないんだ……」

「語るにおちたな。誰も安村憲男のホテルだなんて言ってやしない。Mホテルの九一七号室と言っただけだ。やっぱり、あんたか」

明彦は、かなしげな声をたてた。

（悪党にもなれないくせに……）

と、駿介は思った。

「『刀』の恨みを晴らしに行ったんだな？　それとも、安村憲男が、あんたの研究室に入ることが怖くって、威《おど》しにでも行ったのか。戸籍詐称をすっぱ抜くとでも、わざわざ言いに出かけたのかい」

「……殺すつもりなんかなかった！」

と、明彦は叫んだ。低いあえぎ声に近かったが。

「なかったんだっ……！」

「でも死んだんだ」

「赦《ゆる》せないっ……」と、また吐くように明彦は叫んだ。

「あんな奴……赦せないよっ……」

「あんたが、刺したんだな？」

と、重ねて駿介は、念を押した。感情を殺した声だった。

「刺すつもりなんかなかった……何も言うつもりなんかなかった……ただ、『マルセル』の香水を……アイツの目の前で叩き割ってやりたかったんだ……それがしたかったんだ……お前にはわからない……僕が、どんなに毎日、そのことを考え暮らしてきたか……あの『マルセル』の香水で、僕は七年間を棒にふったんだ……ほんのわずか、世に出すことが早かったというだけで、アイツの『刀』は世界中にばらまかれている……僕の創った香水の方が、匂いの高さは数段上だ……僕はいまでもそう思ってる……だのに、似た香水だというだけで、僕の『刀』は永久に日の目を見ることさえできないんだ……こんな理不尽がどこにある……あの『マルセル』を、一ぺんアイツの目の前で足蹴《あしげ》にしてやりたかった……叩き割ってやりたかった……それをしにでかけたんだ……アイツは、シャワーを浴びてたよ……バスタオルをひっかけて……裸のままでドアを開けたよ……僕は、洗面台に『マルセル』をいきなり叩きつけてやった……底が裂けて、香水がとびちった……アイツがそのとき何をしたと思う……大声をあげて笑ったんだ……僕を見てゲラゲラ笑ったんだ……そして言った……『何のまねかね？　マルセルの『刀』は底知らずだぜ。この世に花の絶えない限り、マルセルの『刀』も絶えないんだ。何万本、何億本……そう、マルセルの『刀』は無尽蔵だ。無限に製造されるんだぜ』……そう言ったんだっ……僕は、確かに逆上したよ……気がついたら、アイツの下腹に……手の中の香水壜を突き刺していた……それから後のことは覚えてない……夢中で逃げてきた……でも、殺すつもりなんかなかったんだっ……自然に手が動いたんだっ……ほんとうだよっ……」

明彦は頭をかかえて、塀ぎわにうずくまった。

どこか遠くで、いつか、同じようなことがあった……と、駿介は思った。こんな言い合いを、いつまでつづけたら気が済むというのか。

剛生の微笑が、ふと想い出された。

(気が済んだか、剛生)

と、その微笑にむかって、駿介は問いかけた。

(この男のとり乱した顔が……苦しむ顔が……なさけない顔が……そんなにお前は見たかったのか。満足しただろ。とうとうこいつは、ほんとうの人殺しになったんだからな)

(お前は、自分が死ぬことで……永久に、この男を葬り去ってしまいたかったんだろ？そんなに……そんなに……この男が赦せなかったのか、お前は！)

駿介は、冷えた眼で、あらぬ虚空を見つめていた。

ちょうどそうしたときであった。

二人の傍に、一台の車が乗りつけた。空のタクシーだった。客を迎えにきたのだろう。

玄関先から、仲居と語らいながら女客が一人出てきた。五十がらみの、派手目な和服の女だった。

大迫駿介は、その女を見た瞬間から、思えば、前後を忘れたのであった。

「お傘やっぱりお持ちやすな……降るかもしれしまへんどすえ……」と、仲居が言った。

「そうね……じゃ、お借りするわね……」

「そうおしやす……あそこは山道《やまみち》だいぶおすさかい……」

女客と仲居は、駿介の前をとおり抜けるとき、そんな会話をかわしていた。

この女客に会うことさえなかったら、駿介はまだ平静でおれたのだ。

女客は、駿介には見むきもせず、とまっている車の奥へ乗り込んだ。そして、

「明彦ちゃん」

と、ちょっと人もなげに首を振りむけ、路上の明彦をうながした。

明彦がとっさにその車のドアへ走り込んだのは、まったく一瞬の間のことだった。

車は、あっけなく走り出していた。

駿介が女客に気をとられ、不意に湧いた身内の火におしつつまれていたほんのわずかの間の油断だった。

(雪代……)

それは、まさしく叔母の雪代なのだった。

老いが彼女に気品のうわべをあたえていた。落ち着いた身ごなしといくばくかの雅趣をさえ。夏の日、真赤なパラソルをくるくるまわして下関の家に乗り込んできた女の面

影はどこにもなく、またあると思えば、金目の衣裳《いしよう》やしわをきざんだ目もとの厚い白粉《おしろい》や薄紅に、それはまさにあるのであった。歳月が、彼女に老いた肉をつけ、またどこかでその肉をそぎおとし、衰えの手でいたぶってはいたものの、安泰で、悠揚《ゆうよう》とした風格をさえゆるしているのだった。

「……山道て、どこどす？」

駿介は、走り去る車から眼を離さずに、仲居へたずねた。脈搏《みやくはく》が暴れ立っているのがわかった。

「へ？」

と、仲居は、引きあげかけてけげんな顔で立ちどまり、駿介を振り返った。

「山道て、いわはったでしょ」

「ああ、いまの……。善峰寺《よしみねでら》どす。西山の」

「善峰寺？」

駿介は一瞬、なぜか耳を疑った。

「……あの、大原野《おおはらの》の……善峰寺でっか？」

「そうどす。お湯つかりにおいでやしたんどす」

「お湯？」

「へえ。百草湯どす。あちこちからみなさん、お越しやすのどっせ。神経痛にええのどすて。腰痛、リョウマチ……そらよく効《き》くのやそうどすえ。今日は、月の十四日どっしゃろ。毎月、月の十四日たんびにたつのどす」

「百草湯……」

ある夏の一つの日、遥か山腹の高みに遠く伽藍《がらん》をきらめかせていた小さな堂宇が、このとき眼の前にうかびあがった。ツトムと仰いだ堂宇であった。

大迫駿介が身をひるがえしたのは、この直後である。彼は、そうすることが当然のことでもあるかのように、御池通りへ走り出し、その車とは反対の方角へ駈けつづけた。彼のアパートのある東山へ向かって。

7

大原野は雪の野だった。

途中から、雪は降りはじめた。最初、雪は陽ざしのなかを光って、舞っていた。

泰邦の家の前で、駿介は車の窓へ首をむけた。雪はその軒庇《のきびさし》にも降っていた。さらに二キロ、急坂道をのぼりつづけて、車は西山の麓《ふもと》でとまった。

道わきに二基の献燈燈籠《とうろう》が立つここからが、けわしい山道一方の西国第二十番札所、善峰寺の寺領であった。

山は一足踏み込むといきなりうす闇につつまれて、峡谷《きょうこく》ぞいの山道は古木のしげりの底地をのぼり、昼間を忘れ果てさせる深く昏《くら》んだ岩道だった。その道も雪の道だった。

駿介は、ゴルフのクラブ・バッグを肩にしていた。クラブは一本も入ってはいなかった。しかし、ずしりと重かった。荒れた木小屋がやがて見え、露台の上に『よしみね茶屋』と染暖簾《のれん》がさがっていた。無人であった。ジュースの瓶や空缶が転がっている。それも雪をかぶっていた。朱塗りの小橋を二つ渡って、老樹の谷はのぼるほどに昏さを増した。山禽《やまどり》が羽撃いた。雪の音がした。この道の先に、足をとめて行き着ける所などありそうにも思えなかった。

アパートを出るとき、ツトムに頼んだことを、彼はやってくれるだろうか。剛生を骨にすること。骨にしたら、この善峰の谷にばらまいて捨ててくれ。剛生からあずかった紙袋を、安村憲男に届けること。何が入った袋かは、駿介にはわからなかった。剛生と安村憲男にだけわかる袋なのだろう。あんな袋一つで、人間の戸籍が貸したり返したりできようとも思えなかったが、二人の間に話合いのついていることなのだろう。店もアパートもツトムに遺してきた。しかしそんなことで、何かをしてやれたという気はしなかった。結局、あの子には何もしてやることができなかった……。

「マスターっ！」

出掛けに、アパートのドアに狂気のようにしがみついて、駿介を外へ出すまいとしたツトム。あの子の泣き顔をはじめて見た、と、駿介はいまそれに気がついていた。

「ええか……ようきいてや。君にわかってもらえるように話してる時間がない……けど、いませなんだら、もうできんことを僕はするねや。いま、その気になってるねや。この気になってるいまやないと、もう二度とできんのや。これさせてくれなんだら……僕は一生、お前を怨《うら》むで。これせなんだら、僕が生きてた意味がないねや。一生、ふぬけか……阿呆になって過ごさなならん。僕を、こけにせんといて。頼む。ふぬけになどさせんといて……」

ツトムに、言い忘れた言葉があったな、と駿介は思った。なぜこの言葉を忘れたりなどしたのだろう。毎日、それは一日たりと、忘れることのなかった言葉だったのに。

《おおきに》

と、なぜ言ってやらなかったのか。

言わなければならない言葉だったのに。

山は人の気もなかった。ただ、雪の音だけがした。

すがれた白木に白塗りまだらの楼門をくぐると、本堂の屋根が石段の上に見えた。阿弥陀堂。釈迦堂。薬師堂。多宝塔。鐘楼。経蔵。小書院。庫裏《くり》……十三、四の堂宇が、高所低所に見えかくれする意外に優美な境内《けいだい》が、その山上にはあった。桜や楓、躑躅《つつじ》の刈込みなどの目立つその境内は、山腹の断崖にある寺らしく、石積み段や坂の迂《う》路《ろ》、石崖で組みあがっており、見おろせばたえず身近に老樹の梢と谷底があった。

その谷底は深く薄墨色に昏んでいた。

眼をあげれば山並みと野の果てに、京の市街地が一望に見渡せる。その市街地も、雪空の下でふと遥かな巨大な墓地を思わせ、人骨をばらまいた亡骸《ぼうがい》の野に見えた。

毎月十四日、百草湯を沸かすという寺の境内は降りしきる雪のせいか、人影はまるで見当らなかった。視界もおぼろな雪であった。

釣鐘が、ときどき間をおいて鳴った。薄墨色の山と谷を一瞬森閑とゆるがす響きだった。

本堂の納経所で、駿介は百草湯のことをたずねた。浴室は、境内の北の奥みにあるという。

駿介は、石垣のなかの切石段をのぼって、中段の高みへ出た。高くのぼればのぼるほど、あたりを昏《くら》くする雪だった。石垣はまだもう一つさらに上につづいてあった。昏い雪すだれのさなかに立って、駿介はふと眼を見ひらいた。

その眼前の石垣の上に、魔物がいた。幻ではなかった。気の迷いでもなかった。魔物だ、と駿介は思った。全長四、五十メートルはある巨大な獣なのだった。大蛇だ、と駿介は思った。地獄が、やっと自分の前にその姿を現わしたのだ。いまなら、自分の眼にどんな変化《へんげ》が現われようと、魑魅魍魎《ちみもうりよう》、怪異の姿が見えようと、ふしぎではない。地獄の谷を眼の下にしているのだから。

妖しい大蛇は雪の宙をおよいでいた。山風が騒ぎたち、蛇身は雪げむりの奥みにかすみ、しずかに獣頭をもたげて、駿介が近寄るのを待っていた。

この折駿介が見た大蛇は、この寺にいまも棲《す》んでいる。樹齢百年を経た地を這《は》う五葉松の巨木である。空にはのびず、巨大な幹枝を横へ横へとのばし、地に横たえて、いまも息づいている。晴れた日、その妖異の姿形は奇妙に美しい。だが闇にとざされるとき、この名物松には、化身がひそむであろうことを駿介は信じた。松とわかっていても、巨大な蛇身はその鱗《うろこ》のあやしいそよぎまで、駿介の眼に見せたのだから。

駿介は、ためらわなかった。クラブ・バッグのジッパーを引きおろしていた。白鞘の『次吉』が、手のなかでカチリとかすかな音《ね》をあげて、鎺元《はばきもと》からすでにその逆丁子乱れの刃文の身を現わしかけていた。行手を阻《はば》むあやかしは、斬って捨てなければならなかった。

再び鐘が鳴ったのは、ちょうどそうしたときであった。

鐘楼は、駿介の右手の道の小径《こみち》の先端に建っていた。鐘も楼も雪のむこうにかすんでいた。無論、打鐘をつづけている人影も。

だが、駿介には、見まちがう人影ではなかった。撞木《しゅもく》をにぎっている影は、明彦だった。まぎれもなく、彼だった。駿介は無造作に、目標を変えた。その鐘楼へ向かって歩いた。眼の横に山門の屋根があった。高い所を歩いているのだと駿介は思った。ほかには、何も思わなかった。

『次吉』は、すでに全身を現わしていた。

明彦は、声をたてなかった。

黙って二、三歩あとずさり、いきなり片手を大きくかざした。

駿介は、三の胴のあたりを横ざまに薙《な》ぎはらった。そこが人体で一番柔らかい部分だと、いつか泰邦に教わったせいだったのか……。

明彦の体は一度鐘楼の柱に打ちつけられ、それからゆっくりと崩《くず》れて、転がった。

『厄除之鐘《やくよけ》。自由にお打ち下さい』

と、いう木札が、その柱にはかかっていた。

言うまでもなく、駿介の眼には入らなかった。

駿介はゆっくりと血刀を振り、しずくをはらい落してから、左手の乱れ積みの坂道をのぼった。途中から植込みの小径に入り、径はさらに上へとのぼる。上へ上へとのぼらなければ、行き着く堂宇へ、たどり着けない。この寺は、そんな寺だった。薬師堂の前を抜けて釈迦堂へ上り、その脇にある浴室の建物の入口でやっと駿介は足をとめた。

心なしか、草湯の香に雪は染まって、かがよい舞うようだった。その表戸を駿介は開けた。

雪代は、着衣をまとい終ったところだった。帯をしめながら控えの間に彼女は出てきた。

浴客はほかにもいるようだったが、浴場は閑散とした感じがした。

(いまだ)

と、駿介は、思った。

思ったときには、もう叔母の帯の端をつかんでいた。つかまれながら、叔母は一瞬うすく口をあけ、ぼう然と駿介を見た。その眼に恐怖が動いたのは、帯に引かれて駿介の手にたぐり寄せられてからだった。

叔母は、帯の手を放し、何かを急に叫ぼうとした。駿介はそんな雪代を一気に表へ引きずり出して、戸を閉めた。

「何をするのさっ、この気狂いっ……」

雪代はしごき一本で着物をとめ、裸足のままで雪の地面に立っていた。化粧のない女の顔は、老いをあらわに曝《さら》していた。

「声をたてると刺す」

駿介は、抜き身の『次吉』を、その雪代の胸に当てた。血のりに濡れた古刀であった。その京反りの刀身に、ふぶく雪が映っていた。

「歩け。そのまま歩け」

雪代は血のりを見たときに、大きく声のない口を開いた。

この女が、何もかもの元凶だった。この女が、なぜ一人だけ安閑と生きておられるのか。

釈迦堂の道をくだり六角面の経蔵の裏へ出て、小径を納骨堂まで廻った。多宝塔を背にした墓山の裏径だった。

「さあ、十三年前を想い出せ。泰邦さんを引っぱり込んだあんたの部屋を想い出せ。なぜ……泰邦さんが、あんたの部屋にいた。なぜだっ」

雪代の唇は、むらさき色に変り、わなないていた。だが、彼女は顔では笑ってみせた。

「……何てお前は、いやらしい子っ……やっぱりお前が……覗きにきたんだね……ああ、まあ……お前みたいな子と……一緒に暮らしていたかと思うと……」

「なぜだ、言えっ」

と、駿介は、叫んだ。

低い、ふるえる声だった。

「お前の母さんのためさ……」

と、雪代は、吐き出すように言って、睨み返した。恐怖に負けまいとする顔だった。

「……わたしがいなきゃ、お前の母さん……お前たちを捨てたんだよ……息子も夫も捨てたんだよ……それはお前がよく知ってるだろ……だってお前は見てたもの……義姉《ねえ》さんがあの男に抱かれてるのを、ちゃんとその目で見てたじゃないかっ……」

駿介は、一瞬わずかにひるんだ。調香室への地下の煉瓦の階段で、母と泰邦の抱擁を見た……あの自分を、叔母はどこかで見ていたのか。

「ききたきゃ、みんなきかせてやるよ……お前の母さんがどんなふしだらするとこだったか……いいかい、よおくきいとくがいいよ……あのあとで、わたしは離れにいったんだ……そうだろ……義姉さんのふしだら見て、ほおっとくわけにゃいかないからね……お前も知ってるだろ……あの男が刀を眺めてるときゃ、そばに誰がいたって見向きもしやしないからね……わたしはね、いい機会だと思ったのさ……義姉さんとあの男が、ほんとにふしだらするのかどうか……わたしにはそれを知っとく義務があるからね……

兄さんの留守中なんだからね……いいかい……あの男のうしろからね、手拭《てぬぐい》で目隠しをしてやったのさ……わたしはね、義姉さんの香水をちょっとつけていってみたのさ……そしたらどうだい……いきなりわたしを抱いたんだよ……あの男が、何と言ったと思う……ああ、思い出すだけでもいやらしいわ……『やっぱりきて下さると思ってました』……そう言ったんだよっ……まあ、何て女なの、お前の母さんって人はっ……ちゃんと約束ができてたんだからねっ……」

雪代は歯の根もあわない声で体は小震いさせながら、眼だけは必死に駿介を睨みつけていた。顔にも髪の糸すじにも、雪がふぶいてまきついた。

「わたしはね……」と、雪代は言った。

「途中で、目隠しをとってやったのさっ……」

「――――」

そのときの泰邦の顔が、駿介には目に見えた。

ラベンダー。

(そうだったのか……)

ラベンダーが、泰邦にまちがいを犯させたのだ！　まっすぐに、正直に、母を愛した泰邦に！　ラベンダーを、信じた泰邦に！

駿介は、黙って、雪代のむくんだ頰の肉に『次吉』の切先を押しあてた。そして、ゆっくりとその皮膚を裂いた。

雪代はかすかな悲鳴をあげた。

「おどしたんだな？　あんたの部屋で、あんたを抱かなきゃ……母さんにばらすと、そう言ったんだな……」

たとえまちがいであったにせよ、母にそのことを知られるくらいなら、泰邦は何でもしたであろう。あの夜、ヒメコウライ芝の芝生を踏んで、離れを出た泰邦の黒い影が、駿介の眼窩《がんか》の奥にうかんだ。まよいまよった揚句の果てだったのだ。母の肉をもとめた自らのおろかさを、どんなに彼は悔いただろう。みずみずしく、まっすぐに愛されたからこそ、母は抱擁をゆるしたのだ。肉が、二人の間になかったからこそ、二人は愛し合えたのに。

「言え」と、駿介は声をすえた。

「あんたは、泰邦さんを嬲《なぶ》りながら、『苦しくはないのか』ときいたんだな？　そうだなっ？」

雪代なら、やることだった。

――香子さんを裏切って、苦しくはないの？

――香子さんじゃなくて、苦しくはないの？

雪代なら、ききつづけていたぶるだろう。

若い、一途《いちず》な、穢れのない泰邦が、どんな気持でいたぶられていたか。

少し苦しい、と彼は言った。『少し』と、言った泰邦の胸のなかが、駿介にはよくわかるのだった。こんな女……こんな雪代みたいな女にさえ、あのとき彼は気を遣ったのだ。人を傷つけきらない人間だった。だが、嘘の言えない人間でもあった。そして、彼は、若かった。

『少し』と、言うよりほかにどんな言葉があったろう。彼に、どんな言葉をさがせと言ったらいいのだろう。

「言え」と、駿介は声を放った。

「泰邦さんは……好きだ、と言ったんだな？　それでも、母さんが好きだと言ったんだな？　そうだな？」

と、雪代は甲高い金切声をほとばしらせた。

「そうよっ！」

「そうよっ……義姉さんが好きだと、あの人は言ったのよっ！」

少し苦しい、と彼は言った。苦しいけれども、母は好きだ、と彼はあのとき言ったんだ。

それで十分だ、と、駿介は思った。

母と泰邦のみずみずしさを、信じていてよかった、と、駿介は思った。

もう、きくことは何もない。

雪代の蹴出《けだし》が宙におどった。むくんだ咽が雪のはざまにのけ反《ぞ》った。指が雪けむりをつかんでいた。

自分はいま、ほんとうに自分がしなければならないたったひとつのことを、しているのだ。と、駿介は思った。

これができたことだけで、生きてきた甲斐があった。生きていてよかった。

駿介は、最後に、叔母を袈裟《けさ》がけにした。

『次吉』は、斬るべきものを軽やかに斬ってくれた。

叔母の体は雪しぶきをあげながら、木立ちの谷へ消えていった。

何もなくなった、と駿介は思った。

思いながら、眼をあげた。

京の街は、もう見えなかった。雪あらしのながれの彼方にかすんでいた。見えるのは、雪だけだった。雪の空だけだった。

雪の空をあおぎながら、駿介は『次吉』を腹に刺した。

刀は、ひとりでに動いて奥ふかくもぐりこんできた。刺しながら、駿介は歩いた。高い空の上で、いま自分の腹を裂いているのだ、と、そして思った。

平安だった。

ツトムの声をきいたと思った。

思ったのは空耳なのだと、駿介は笑った。

ツトムの顔が駿介の上にあった。

あったと見えたのは、幻なのだと、駿介は微笑んだ。

ツトムの声も、吐く息も、駿介にはもうとどかなかった。
（彼は、少し苦しいと言い、苦しいがおれは好きだ、と言った）
駿介が最後に頭のなかに残した言葉は、それだった。
一振りの古刀、備中国青江『次吉』は、彼のそばで、血と雪をすっていた。
そして、雪のふる天を映していた。

解説

千街晶之

名刀を擬人化したキャラクターが活躍するオンラインゲーム『刀剣乱舞』の影響により、現在、空前の日本刀ブームが起こっている。だが、刀剣を扱ったフィクションは古来数多い。中でも、一九七〇年代に日本刀をモチーフにして、一冊の妖美な小説を書いた作家がいたことは特筆されるべきだろう。

作中において、刀は「青みをおびた地鉄《じがね》の肌に異様なうるおいが立ち戻り、忽然《こつぜん》と霞をはらった白刃が闇の地《じ》にのた打ちはじめ、逆さ乱れの刃文《はもん》のなかに華麗な匂い足をさしのばした逆丁子乱れ《さかちょうじみだ》刃の『次吉《つぐよし》』は、睡《ねむ》れる獣が眼を醒ましひと揺すり全身を揺さぶって身を起こした、という感じがした」「青江独特の芯鉄《しんがね》を露出した澄み肌は、漆黒のしずまりかえった湖の底を想わせ、青闇に白雨の乱れ立つかのごとき地刃の凄みは、この刀が大業物《おおわざもの》とよばれるにふさわしい切れ味をほうふつとさせ、あますところなく伝えていた」と描写される。こんな熱気を帯びた美文で、刀剣の妖しい魔性を表現した作家が、かつて存在したのだ。その作家の名は赤江瀑。右の文章は、彼の代表作『オイディプスの刃』からの引用である。

赤江瀑は一九三三年、山口県下関市に生まれた。若い頃は映画監督を志し、また詩の同人誌《詩世紀》に参加した（中井英夫が作家デビュー前の赤江の詩に魅了され、『虚無への供物』の登場人物・氷沼紅司《ひぬまこうじ》を《詩世紀》の同人に擬したというエピソードがある）。本名の長谷川敬名義で放送作家として活躍後、一九七〇年、「ニジンスキーの手」で第十五回小説現代新人賞を受賞して小説家デビューを果たした。その後は中間小説誌を中心に数多くの小説を発表し、一九八四年には『海峡　この水の無明の真秀《まほ》ろば』『八雲が殺した』の二作品で第十二回泉鏡花文学賞を受賞。二〇一二年逝去、享年七十九。

その作風は、伝統芸能から現代風俗まで幅広い題材を背景に、絢爛たる美文でエロスとタナトスの交錯を描き、熱狂的なファンに支持された。どちらかといえば短篇を得意とした作家ながら、『オイディプスの刃』は長篇における成功作のひとつである。

本作は、《野性時代》一九七四年七月号に一挙掲載された。同じ号には著者のエッセイ「睡れる巨獣の背」が、和装の著者を撮影した沢渡朔《さわたりはじめ》の写真十葉とともに掲載されている。同年十月に角川書店から単行本として刊行され、第一回角川小説賞を受賞した

（選考委員は新田次郎・黒岩重吾・中島河太郎で、角川書店編集部が選考に加わった。著者の「受賞のことば」と選評は《野性時代》一九七五年一月号に掲載）。一九七九年五月には角川文庫版が、二〇〇〇年六月にはハルキ文庫版が、それぞれ刊行されている。

山口県の旧家・大迫《おおさこ》家には、当主の耿平《こうへい》、後妻の香子《こうこ》、少々複雑な関係の明彦・駿介・剛生《ごうせい》という三兄弟が住んでいる。明彦は耿平と死んだ先妻の子、剛生は耿平と香子の子だが、駿介だけは香子の連れ子なので大迫家の血を引いていない。本書は、この駿介を主人公として展開される。

大迫家には他にも住人がいる。耿平の妹・雪代だ。欲求不満から淫らな悪戯を仕掛けてくるこの叔母を、駿介は嫌悪している。そして、もうひとり――大迫家に出入りしている刀研師の秋浜泰邦も重要な関係者だ。彼は雪代の誘惑には見向きもせず、香子に恋慕している。

こうして役者が揃ったところで、惨劇の幕が上がる。ある夏の白昼、泰邦が名刀・備中国青江『次吉』で腹を切り裂かれて死に、その直後に香子と耿平も立て続けに自刃したのだ。

「秋浜泰邦の死を駿介が見たのは、それから二時間ばかり後のことである」という一行から始まる、この連続する惨劇は本書の最初のクライマックスであり、その展開を綴る筆致がとにかく素晴らしい。白昼夢のように覚束《おぼつか》ない雰囲気は、実は真相の伏線にもなっている。

その後、剛生は出奔して消息不明となり、明彦は調香師となった。そして駿介は高校を出た後、紆余曲折の果てに京都でゲイバー（作中では「男の店」と表現される）のマスターとなる。もはや交わることはないと思えた三兄弟の人生。しかし、駿介のもとに明彦の手紙が届いたことから事態は一変する……。

本書の骨格は、泰邦・香子・耿平が命を落としたあの白昼の惨劇の秘密と、明彦の前に現れた謎の男の正体を軸とするミステリであると言って差し支えない。基本的に著者は、ミステリ的な発想で物語を構想することが多い作家である。しかし整然たる謎解きというよりは、情念の織り成すドラマがカタストロフィに向かう軌跡を描くのが特色で、本書もその典型だ。

また著者の作品では歌舞伎、能、刺青、バレエなど多彩な世界が舞台に選ばれ、それぞれに関する蘊蓄の限りが尽くされるが、本書では刀剣と香水の世界が俎上に載せられている。作中の刀の作者と設定されている備中青江派の次吉は南北朝時代の実在の刀工で、華やかな逆丁子乱れを作風の特徴としたのも小説の記述通りながら、作中で「青江の妖異、怪異の青江」と述べられるような妖刀としての評は聞かない。恐らく、歌舞伎の『伊勢《いせ》音頭《おんど》恋寝刃《こいのねたば》』で十人斬りに用いられる青江下坂《しもさか》あたりから著者がイメージを膨らませたものであろうか。この刀と、もうひとつのモチーフである香水は、それぞれ男性性と女性性を象徴するが、本書では両者のイメージは妖しく入り乱れ、三兄弟の運命を呪縛する。

『オイディプスの刃』というタイトルが示すように、三兄弟はいずれも母・香子に魅了されている。しかし、駿介は香子に想いを寄せる泰邦にも惹かれているようだ。

瀬戸内晴美（寂聴）が『罪喰い』講談社文庫版の解説で、「私はそこに泉鏡花、永井荷風、谷崎潤一郎、岡本かの子、三島由紀夫といった系列の文学の系譜のつづきを見たと思った。中井英夫についで、この系譜に書きこまれるのはまさしく赤江瀑であらねばならぬ」と述べたのは有名である。しかしここに、赤江をもうひとつの系譜に位置づけることも可能だ。それは、例えば純文学における三島由紀夫、幻想文学における中井英夫、短歌における塚本邦雄、国文学研究における松田修といった、絢爛たるバロック的な日本語表現、百科全書的なペダントリー、そして官能的なホモセクシュアルの美学のない交ぜによって貴石細工か螺鈿細工のように妖しい人工美の極致を構築した文学者たちが、密やかに紡いできた影の系譜である。そのような反世界を高踏的な純文学や幻想文学の方面に問うのではなく、中間小説誌を発表媒体の中心として活躍していた点に赤江の特異性がある。赤江作品に登場する男たちがどんなに俗な境遇に身を置いても流離の貴種の佇《たたず》まいを崩さないように、それが著者にとって作家としての矜持であったのだろう。

憎しみに囚われた大迫一族のドラマは、すべてを浄化するような雪の中の悲劇によって幕を下ろす。この決着に納得できない読者もいれば、こうなるしかなかったのだと頷く読者もいるだろう。後者こそは、赤江の文章が繰り出す催眠術の虜となった読者である。皆川博子が赤江の追悼文「飛び続ける想像力の矢」(「朝日新聞」二〇一二年六月二十六日夕刊)で記した通り、「赤江瀑を透《とお》して向こうを見ると、外界が歪《ゆが》むのである。そうして、歪んだ情景が心地よくなる。そこに身を添わせていたくなる」。本書は、そんな稀代の妖術師の真価が発揮された逸品なのである。

最後に、この小説の映画化にまつわる数奇な顚末を記しておきたい。

『オイディプスの刃』は一九七四年、日本アート・シアター・ギルド(ATG)のプロデューサー・葛井欣士郎に当時の角川書店社長・角川春樹が映画化を打診し、原作を気に入った三隅研次監督(赤江と同様に下関市にルーツを持つ)により映画化される予定だったが、三隅の病死(一九七五年)により実現しなかった。一九七六年には、角川映画第一弾として村川透監督、松田優作主演で映像化が決定するも、角川春樹がシナリオを気に入らなかったためお蔵入りとなった(角川映画第一弾が市川崑監督、横溝正史原作の『犬神家の一族』となったのは周知の通り)。一方、本作を雑誌掲載時に読んで、「この世界の映像化は、誰にも出来るものではない。私だけだ!と云う、他言をはばかる自信」(『オイディプスの刃』劇場用パンフレットより)を抱いた映像作家がもうひとりいた。撮影監督出身で、一九七三年に『青幻記　遠い日の母は美しく』で監督デビューしたばかりの成島東一郎である。結局、一九八三年に角川春樹に話を持ちかけた成島が監督を務め、映画は一九八六年に公開された。配給は東宝、脚本は成島と中村努の共同執筆。出演は古尾谷《ふるおや》雅人（駿介）、清水健太郎（ヒロシ）、京本政樹（剛生）、北詰友樹（明彦）、田村高廣（耿平）、佐藤友美（香子）、五月みどり（雪代）、渡辺裕之（泰邦）、松田洋治（駿介の少年期）といった顔ぶれである。

複雑な家庭環境で生まれ育った角川や三隅ら、オイディプス神話さながらの宿命を背負った男たちがこの小説の映画化に深い思い入れを持ち続けたのは、奇縁のようでもあり必然とも思える。作中の妖刀や香水と同様に、この小説自体もひとの人生を狂わせる魔力を持っていたと見なすべきか。

（せんがい・あきゆき　ミステリ評論家）

この作品は、一九七四年十月角川書店から刊行され、一九七九年五月角川文庫、二〇〇〇年六月ハルキ文庫に収められました。

本文庫化にあたっては、ハルキ文庫版を底本としました。

本書中、今日からみれば不適切と思われる表現がありますが、書かれた時代背景と作品価値とを鑑み、そのままとしました。

オイディプスの刃《やいば》

二〇一九年 九 月一〇日 初版印刷
二〇一九年 九 月二〇日 初版発行

著 者 赤江《あかえ》瀑《ばく》
発行者 小野寺優
発行所 株式会社河出書房新社
〒一五一―〇〇五一
東京都渋谷区千駄ヶ谷二―三二―二
電話〇三―三四〇四―八六一一（編集）
〇三―三四〇四―一二〇一（営業）
http://www.kawade.co.jp/

ロゴ・表紙デザイン 粟津潔
本文フォーマット 佐々木暁
印刷・製本 中央精版印刷株式会社

落丁本・乱丁本はおとりかえいたします。
本書のコピー、スキャン、デジタル化等の無断複製は著作権法上での例外を除き禁じられています。本書を代行業者等の第三者に依頼してスキャンやデジタル化することは、いかなる場合も著作権法違反となります。

Printed in Japan ISBN978-4-309-41709-7

シメール

服部まゆみ　41659-5

満開の桜の下、大学教授の片桐は精霊と見紛う少年に出会う。その美を手に入れたいと願う彼の心は、やがて少年と少年の家族を壊してゆき——。陶酔と悲痛な狂気が織りなす、極上のゴシック・サスペンス。

罪深き緑の夏

服部まゆみ　41627-4

“蔦屋敷”に住む兄妹には、誰も知らない秘密がある——十二年前に出会った忘れえぬ少女との再会は、美しい悪夢の始まりだった。夏の鮮烈な日差しのもと巻き起こる惨劇を描く、ゴシックミステリーの絶品。

葬送学者R. I. P.

吉川英梨　41569-7

“葬式マニアの美人助手＆柳田國男信者の落ちぶれ教授”のインテリコンビ（恋愛偏差値０）が葬送儀礼への愛で事件を解決⁉　新感覚の“お葬式”ミステリー‼

がらくた少女と人喰い煙突

矢樹純　41563-5

立ち入る人数も管理された瀬戸内海の孤島で陰惨な連続殺人事件が起こる。ゴミ収集癖のある《強迫性貯蔵症》の美少女と、他人の秘密を覗かずにはいられない《盗視症》の主人公が織りなす本格ミステリー。

消えたダイヤ

森下雨村　41492-8

北陸・鶴賀湾の海難事故でダイヤモンドが忽然と消えた。その消えたダイヤをめぐって、若い男女が災難に巻き込まれる。最期にダイヤにたどり着く者は、意外な犯人とは？　傑作本格ミステリ。

アリス殺人事件

有栖川有栖／宮部みゆき／篠田真由美／柄刀一／山口雅也／北原尚彦　41455-3

「不思議の国のアリス」「鏡の国のアリス」をテーマに、現代ミステリーの名手６人が紡ぎだした、あの名探偵も活躍する事件の数々……！　アリスへの愛がたっぷりつまった、珠玉の謎解きをあなたに。

日影丈吉　幻影の城館

日影丈吉　41452-2

異色の幻想・ミステリ作家の傑作短編集。「変身」「匂う女」「異邦の人」「歩く木」「ふかい穴」「崩壊」「蟻の道」「冥府の犬」など、多様な読み味の全十一篇。

『吾輩は猫である』殺人事件

奥泉光　41447-8

あの「猫」は生きていた?!　吾輩、ホームズ、ワトソン……苦沙弥先生殺害の謎を解くために猫たちの冒険が始まる。おなじみの迷亭、寒月、東風、さらには宿敵バスカビル家の狗も登場。超弩級ミステリー。

日影丈吉傑作館

日影丈吉　41411-9

幻想、ミステリ、都市小説、台湾植民地もの…と、類い稀なユニークな作風で異彩を放った独自な作家の傑作決定版。「吉備津の釜」「東天紅」「ひこばえ」「泥汽車」など全13篇。

花《はな》窗《まど》玻《は》璃《り》　天使たちの殺意

深水黎一郎　41405-8

仏・ランス大聖堂から男が転落、地上80mの塔は密室で警察は自殺と断定。だが半年後、再び死体が！　鍵は教会内の有名なステンドグラス…。これぞミステリー！　『最後のトリック』著者の文庫最新作。

最後のトリック

深水黎一郎　41318-1

ラストに驚愕！　犯人はこの本の《読者全員》！　アイディア料は２億円。スランプ中の作家に、謎の男が「命と引き換えにしても惜しくない」と切実に訴えた、ミステリー界究極のトリックとは⁉

白い毒

新堂冬樹　41254-2

「医療コンサルタント」を名乗る男は看護師・早苗にこう囁いた。「まもなくこの病院は倒産します。患者を救いたければ……」――新堂冬樹が医療業界最大の闇「病院乗っ取り」に挑んだ医療ミステリー巨編！

法水麟太郎全短篇

小栗虫太郎　日下三蔵〔編〕　41672-4

日本探偵小説界の鬼才・小栗虫太郎が生んだ、あの『黒死館殺人事件』で活躍する名探偵・法水麟太郎。老住職の奇怪な死の謎を鮮やかに解決する初登場作「後光殺人事件」より全短篇を収録。

紅殻駱駝の秘密

小栗虫太郎　41634-2

著者の記念すべき第一長篇ミステリ。首都圏を舞台に事件は展開する。紅駱駝氏とは一体何者なのか。あの傑作『黒死館殺人事件』の原型とも言える秀作の初文庫化、驚愕のラスト！

人外魔境

小栗虫太郎　41586-4

暗黒大陸の「悪魔の尿溜」とは？　国際スパイ折竹孫七が活躍する、戦時下の秘境冒険ＳＦファンタジー。『黒死館殺人事件』の小栗虫太郎、もう一方の代表作。

二十世紀鉄仮面

小栗虫太郎　41547-5

九州某所に幽閉された「鉄仮面」とは何者か、私立探偵法水麟太郎は、死の商人・瀬高十八郎から、彼を救い出せるのか。帝都に大流行したペストの陰の大陰謀が絡む、ペダンチック冒険ミステリ。

黒死館殺人事件

小栗虫太郎　40905-4

黒死館を襲った血腥い連続殺人事件の謎に、刑事弁護士法水麟太郎がエンサイクロペディックな学識を駆使して挑む。本邦三大ミステリの一つ、悪魔学と神秘科学の一大ペダントリー。

不思議の国のアリス　ミステリー館

中井英夫／都筑道夫 他　41402-7

『不思議の国のアリス』『鏡の国のアリス』をテーマに中井英夫、小栗虫太郎、都筑道夫、海渡英祐、石川喬司、山田正紀、邦正彦らが描いた傑作ミステリ７編！　ミステリファンもアリスファンも必読の一冊！

毒薬の輪舞

泡坂妻夫 41678-6

夢遊病者、拒食症、狂信者、潔癖症、誰も見たことがない特別室の患者——怪しすぎる人物ばかりの精神病院で続発する毒物混入事件でついに犠牲者が……病人を装って潜入した海方と小湊が難解な事件に挑む！

死者の輪舞

泡坂妻夫 41665-6

競馬場で一人の男が殺された。すぐに容疑者が挙がるが、この殺人を皮切りに容疑者が次から次へと殺されていく——この奇妙な殺人リレーの謎に、海方＆小湊刑事のコンビが挑む！

迷蝶の島

泡坂妻夫 41596-3

太平洋に漂うヨットの上から落とされた女、絶海の孤島に吊るされた男。一体、誰が誰を殺したのか……そもそもこれは夢か、現実か？　手記、関係者などの証言によって千変万化する事件の驚くべき真相とは？

妖盗S79号

泡坂妻夫 41585-7

奇想天外な手口で華麗にお宝を盗む、神出鬼没の怪盗S79号。その正体、そして真の目的とは⁉　ユーモラスすぎる見事なトリックが光る傑作ミステリ、ようやく復刊！　北村薫氏、法月綸太郎氏推薦！

花嫁のさけび

泡坂妻夫 41577-2

映画スター・北岡早馬と再婚し幸福の絶頂にいた伊都子だが、北岡家の面々は謎の死を遂げた先妻・貴緒のことが忘れられない。そんな中殺人が起こり、さらに新たな死体が……傑作ミステリ復刊。

まっすぐ進め

石持浅海 41290-0

順調な交際を続ける直幸と秋。だが秋は過去に重大な秘密を抱えているようで……明らかになる衝撃の真実とは⁉　斯界のトリックスターによる異色の恋愛ミステリー。東川篤哉の解説掌編も収録。

心霊殺人事件

坂口安吾 41670-0

傑作推理長篇「不連続殺人事件」の作家の、珠玉の推理短篇全十作。「投手殺人事件」「南京虫殺人事件」「能面の秘密」など、多彩。「アンゴウ」は泣けます。

盲獣・陰獣

江戸川乱歩 41642-7

乱歩の変態度がもっとも炸裂する貴重作「盲獣」、耽美にして本格推理長篇、代表作とも言える「陰獣」。一冊で大乱歩の究極の世界に耽溺。

いつ殺される

楠田匡介 41584-0

公金を横領した役人の心中相手が死を迎えた病室に、幽霊が出るという。なにかと不審があらわになり、警察の捜査は北海道にまで及ぶ。事件の背後にあるものは……トリックとサスペンスの推理長篇。

海鰻荘奇談

香山滋 41578-9

ゴジラ原作者としても有名な、幻想・推理小説の名手・香山滋の傑作選。デビュー作「オラン・ペンデクの復讐」、第一回探偵作家クラブ新人賞受賞「海鰻荘奇談」他、怪奇絢爛全十編。

遊古疑考

松本清張 40870-5

飽くことなき情熱と鋭い推理で日本古代史に挑み続けた著者が、前方後円墳、三角縁神獣鏡、神籠石、高松塚壁画などの、日本古代史の重要な謎に厳密かつ独創的に迫る。清張考古学の金字塔、待望の初文庫化。

澁澤龍彥 初期小説集

澁澤龍彥 40743-2

ガラスの金魚鉢に見つめられる妄想に揺れる男の心理を描く「撲滅の賦」、狼の子を宿す女の物語「犬狼都市」、著者唯一の推理小説といわれる「人形塚」など読者を迷宮世界に引き込む九篇の初期幻想小説集。

お前らの墓につばを吐いてやる

ボリス・ヴィアン　鈴木創士〔訳〕　46471-8

伝説の作家がアメリカ人を偽装して執筆して戦後間もないフランスで大ベストセラーとなったハードボイルド小説にして代表作。人種差別への怒りにかりたてられる青年の明日なき暴走をクールに描く暗黒小説。

ヌメロ・ゼロ

ウンベルト・エーコ　中山エツコ〔訳〕　46483-1

隠蔽された真実の告発を目的に、創刊準備号（ヌメロ・ゼロ）の編集に取り組む記者たち。嘘と陰謀と歪んだ報道にまみれた社会をミステリ・タッチで描く、現代への警鐘の書。

とうもろこしの乙女、あるいは七つの悪夢

ジョイス・キャロル・オーツ　栩木玲子〔訳〕　46459-6

金髪女子中学生の誘拐、双子の兄弟の葛藤、猫の魔力、美容整形の闇など、不穏な現実をスリリングに描く著者自選のホラー・ミステリ短篇集。世界幻想文学大賞、ブラム・ストーカー賞受賞。

大いなる遺産　上

ディケンズ　佐々木徹〔訳〕　46359-9

テムズ河口の寒村で暮らす少年ピップは、未知の富豪から莫大な財産を約束され、紳士修業のためロンドンに旅立つ。巨匠ディケンズの自伝的要素もふまえた最高傑作。文庫オリジナルの新訳版。

大いなる遺産　下

ディケンズ　佐々木徹〔訳〕　46360-5

ロンドンの虚栄に満ちた生活に疲れた頃、ピップは未知の富豪との意外な面会を果たし、人生の真実に気づく。ユーモア、恋愛、友情、ミステリ……小説の魅力が凝縮されたディケンズの集大成。

エドワード・ゴーリーが愛する12の怪談　憑かれた鏡

ディケンズ／ストーカー他　E・ゴーリー〔編〕　柴田元幸他〔訳〕　46374-2

典型的な幽霊屋敷ものから、悪趣味ギリギリの犯罪もの、秘術を上手く料理したミステリまで、奇才が選りすぐった怪奇小説アンソロジー。全収録作品に描き下ろし挿絵が付いた決定版！　解説＝濱中利信

河出文庫

長く暗い魂のティータイム

ダグラス・アダムス　安原和見〔訳〕　46466-4

奇想ミステリー「ダーク・ジェントリー全体論的探偵事務所」シリーズ第二弾！　今回、史上もっともうさんくさい私立探偵ダーク・ジェントリーが謎解きを挑むのは……なんと「神」です。

ダーク・ジェントリー全体論的探偵事務所

ダグラス・アダムス　安原和見〔訳〕　46456-5

お待たせしました！　伝説の英国コメディＳＦ「銀河ヒッチハイク・ガイド」の故ダグラス・アダムスが遺した、もうひとつの傑作シリーズがついに邦訳。前代未聞のコミック・ミステリー。

さようなら、いままで魚をありがとう

ダグラス・アダムス　安原和見〔訳〕　46266-0

十万光年をヒッチハイクして、アーサーがたどり着いたのは、八年前に破壊されたはずの地球だった!!　この〈地球〉の正体は!?　大傑作ＳＦコメディ第四弾！……ただし、今回はラブ・ストーリーです。

宇宙クリケット大戦争

ダグラス・アダムス　安原和見〔訳〕　46265-3

遠い昔、遙か彼方の銀河で、クリキット軍の侵略により銀河系は絶滅の危機に陥った——甦った軍を阻むのは、宇宙イチいい加減なアーサー一行。果たして宇宙は救われるのか？　傑作ＳＦコメディ第三弾！

短篇集　シャーロック・ホームズのSF大冒険　上・下

マイク・レズニック／マーティン・H・グリーンバーグ編　日暮雅通〔監訳〕　46277-6　46278-3

ＳＦミステリを題材にした、世界初の書き下ろしホームズ・パロディ短篇集。現代ＳＦ界の有名作家二十六人による二十六篇の魅力的なアンソロジー。過去・現在・未来・死後の四つのパートで構成された名作。

カリブ諸島の手がかり

T・S・ストリブリング　倉阪鬼一郎〔訳〕　46309-4

殺人容疑を受けた元独裁者、ヴードゥー教の呪術……心理学者ポジオリ教授が遭遇する五つの怪事件。皮肉とユーモア、ミステリ史上前代未聞の衝撃力！　〈クイーンの定員〉に選ばれた歴史的な名短篇集。

著訳者名の後の数字はISBNコードです。頭に「978-4-309」を付け、お近くの書店にてご注文下さい。